U0076004

風雲時代

風雲時代

新大唐二十皇朝

三 唐宮秘辛

許嘯天 著

大唐二十皇朝

目錄

第五十一回　多情天子

阿馬婆所見神像，與玄宗皇帝所見相同，玄宗便令阿馬婆傳旨，令山神回駕，那山神果然不見了。皇帝進廟，又見此山神掛劍，匍匐於殿庭東南方的一株大柏樹下，帝又召阿馬婆問之，阿馬婆所說形狀，也與皇帝所見的相同，皇帝便向山神行敬禮，命封阿馬婆為聖姑，封山神為金天王。

玄宗自寫山神碑文，立碑在華山麓。碑高有五十餘尺，闊一丈，厚四五尺，為天下最大的石碑。碑陰刻著當時扈從天子王公以下的官名，製作壯麗，雕琢精巧，一時無比。

那時，又有一位神醫名周廣的，他不用診脈問病，只須觀人顏色談笑，便知他受疾深淺，把病人的情狀說得詳詳細細。據說，那時有一神醫紀明，隱居在山中，周廣入山求教，盡得其秘。玄宗聞周廣之名，召至宮中，凡宮女有疾病的，均召集在庭中，使周廣驗看。

有一宮人得一奇病，每至傍晚，便歌笑啼哭，狀如癲狂，又疑似鬼魅迷人；最奇怪的，她病發時，每至兩足不能踏地。周廣一望，便說此女必因飽食時用力太促，顛仆臥地，故成此病。

這宮女自己說，前因太華公主生日，宮中大陳歌舞三日，宮女是領班歌唱的，只恐發聲不清，有忤觀聽，便私地裏多食豬蹄；因味美，食之不覺過飽，匆匆奉召，當筵歌數曲。曲罷，只覺胸中悶熱，欲赴庭心納涼，又因兒戲心重，從臺階上躍下，顛仆於地，一時暈絕；久之甦醒，從此便得狂病，且兩足不能踏地。周廣便投以一劑而癒，玄宗甚是詫異。

又有一太監，奉使從交趾回宮，拜舞於帝前；周廣從旁觀之，便奏道：「此人腹中有蛟龍，明日當產一子，但從此不能再活在世上的了！」

玄宗聽了不覺詫怪，便問這黃門官道：「卿體覺有不適否？」

黃門官奏道：「臣奉使騎馬過大庾嶺時，天氣正是炎熱，頓時身體疲倦，口渴異常，因下馬在路旁取飲野水，便覺腹中積塊堅硬如石。」

周廣奏道：「此龍胎也！」便開方，令取雄黃硝石煮而飲之，立吐出一物，長僅數寸，其大如指；細視之，悉具頭角。投入水中，立長數尺，昂首盆外；周廣急取苦酒澆之，又縮小如舊，體僵而死。這黃門官自吐龍以後，腹塊盡消；玄宗深為嘆服，援以官爵，周廣力辭，回吳中而去。

玄宗下詔，令郡縣訪問有奇才異能之士，徵獻闕下。京兆尹奏舉李氏三子善作歌舞，李龜年、李鶴年善歌；李彭年善舞。皇帝召入宮去，龜年信口作歌，能令帝隨之哀樂不定，忽覺迴腸盪氣，忽覺眉飛

色舞，不能自恃；彭年作彩鳳舞，翻飛翩躚，令人眼花。玄宗大喜，每到之處，便令李氏兄弟隨侍；又選宮女數百人，教成歌舞。

龜年製成渭州曲，教宮女齊聲歌唱，嬌媚可聽；皇帝大樂，時以金帛賞賜龜年。龜年在東都大起甲第，棟宇如雲，富比王公；通遠里中一宅，佔地十里，以沉香木起一大堂，能容客千人。別家宅第，無有勝於李氏的。可惜，後來龜年流落在江南地方，窮苦不堪，見有人家喜慶筵宴，便為當筵歌數闋，座中聞之莫不掩泣罷宴。

杜甫贈詩道：「岐王宅裏尋常見，崔九堂前幾度聞。正是江南好風景，落花時節又逢君！」

龜年故宅，後為裴晉公所得；中有一綠野堂，建築最是幽雅。龜年盛時，常在堂中宴客，朝中公侯爭相結交。

玄宗自得李氏弟兄後，常在五鳳樓下宴集群臣，歌舞達旦；又下詔命三百里內州縣官教成歌舞，前來闕下助樂，玄宗親自臨觀，比較優劣而賞罰之。各處地方官見皇帝愛歌舞，便教成聲樂，齊獻闕下。時有河南郡守，命樂工數百人在車上作樂，樂工身衣錦繡；又令士卒身蒙虎豹、犀象之皮伏在車箱，樂聲一作，群獸起舞，跳擲搏噬，一如真形。群臣觀之，莫不駭目。

又有元魯山，獻樂工數十人，聯袂作于蔿之歌，聲調怪越，玄宗聽之不覺大笑。每次賜宴，皇帝親

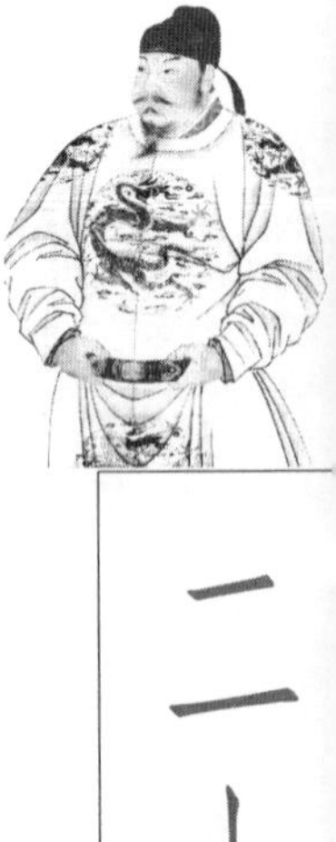

御勤政樓，金吾軍士披黃金鎖甲，列仗樓下，太常陳樂，衛尉張幕令諸將酋長就食庭前；教坊大陳山車樓船，尋橦走索，丸劍角抵，戲馬鬥雞。

又令宮女數百人飾以珠翠，衣以錦繡，自繡幕中出擊雷鼓為破陣樂、太平樂、上元樂；又引大象犀牛入場拜舞，動中音節，皇帝顧而大樂。當時，又有廄官教成舞馬四百匹，分列左右；進退跳舞，列成部目，稱曰某家寵、某家驕。

這時，塞外亦貢善舞之馬，玄宗命併入教練，無不曲盡其妙；衣以文繡，絡以金銀，飾其鬃鬣，雜以珠玉，奏曲名為傾杯樂。聚馬數十匹，奮鬣豎尾，縱橫合節；又施三層板床，乘高而上，旋轉如飛。或令壯士舉一榻，馬舞於榻上，樂工數人立於左右前後，皆衣一色淡黃綃衫；文玉帶，皆選年少而姿貌秀美者充之，每歲過中秋節，使舞於勤政樓下，君臣相顧笑樂。

正開懷的時候，忽內侍慌張報稱：「武惠妃遇鬼發狂，病勢十分危急，請萬歲爺回宮。」

玄宗這時十分寵愛惠妃，聽了內侍的話，忙丟下酒杯，匆匆下樓；到宮中一看，只見武惠妃衣裙散亂，口眼歪邪，趴在地下不住的叩頭乞饒。看她嘴角上淌下白沫來，那叫喚的聲音漸漸低沉；玄宗心中十分憐惜，過去把惠妃抱在懷中，連連喚問。只見惠妃伸手向空中指著，說道：「太子瑛、鄂王和光王三人，都來索妾命也，萬歲爺快快救我！」

當初玄宗寵愛趙麗妃，已把這武惠妃丟在腦後；不久，趙麗妃生了皇子名瑛，玄宗要得麗妃的歡心，便立瑛為皇太子。這太子瑛卻生得聰明正直，自幼入國學，詔右散騎常侍褚無量教授經學，又選太常少卿薛縚之女為太子妃；玄宗因寵愛麗妃，也便寵愛太子，常把太子瑛召進宮來，父子二人在一處遊玩。

十六年冬季，玄宗帶領太子瑛和諸王在御苑中種麥，玄宗對太子瑛道：「此麥為明春祭祀宗廟之用，故親種之，亦欲爾等知稼穡之艱難也！」

當時，趙麗妃權傾六宮，玄宗又拜妃父元禮，兄常奴，官至尚書侍郎；玄宗除愛太子瑛以外，又愛鄂王、光王。玄宗為臨淄王時，二王的母親亦深得玄宗的寵幸。不料，這時武惠妃忽然也產了一個皇子，便是壽王瑁。這壽王自幼生成絕美的容貌，又是十分伶俐的性格；在七歲的時候，與諸兄拜舞，進退有節，深得玄宗寵愛。

這壽王又勝過太子瑛和鄂光二王，因寵愛壽王，玄宗也常常臨幸惠妃宮中；因此那惠妃依舊得起寵來，反把這趙麗妃冷淡下來。那太子瑛和鄂光二王，從此不得與父皇見面，弟兄三人在背地裏不免有怨恨惠妃的話，落在駙馬楊洄的耳中。

這楊洄是咸宜公主的丈夫，咸宜公主又是惠妃的親生女兒；當時，楊洄聽了太子瑛三人在背地裏毀謗的話，便令咸宜公主在惠妃跟前造謠生事，說太子瑛在背地裏如何毀謗皇上，又說鄂、光二王有謀反

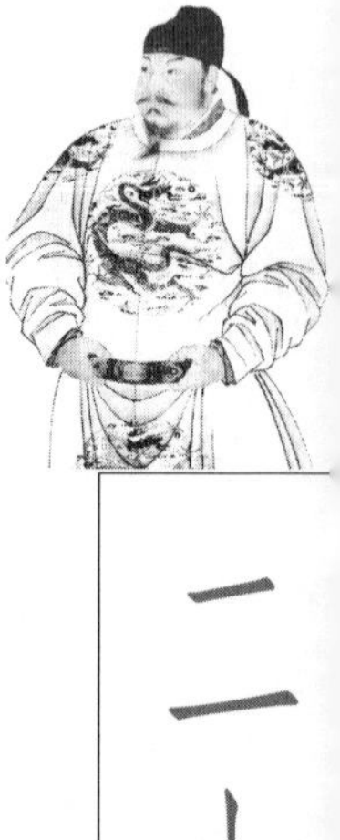

的意思，惠妃便日夜在玄宗皇帝跟前哭訴。

玄宗聽了惠妃的話，不覺大怒，急召宰相張九齡進宮，議廢太子；張九齡急叩頭勸諫道：「太子和諸王日受聖訓，天下共慶！陛下享國日久。子孫繁衍，奈何一日棄三子？昔晉獻公惑嬖姬之讒，申生憂死，國亦大亂！漢武帝信江充巫蠱，禍及太子，京師喋血！晉惠帝有賢子，賈后譖之，乃至喪亡！隋文帝聽后言，廢太子勇，遂失天下！今太子無過，二王亦賢，父子之道，天性也！雖有失，尚當掩之！惟陛下裁赦！」

玄宗聽張丞相說了這一番道理，便也把廢太子的心意擱起；但此時李林甫當國，嫉恨忠良，時時在皇帝跟前挑撥是非，說了張丞相許多壞話，那張九齡竟罷官退去。從此，李林甫大權獨攬，惠妃也時時拿財帛去打通李丞相；李林甫見麗妃已經失勢，便又倒在麗妃一面，在玄宗跟前，時時讚揚壽王如何俊美，如何聰明，又勾結駙馬楊洄，在玄宗跟前告密，說太子瑛和鄂王瑤、光王琚，暗約麗妃之兄謀反。

玄宗初不甚信，惠妃便使人去召太子瑛和鄂光二王，推說宮中有賊，請太子和二王須甲冑佩刀入宮；那太子和二王信以為真，便披甲戴盔，腰佩長劍，匆匆走進宮來。走到熙春宮門口，被守宮衛士攔住，問起情由，說是奉武惠妃宣召，特來宮中捉賊；那守門衛士不敢怠慢，把太子和二位王爺留住在宮門外，急急進宮來，報與惠妃知道。

那惠妃聽說太子已到，她也不去見太子，急趕到御書房裏，報與玄宗知道；說太子瑛和鄂光二王謀反，帶劍逼宮，現被宮門衛士擋住在宮門外，請陛下作速避亂。玄宗聽說，大恐，一面起身避入紫光閣，一面令高力士帶領宮中禁軍出宮去觀看。

不一刻，只見一群兵士簇擁著太子和二王直奔閣下，玄宗見三子俱是甲冑掛劍，怒不可遏；也不容太子分辯，喝令打入內監，一面急召李林甫進宮來商量，廢立太子的事情。李林甫奏道：「此陛下家事，非臣所宜聞！」玄宗便立刻下詔，廢太子瑛與瑤、琚二王均為庶人，打入內牢；惠妃又買通管獄太監，斷絕飲食，活活把太子瑛和鄂、光王三人餓死，形狀十分悽慘。

這消息傳出去，滿朝文武都替太子含冤；獨這位玄宗皇帝，只因正在寵愛惠妃，也毫不覺悟。只是武惠妃自從謀死了太子瑛和鄂光二王之後，時時心驚膽戰，每至夜深人靜以後，良心發現，好似那太子和鄂、光二王的鬼魂，慘悽悽的站在跟前，向自己索命一般。

她無論黑夜白日，總把這件事擱在心頭，那鬼魂愈纏繞得厲害；甚至青天白日，不論惠妃行走坐臥，總見鬼影憧憧，把個美人兒般的惠妃早嚇得魂夢難安，飲食不進，漸漸的形銷骨立起來。只因她要在萬歲爺跟前侍強沽寵，見了萬歲爺，打起精神，一樣的敷粉勻脂，輕顰淺笑；而玄宗只顧自己尋樂，也不曾留意惠妃的身體。

說也奇怪，惠妃正在疑神弄鬼的時候，只須萬歲爺一到，那鬼魂便逃走得無影無蹤，惠妃也覺得精神清醒過來；因此，惠妃越發撒痴撒嬌，竭力把這位萬歲爺迷住在宮中，也是藉著萬歲爺的威光，抵敵鬼魂的意思。但可憐這惠妃飲食不進，日夜無眠，把個病體硬支撐著，總是支撐不住的。

那日，玄宗出宮，在勤政樓大宴群臣的時候，惠妃在床上假寐；一睜眼，只見那已死的太子瑛，帶領著一群小鬼，直撲上床來，舉起手中的狼牙棒，直向惠妃酥胸上猛打。打得惠妃痛澈心肝，慘聲大叫，接著嘔出十幾口鮮血來；兩眼一翻，昏死過去了。

那內宮太監見不是事，急急去報與總管太監，總管太監報與高力士知道；高力士不敢怠慢，一面報與萬歲爺知道，一面急去傳御醫進宮請脈。待皇帝到來，惠妃已轉過一口氣來，一眼見玄宗坐在跟前，她神魂也定了些，兩手緊緊的拉住玄宗的袍袖，口口聲聲說：「萬歲救我！」

御醫進來請過脈象，奏說：「萬歲爺請萬安，貴妃是一時痰迷心竅，玉體是不妨事的。」誰知這惠妃捱到夜深時分，更加混鬧起來，嚇得宮人個個害怕。惠妃被鬼魂捉弄得床上也睡不住了，便有兩個宮女上去，扶著下床來；忽見她雙膝跪倒，說一回，哭一回，有時趴在地下叫饒，說：「太子拿狼牙棒打死我了！」那身體在地上打滾躲閃，好似避打的樣子；雙手合在胸口，只是嚷痛。

玄宗看了，心中萬分不忍，上去抱持她；惠妃力大無窮，從皇帝懷中掙脫下來，仍倒在地上。只見她眼珠突出，口中鮮血直流，頭髮披散；人人害怕，不敢近前。將近五更天氣，那武惠妃嘶叫得聲啞力竭，直著嗓子哭喚，居然像鬼嚎一般；一時死去，一時又醒來，整整鬧了一夜，好不容易捱到天明。

玄宗也再沒有這個精神支撐了，便幸高婕妤的宮中休息去；這武惠妃見皇帝去了，她也不言語了，只裝著鬼臉，自己拿手撕開衣服，露出雪也似白的胸膛來，便好似有人在剝她衣服的樣子。可憐武惠妃雖說不出來，其痛苦之狀，實在難堪！直延挨到第二日傍晚，才真的嚥過氣去死了。玄宗得了消息，想起往日的恩愛，便親自臨幸惠妃宮中，撫屍痛哭了一場，命高力士好好收殮。

那高婕妤把皇帝勸回宮去，自己粧成花朵般兒模樣，又令宮女當筵歌舞，在一旁裝盡嬌媚，勸皇帝飲酒；無奈，玄宗總因想念著惠妃，酒落愁腸，便覺得淒涼無味，夜間在床上，總是長吁短嘆，不能成寐。高婕妤無法可想，便暗暗的約同後宮中諸妃嬪，在御苑中安排下盛大的筵宴；不但是庖龍炙鳳，且調齊了六百名歌舞的宮女，候著天子一到，便齊齊的歌舞起來。

配著悠揚宛轉的音樂，嬌滴滴的歌喉，軟綿綿的舞態，真令人骨醉魂銷！時值秋深，居然滿園紅紫，垂絲頭綵，裝點作春花模樣。玄宗皇帝舉目看時，見兩旁隨侍的妃嬪如武賢儀、鄭才人、陳人才、王美人、閻才人、盧美人、鍾美人、柳婕妤、郭順儀、劉才人、皇甫德儀、錢德妃、劉華妃和高婕妤，大半是玄宗平日寵愛的。

玄宗生平最歡喜公主，這時，高婕妤也悄悄的把那班公主和駙馬喚進宮來陪宴，和永穆公主和駙馬王繇、常芬公主和駙馬張去奢、常山公主和駙馬竇澤、晉國公主和駙馬崔惠童、新昌公主和駙馬蕭衡、臨晉公主和駙馬郭潛曜、衛國公主和駙馬楊說、貞陽公主和駙馬蘇震、信成公主和駙馬獨孤明、楚國公主和駙馬吳澄江、昌樂公主和駙馬竇鍔、永寧公主和駙馬裴齊邱、宋國公主和駙馬楊徽、齊國公主和駙馬裴穎、咸宜公主和駙馬楊洄、廣寧公主和駙馬蘇克貞、萬春公主和駙馬楊錡、壽昌公主和駙馬郭液、樂城公主和駙馬薛履謙、新平公主和駙馬姜慶初，一對對佳兒佳婿，圍繞著皇帝。

玄宗見人多熱鬧，才慢慢的把悲哀忘去。這許多妃嬪，卻長得各有動人之處。高婕妤口齒伶俐，如百靈鳥似的，能說能笑；劉華妃卻是靜默幽雅，明眸一睞，含羞微笑，令人見之意遠；錢德妃卻苗條可愛；皇甫德儀又豐柔得可玩；劉才人的淡裝，郭順儀的禮服，互相輝映，顧盼宜人；柳婕妤的點額粧，眉心微蹙，令人可憐；鍾美人的醉顏粧，雙頰胭脂，卻又紅得可憐；盧美人的細腰、閻才人的纖手，令人一見心醉。

此外，王美人、陳才人、鄭才人、武賢儀，或以姿色勝，或以神態勝，各有動人之處；這一班妃嬪，都深承帝王恩澤的。當時玄宗見了，回想前情，便各賞綵緞十端，黃金百兩；一場歌舞，直熱鬧到天色傍晚。玄宗見錢德妃柳腰兒轉側得可愛，便倚醉攀住德妃肩頭，手拉手兒，臨幸錢德妃的宮中去。

從那天御苑宴會以後，玄宗皇帝勾起往日舊情，便依次輪流著到各妃嬪處臨幸去，一時雨露普及；惹得一班望幸的妃嬪們，夜夜在宮中金錢暗卜。後來給玄宗知道了，索性命諸妃嬪以金錢賭賽，勝者得侍帝寢；一時，宮中金錢之戲甚是盛行，玄宗在一旁，眼看著諸妃嬪爭奪自己身體，心中甚是得意。

這時，高力士出使在閩粵一帶地方，在次年春季回宮，採辦得許多奇花異草，又有鸚鵡、白鶴、彩鹿、金雞，散放在御花園中；一時哄動了全宮中的妃嬪，引逗玩弄著。玄宗也命在勤政樓，為高力士洗塵、賜宴，高力士在當筵，說些閩中風景、粵地人物，君臣二人直飲到黃昏月上。

力士又悄悄的奏道：「此次臣奉使南行，已為陛下物色一枝解語花在此！願陛下屏退左右，下閣觀賞。」玄宗聽奏，真的只帶一個小太監下閣去。只見月移花影，滿地如繡；映照在月石臺階上，一片皎潔。廊下鋪設著寶座，玄宗皇帝才坐定，只覺遠遠一陣香風從花下吹來，夾著環珮叮噹的聲音；向階下望去，只見一對雉尾，擁著一個美人兒，冉冉的從花下行來，走上白石臺階。

月光照在她的粉臉上，看時，玄宗心頭不覺一驚，真是搓脂摘粉，羞花閉月；又嫵媚，又白淨。看她披著霧縠雲裙，手握一枝梅花，疏影橫斜，幾疑是月裏嫦娥，下臨塵世！直看到那美人盈盈下拜，嬌聲稱：「奴婢江采蘋見駕，願吾皇萬歲，萬歲，萬萬歲！」鶯聲嚦嚦，喜得玄宗皇帝忙親自下座，伸手去扶起；向粉臉上看時，只見眉彎入鬢，星眼羞斜，把個皇帝樂得連連呼著美人，當夜便在翠華西閣臨幸了。

因江采蘋性愛梅花，第二天聖旨下來，便封她為梅妃。這梅妃幽嫻貞靜，玄宗坐對美人，閨房靜好，宛似新婚夫婦一般；梅妃天性愛潔，她粧臺繡榻打掃得絕無點塵。

說也奇怪，玄宗在別個妃子房中，那妃子歌著、舞著、說笑著，百般討皇帝的好兒，這皇帝玩過一天兩天，覺得玩膩了，便丟開手，找別個妃子玩去了；獨有這梅妃，她陪伴著皇帝在屋中，也不歌，也不舞，也不說笑，只是靜靜的。玄宗和她說話，她總是抿著朱唇微微一笑；在這一笑中，便顯露出無限嬌媚的神氣來，把個風流天子整日迷住在粧閣中，一連十日不坐朝，把滿朝文武盼得望眼欲穿。

高力士進宮去探望，總見這玄宗懷中擁著梅妃，拿著彩筆，畫著眉兒；有時捧著那隻玉也似的纖手，替梅妃修著指甲。高力士看這情形，也不敢進去驚擾；直到大祭之期，李林甫進宮去，面請聖上祭祀皇陵。玄宗是一刻也不能離開梅妃的，如今要出宮去，有十多日的分別，如何捨得下，便想把梅妃帶去；只因祖宗定例，非皇后不能親與祭祀。

玄宗一心想把梅妃立為皇后，又怕臣下不服，便親自和梅妃去商量著；誰知自承恩幸以後，已有了三個月身孕，不耐車馬之勞。玄宗滿心歡喜，便放梅妃在宮中靜養，自己擺駕出宮，帶了文武百官祭祀陵寢去；滿心待梅妃產下皇子來，便立她為皇后。

第五十二回　貴妃出浴

玄宗出得京城，只見山環水繞，一帶蒼翠，卻也不覺心曠神怡；一時把溫柔滋味丟在腦後。祭過皇陵，皇帝住在山下行宮裏；這是初夏天氣，玄宗靠南窗坐下，清風拂樹，花雨繽紛。遠遠的，見林外一片水光，有一群村童，在水中出沒游泳為戲；襯著碧波，那兒童精赤著身體，愈顯得嬌潔可愛。

玄宗觸景生情，便想起六宮妃嬪，個個是白玉也似的肌膚，驚鴻也似的姿態；倘能個個把衣裳脫去，露出嬌嫩的身體來，在碧波中游泳著，一來，也不辜負了她天生成一身的好肌膚，二來傳在後世，也是一段風流佳話。當下急回宮去，原想和梅妃商量如何建造浴池，如何使各妃嬪在池中遊戲；誰知玄宗和梅妃只分別得十多天，把個梅妃卻害成相思病了。

玄宗進宮去看時，只見她雙鬟飄蓬，眉峰蹙損，那粉龐兒也消瘦了許多；玄宗看了十分心疼，便終日陪伴著梅妃，在房中料理湯藥，寸步不離。這梅妃原是嬌怯怯的身軀，又因懷孕在身，一連五六天身體發燒，便把腹中的皇子小產下來了；這一小產不打緊，從此梅妃的病勢愈見虛弱。玄宗皇帝一面痛惜

這個流產的皇子，一面傳御醫給梅妃服藥調理；梅妃在病中，自不能與皇帝尋歡作樂，反把這位風流天子久曠起來。

玄宗每日在宮中，除照料湯藥以外，閒著無事，便想起造浴池的事情來，便召高力士商議此事；高力士聽玄宗說要造浴池，便奏道：「洗浴以溫泉為最妙，先帝在日，常駕幸驪山溫泉就浴；那處的泉水溫暖，浴之又可以卻病延年。驪山下原有行宮一座，如今不如就那座行宮改造，將溫泉遮蓋在內，不論冬夏，俱可入浴。」

玄宗聽了高力士的話，連說：「妙妙！朕如今下旨內藏府官，多發內帑；即著卿為朕督造驪山浴宮，不必節省金錢，總以精美為是。」

高力士領了聖旨，便向內藏府去領了銀錢，立刻召募八萬人伕，趕往驪山動工建造；虧他運用巧思，又去覓得了許多巧匠日夜趕造，共經過二年的時間，把一座精巧壯麗的行宮造成了。在這二年之中，高力士又打發內侍官，向各路去搜集珍寶玩物，搬進行宮去裝點起來；工成之日，便奏請天子臨幸。

玄宗在宮中正悶得慌，聽說浴宮完工，便輕衣減從的駕幸驪山去。皇帝騎在馬上，那文武百官前後簇擁著；看看到驪山腳下，遠遠望去，見山抱樹繞，林中建起一條白石甬道，路盡頭樹深處，藏著一座精美的行宮。那宮殿全倚著山腳造的，樓閣起伏，半顯半隱，那屋頂全是白石造成；玄宗望見外面的模樣，便讚嘆說：「好一個幽靜的所在！」

進得宮來，那屋宇十分宏壯，畫角飛簷尚且不用說它；便是那人在殿中走著，地勢漸漸的高聳，地面上不露階級，行走又不十分吃力，不知不覺已走到山腰。只見眼前立起一座飛橋，足足有五六丈長，七八丈寬；兩旁雕欄文窗，推窗一望，只見遠處平疇綠野，錯落簾前，近處奇峰翠障，奔赴腳下。那橋下又萬紫千紅開遍，一股清泉宛轉奔騰，從林中流出，向橋下經過，流向宮牆裏去；只見水面上熱氣薰騰，這便是著名的驪山溫泉。

玄宗下得橋來，已是行宮的後苑；回看那座長橋，真如天半玉樓，又如飛龍就飲。玄宗讚嘆道：「真神工也！」說著，已進入後苑，在織錦迴廊上走著。那迴廊全是雕樑文磚，綠窗錦隔，這也不去說它；最可愛的，是那路徑迴環曲折，人在兩處行走，看看格窗相近，忽然又被花樹遮隔，相離漸遠，往還追隨，便有咫尺天涯之感。

玄宗大笑道：「先隋煬皇帝有迷樓，朕卻有迷廊！」繞了半天，才出了迷廊，眼前便是一片池湯。上面飛舞雕樑，遮著一層明瓦，十分寬敞；分作東西兩池，東池稱為龍泉，西池稱為鳳池。

那龍泉是雕成一隻大龍，在池面上團團盤住；樑柱盡是龍身，龍頭在西面池角上俯著，張大了嘴，

一股泉水從龍口裏噴湧出來。鳳池卻雕成接連的五色雲章作為樑柱，一隻彩鳳浮在東面池角上，張著翅兒，裝成戲水的模樣；那溫泉便從彩鳳的兩翼下流出，恰恰水沒著鳳翅，看不出流水的痕跡來，一隱一現，十分巧妙。

這時水面上浮著翠色的荷葉，紅色的蓮花；那荷葉是以翠玉琢成，大如桌面，蓮花是以紅玉琢成，大如蒲團，浮在水上，生動有致。龍泉中，又有一頭白玉琢成的駿馬，備為皇帝入浴時乘坐之用；那鳳池中的彩鳳，卻是準備皇妃入浴時乘坐用的。最可愛的，那池底池岸俱用一色綠磚砌成，映得水也成了碧綠色，沿池邊種著龍鬚瑤草，四周圍著白色雕欄；欄外走廊十分寬闊，陳設著錦椅繡榻，預備出浴、入浴時隨意起坐。

這龍鳳兩池，水面寬闊，足有十丈方圓；此外又隔分長湯浴池四十餘間，環迴砌以文石，為各妃嬪入浴之處。入水的一面，築成銀樓漆船，或白香木船；水中疊瑟瑟及沉香為山，仿著瀛州方丈模樣，為各妃嬪入水休息之地。最巧妙的，各池水設一總機括；只須將機括一扳，那池水立刻退盡，池底綠磚一齊顯露出來。

高力士陪侍天子，在池旁口講指劃，說出許多妙處來；把個玄宗聽得心花怒放，便把這座行宮賜名為「華清宮」，那浴池便賜名「華清池」。回宮去，揀了一個天氣晴和之日，下詔命六宮妃嬪和公主、王妃、內外命婦，盡入華清池試浴。那許多命婦和王妃公主聽說天子賜浴，便個個打扮的粉白黛綠，珠圍翠繞，準備朝天子去。

到了這一天，玄宗先在華清正宮中賜宴，眾夫人和公主妃嬪等，滿屋子脂粉少婦，螓首蛾眉，釵光鬢影；只聽得環珮叮噹，衣裙窸窣，傳杯遞盞，靜悄悄的領著御宴。飲到半酣，只見高力士進殿來，高聲傳話道：「萬歲駕道！」慌得眾夫人齊齊站起，分班候著；妃嬪和公主站在前面，夫人們站在後面。

只聽得殿下雲板響亮，接著小太監唵唵喝道的聲兒，萬歲的小羊車直到庭心停住，靴聲橐橐的走上殿來；慌得眾夫人齊齊跪倒，萬歲爺走上殿去，在中央座上坐下，那梅妃卻陪坐在一旁。有小太監唱著各夫人、各公主、妃嬪的名兒，唱完了名，只聽得嬌滴滴的一陣喚：「願吾皇，萬歲萬歲萬萬歲！」

玄宗看時，見一屋子黑壓壓的雲髻齊俯，那花香粉味充滿了殿宇；皇帝心中甚是快樂，忙傳旨，賜眾夫人華清池湯沐。眾夫人領旨，謝過恩，由宮女上來，引導入後苑華清池中；脫去衣裙，一個一個露出白潤的身體來，走下分間的長湯浴池中洗著身體。

那溫泉天然溫暖，潤著肌膚十分舒暢，每一間浴池都有宮女二名伺候著；那宮女們早已將上下衣服

脫去，只在腰間圍著一條短羅裙，入水扶持著。眾夫人游入池心，戲弄一回，去坐在銀漆船頭上；宮女獻上御賜的怯寒葡萄酒一杯，眾夫人飲下。宮女拿浴巾替她在渾身上下洗抹著，洗得身體潔淨，又下水戲弄一回；扶上岸去，在錦廊下白石凳上坐著。又有宮女替她抹乾了身體，重整過雲髻，穿齊整了衣裙，出殿去謝過皇恩；皇帝賜各夫人銀花一朵，綴在鬟兒上，才各自告辭回宮去。

這裏，眾妃嬪、公主在殿上陪伴著萬歲飲酒，傳李氏兄弟帶領歌姬、舞女上殿來歌舞著；那李龜年和李彭年兄弟二人，各領一班宮女，教授歌舞，製成渭州曲，教成驚鴻舞。唱來宛轉抑揚，舞來翩翩飄忽；玄宗看了甚是嘆賞，傳旨各賞龜年、彭年黃金千兩。

梅妃見萬歲爺愛驚鴻舞，便親自下座來舞著，經李彭年略一指點，居然也進退中節，宛轉多姿；玄宗看了，更是歡喜不盡，親自下座，把梅妃的腰肢扶住。梅妃舞罷，也嬌喘細細的軟伏在萬歲肩頭；玄宗送過一杯酒在梅妃唇邊，梅妃就萬歲手中飲下，歸座去。接著，眾妃嬪要爭萬歲的寵愛，個個離席來，歌的歌，舞的舞；歌的珠喉宛轉，舞的柳腰起伏，真令人目迷心醉。

玄宗看到快樂的時候，便傳旨各賞綵緞二端，玉搔頭一支，眾妃嬪謝過恩；玄宗便領著過飛橋，入後苑華清池就浴去。四十餘位妃嬪，分佔了四十餘間浴池，各自有宮女服侍著，卸去衣裙，頓時百餘條皓腕齊舒，數十個玉肩斜嚲；那長湯浴池雖說分著間兒，但池面上只架著短欄，一個個從月洞窗兒裏望去，那粉頸香肩一齊在目。

玄宗和梅妃自有宮女扶著，入龍泉鳳池沐浴；有四個宮女扶著梅妃入水去，斜坐在鳳背上。玄宗看時，雪膚花貌襯著她，那副嬌羞宛轉的神韻，真欲令人看煞；正看得出神的時候，只見梅妃蛾眉緊鎖，朱唇失色，嚶嚀一聲，早已暈倒在那彩鳳背上。慌得眾宮女把梅妃扶上岸來，替她按摩著酥胸，一聲一聲的在她耳邊喚著；慌得玄宗皇帝也在水中跳起來，把梅妃水淋淋的身體摟在懷裏，拍著肩兒喚著。

那梅妃「哇」的一聲，從喉底裏轉過氣來；宮女幫她拭乾了身體，扶出外房去。玄宗也無心洗浴，穿上衣服，跟出外屋來；便有御醫進來請脈，奏說：「娘娘一時氣閉，是不妨事的。」玄宗看梅妃果然神氣清醒，依舊說笑自如，便也放了心，吩咐把梅妃扶進寢室去睡著養神；自己究竟捨不下那眾妃嬪，便又返身走入浴池去。

看時，那眾妃嬪正隔著窗兒潑水戲耍，那粉臉上都被水沾得胭脂淋漓；玄宗看了，不覺大笑。那些妃嬪們見萬歲駕到，一齊在水中躬身接駕；玄宗含笑，向眾妃嬪招著手兒，眾妃嬪一齊水淋淋的奔上岸來，把個皇帝團團圍住跳著唱著。玄宗一件嶄新的龍袍，被水沾得濕透了肩袖；玄宗非但不惱，看她們赤著玉也似的身體站在面前，忙得他丟了這個，又抱那個，更把一件袍兒盡染上脂粉水兒去。

玩笑多時，各妃嬪才拭乾身體，穿上衣裙；玄宗也另換了一件袍兒，一群妃嬪簇擁著一位風流天子，從織錦迴廊中走去。玄宗一瞥眼，只見一個女子露著上半身，隔著廊兒，在花窗下斜倚著；看那女子背著身兒，雲髻半偏，香肩斜嚲，襯著苗條的腰肢兒，已是動人心魄。待她一回過臉兒來，那半邊腮兒，恰恰被一朵芙蓉花兒掩住，露出那半面粉靨來，嬌豔豐潤，也分辨不出花光人面，真可稱得是國色天香。

玄宗雖有三宮六院的妃嬪終日賞玩著，嬌小的、豐腴的、濃妝淡抹的，雖見了許多，卻不曾見有如此絕色的美人兒；不知不覺把皇帝的魂兒絆住，那腳兒也不由得向美人身旁行去。眾妃嬪見萬歲爺注定全神在隔廊的美人身上，便也知趣，一齊悄悄的退去；只留著高力士隨侍在皇帝身後。

玄宗正向美人身畔走來，看看已近在咫尺，誰知卻被雕欄隔住，可望而不可即；那美人卻也放刁，見萬歲爺行來，她便佯羞低頭，一轉身，如驚鴻一般，向廊東頭行去。玄宗正想上前去招手喚住，一轉念，今日有各路親王妃子放進宮來遊玩，那美人也必是親王的妃子，千萬不可冒昧召喚；狠一狠心，又想丟下手走開。

看那美人在前面緩緩的行走著，腰肢嬝娜、凌波微步，真好似輕雲出岫一般，看了叫人愛煞；玄宗便隔著廊兒，跟定了那美人的腳蹤兒走著，高力士也默默的跟隨在身後，亦步亦趨的沿著迴廊，轉彎抹角的走著。

上面說過，這織錦迴廊原建造得十分巧妙，倘不得門徑，便夠你繞一輩子也繞不出來；如今玄宗皇帝是有意跟蹤那美人兒，那美人兒也有意引逗這位風流皇帝，只向那曲折幽密處行去。看看兩面只隔著一重迴廊，但繞來繞去，總不能接近；再看看已趕上了，不知怎麼一繞，那美人兒被花障兒遮住，忽然不見了，一轉眼，卻又在身後出現。

玄宗急急轉身走去，依舊是被一重雕欄隔住；看那美人只是掩袖一笑，轉向別處去了。急得玄宗皇帝只是抱怨那建造這織錦迴廊的工匠，如此捉狹弄人；待玄宗走到那美人站立的地方，已是去得無影無蹤。高力士向四處走廊上去找尋，那美人早已繞出迴廊，向別殿遊玩去了；玄宗見跟不上這美人，只得垂頭喪氣的也出了迴廊。

出了後苑，走在飛橋上，向下望去；一瞥眼兒，又見方才那個美人出沒在橋下花樹之間。這時身旁多了兩個侍婢，一個手中捧著一個膽瓶，瓶中插著二三朵折枝芙蓉；一個手中拿著拂塵帚兒，時時在美人兒身體四周，拂去空中的飛蟲和那蜂兒蝶兒，這美人兒只低著頭，沿著溪水邊慢慢的行去。

玄宗在橋上遙指著，對力士說道：「你看，這模樣兒真可寫入圖畫呢。誰家這可喜娘，總有時將她宣召在朕當面，待朕看一個飽呢！」

高力士到這時候，實在忍不住了，便奏對道：「這有何難？陛下自己的媳婦兒，少不得由陛下看一個飽也！」

玄宗見說，不覺一驚，忙問他：「是誰家的王妃？」

高力士忙奏道：「那婦人便是壽王的妃子楊氏。」

玄宗一聽，真是自己的媳婦兒，不覺滿面羞慚，忙自己掩飾著說道：「怪得呢，這孩子自從武惠妃生下地來，怕不能養大，自幼兒抱在寧王府中管養；元妃看教他好似親生兒子一般，那媳婦兒也是在寧王府中娶的，不常到朕宮中來，一家子翁媳，反覺生疏了，想來真覺好笑！」說著，便哈哈大笑。

高力士聽了玄宗的話，便奏請道：「可要去召這楊氏來進見？」

玄宗忙搖著手道：「不必，不必！」說著，便走下橋去，在那甬道上低頭默默的走著；半晌，不覺嘆一口氣，自言自語的說道：「瑁兒這孩子，真好豔福也！」

玄宗說了這句話，才發覺自己說得太忘形了，忙又自己掩飾著說道：「想我大哥在世的時候，我們弟兄們何等親熱；終日吃也在一處，玩也在一處，臥也在一處。還記得朕初即位的時候，離開了眾弟兄，孤悽悽的一個人住在宮中，心中好不煩悶；便把我大哥召進宮來，依舊和他在一處兒玩著喝著。

還記得有一天，是朕和大哥對坐著，嘗那內廚房新製的荷葉羹；大哥正滿嘴含著羹湯，不知怎的錯了喉，一個噴嚏，噴得朕滿臉、滿鬍鬚盡是羹湯。我大哥急得滿臉通紅，忙拿自己的袍袖替朕拂拭著；朕怕大哥心中羞慚，便喚內侍們上來收拾乾淨。這時，黃幡綽站在一旁，笑奏道：『這不是寧王錯喉，這是寧王噴帝！』我和寧王兩人聽了，忍不住呵呵大笑起來；至今想來，還是很有味兒的呢！」

玄宗說著，已走進了華清正宮；想起梅妃方才暈倒在浴池中，便踅入寢宮，探視梅妃的病情去。這一晚，玄宗和梅妃是第一夜幸這華清行宮；梅妃得玄宗如此寵愛，便支撐著病體百般承迎。但是看玄宗神情卻大變了，不論一言一笑，總是怔怔的，好似魂不守舍，心中別有心事一般；一任梅妃如何裝嬌獻媚，玄宗總是淡淡的神情。好不容易，捱過了一夜；第二天清晨起來，玄宗便離了寢宮，出御便殿，悄悄的把高力士召進宮來。

這高力士原眠息在殿帷中的，一聽說聖上召喚，便急急進宮來；一看萬歲孤悽悽的一個人坐在屋中，看他臉色，便知道昨夜失眠，見高力士進來，也好似不看見的一般，只是怔怔的。高力士心中禁不住驚慌，他以為昨夜萬歲和梅妃鬧翻了，又疑是自己得了什麼罪，萬歲正震怒呢；忙悄悄的趴下地去，跪在一旁。

半晌，只聽得玄宗打著手掌，自言自語的道：「這美人兒真可愛！叫朕心下好難拋下也！」

高力士聽了，才恍然知道，皇帝依舊在那裏想念那壽王的妃子楊氏；看萬歲那痴痴的神情甚是可憐，便奏道：「萬歲若愛那楊氏，奴才能替萬歲爺，去召她進宮來見一面兒。」

玄宗嘆著氣說道：「我們翁媳見一面兒，有什麼意思？眼見得朕這相思害到底也！」說著，又連連的嘆氣。

高力士聽了玄宗的話，心中一轉念，得了主意；便搶上一步，在玄宗耳旁，低聲的說了一番話。玄宗聽了，也連聲讚說：「好主意！好主意！朕便依卿的主意行去。」

玄宗自從和高力士在背地裏商量得了主意以後，便覺玄宗每日笑逐顏開；他也不找眾妃嬪遊玩，也不在梅妃屋中逗留，每日只打扮得遍體風流，在書房中靜養，自有高力士伴在一旁。

再說那壽王的妃子楊氏，真是長成國色瓊姿；世居在永樂地方，自幼兒父母雙亡，在叔父家中養大。十八歲選入壽邸，為壽王妃子；如此美人，夫妻自然十分寵愛。但自從那日在華清宮賜浴回來，不知怎的，心中總留著一個皇帝的風流影兒，從此茶飯也少進，睡眠也不安；便是夫妻之間，也便覺得淡淡的，一任壽王百般寵愛，那妃子卻越覺可厭，總是遠遠的避著。

這樣一天一天的下去，夫妻之間忍無可忍，在半夜時分，他兩口子便大鬧起來；全府內外的人，都慌得不敢睡覺，捱到天明，趕忙去把寧王夫婦二人請來。那壽王自幼兒在寧王府中養大的，見了寧王的元妃，兩口子便訴說不休；楊氏卻一口咬定，說願入庵當尼姑去。一任那寧王夫婦如何勸說，那壽王如何求告，這楊氏便如鐵石鑄成的心腸一般，總是啼啼哭哭的。

在府中又留了三天，楊氏卻尋死覓活的吵鬧不休；元妃看看，實在留不住了，便勸著壽王說：「這婦人心腸已變，放她當尼姑去吧。」這壽王沒奈何，只好把自己心愛的美人兒，生生的眼看她辭別出府去；壽王看著楊氏登車，自己卻忍不住那淚珠兒噗噗簌簌的落了下來。

寧王夫婦伴著壽王在府中，早晚勸戒；又傳府中的姬人來歌舞，勸著壽王的酒。可憐壽王這時滴酒難咽，又選幾個絕色的妓女，到壽王寢室中去伴寢；一連三夜，竟是各不相犯的。楊妃在府中時，原有貼身的兩個侍女，一名永新，一名念奴，卻也長得伶俐美貌；如今楊妃已帶著出府去，丟下這壽王，愈覺冷清清的沒了手腳。

隔了幾天，皇帝聖旨下來，替壽王選定了韋昭訓的女兒韋氏，配與壽王為妃子；玄宗特賜黃金萬兩，綵緞千端，為新妃子的見面禮兒。壽王見是父皇特旨替他娶的妃子，便也不敢怠慢；看那新妃子一樣也長得美麗賢淑，得了新歡，便也忘了舊愛。

第五十三回　霓裳羽衣

壽王妃子楊氏，帶了她貼身的兩個侍女永新、念奴出了王府，真的進萬壽庵做尼姑修行去了；那庵中的老尼姑，替她取個法名，喚做太真，既不責她茹素念經，也不勞她打掃佛堂，主婢三人，在庵中自由自在的度著歲月。

捱到第二年春天，高力士受了皇帝的密旨，悄悄的來到庵中，把楊氏宣召進華清宮去。原來這楊氏出壽王府，入萬壽庵，全是高力士的計策；他買通了永新、念奴二人，時時勸著楊氏丟下壽王，進宮去得萬歲爺的寵愛，少不得享榮華受富貴、正位六宮，至少也封一個貴妃娘娘。

楊氏究是一個女流之輩，享榮華的心重，愛壽王的心薄；她在華清宮中，見皇帝對著她露出痴痴癲癲的樣子來，不覺又感動了她的柔腸。心想：自己長得這一副絕世的容顏，也不可辜負了自己；如今，難得這多情天子如此流連，便是拼著失了節，也是值得的。

她如此一想，便聽信了永新、念奴的話，決意和壽王決絕了；推說是做尼姑修行去，假此遮掩人的

耳目。如今，高力士把她悄悄的迎進宮來，在華清宮西閣中召見；永新、念奴兩婢，簇擁著楊氏走近皇帝身前去，盈盈跪倒。只聽得嬌滴滴的聲音道：「婢子楊玉環見駕，願吾皇萬歲萬歲萬萬歲。」

玄宗一見這楊玉環，喜得心花怒放，忙吩咐平身，又令高力士看座，賜楊玉環坐下；此時美人咫尺，玄宗且不說話，目不轉睛的向楊氏渾身上下打量著。只見她雲鬢低覆，玉肩斜嚲；那臉蛋兒長得豐豔圓潤，在嫵媚之中，另具一種柔和的神韻。紅紅的粉腮兒，花嬌玉暈，真令人目迷神往；玄宗皇帝的兩道眼光，憨孜孜的注定在楊氏的兩面粉腮兒上，把個楊玉環看得嬌羞靦腆，低下粉脖去，只是弄著衣帶。

玄宗看夠多時，便傳旨，賜楊氏在鳳池中沐浴；這裏，傳御廚房擺一桌盛筵，在華清宮西廊。玄宗也退入後宮去，換了一身輕衫，早在西廊上坐著；半晌，楊氏浴罷出來，看她穿一件銀紅衫子，雅淡梳粧，愈覺她容光煥發，瑩潔可愛。

玄宗上去，從袖子裏握住楊氏的手，托在掌上細細把玩；見她柔纖白淨，好似白玉琢成的一般，不禁讚歎道：「好美的手也！」永新在一旁，斟過一杯酒來，遞在楊氏手中；楊氏捧著獻與玄宗。玄宗就楊氏手中飲了，心中一樂，不覺呵呵的笑著；忙喚高力士把盞，楊氏也飲了一杯，兩人攜著手，並肩兒坐上席去，傳杯遞盞。

玄宗盡逗著楊氏說笑，又不住的讚歎楊氏的美貌；楊氏欠身謝道：「臣妾寒門陋質，充選掖庭；忽聞寵命之加，不勝隕越之懼。」

玄宗也褒獎幾句，道：「美人世冑名家，德容兼備，取供內職，深愜朕懷！」說著，便把楊氏擁在懷中；兩人淺斟低酌，輕憐熱愛，說不盡的同心話，喝不盡的合巹酒。

玄宗飲到半酣，便提起筆兒來，寫道：「端冕中天，垂衣南面；山河一統皇唐，層霄雨露回春，深宮草木齊芳。昇平早奏，韶華好行樂何妨？願此身終老溫柔，白雲不羨仙鄉。」寫成，便傳李氏弟兄率領兩班歌舞姬人上殿來，把皇帝這詞兒譜入曲中歌著：李龜年才思十分敏捷，當下也製成兩闋歌詞，依著笙簫，分兩隊歌唱起來。

第一隊姬人，齊趁著嬌喉唱道：「寰區萬里，遍徵求窈窕，誰堪領袖嬪嬙？佳麗今朝天付與，端的絕世無雙！思想，擅寵瑤宮，褒封玉冊，三千粉黛總甘讓，惟願取恩情美滿，地久天長！」這一隊歌聲才息，那一隊接著唱道：「蒙獎，沈吟半晌，怕庸姿下體，不堪陪從椒房；受寵承恩，一霎裏身判人間天上。須倣馮嫕當熊，班姬辭輦，永持彤管侍君旁。惟願取恩情美滿，地久天長！」

這兩部歌姬一酬一答，唱得幽揚奪耳；玄宗不覺大樂，傳諭賞李龜年黃金百兩，綵緞十端。這一席酒，直喝到月照瑤階，高力士上來奏道：「月上了，啟萬歲爺撤宴。」

玄宗聽奏，便離席說道：「朕與美人，同步階前玩月一回。」說著，扶住楊氏的玉肩，向月臺上走來。

那李龜年又製成歌兒，在月臺上作樂；歌姬唱道：「下金堂籠燈就月，細端相庭花不及嬌模樣；輕偎低旁，這鬢影衣光，掩映出風姿千狀。此夕歡娛，風清月朗，笑他夢雨暗高唐。」前隊唱畢，接著後隊唱道：「追遊宴賞，幸從今得侍君王；瑤階小立，春生天語，香縈仙仗。玉露冷沾裳，還凝望，重重金殿宿鴛鴦。」

真是笙歌嘹亮，在這月明夜靜時候，那三宮六院處處聞得這歌聲；玄宗聽了歌詞，倍添興趣，便吩咐打道西宮。一簇宮女、內侍們隨侍著，玄宗和楊氏迤邐向西宮走來；看看走到西宮廊下，玄宗便吩咐左右迴避，只留這永新、念奴兩侍女，扶著玄宗和楊氏走進寢宮去。屋子裏面紅燭高燒，繡幃低掛；永新、念奴服侍皇帝和楊氏二人除去冠戴，卸去外衣，退出房門外去候著。

這裏，玄宗看楊氏只穿一領杏綠小衣，燭光搖曳，映射在粉龐兒上，別有手采；玄宗且不喚睡，就燈光下面，細細的把玩楊氏姿色，低低的喚著美人。一會兒從懷中取出一支金釵，一個鈿盒來，遞與楊氏；說道：「朕與美人偕老之盟，今夕伊始；特攜得金釵鈿盒在此，與卿定情。」

楊氏接過金釵鈿盒，深深拜倒在榻前，口稱：「謝萬歲海樣深恩！」玄宗趁勢親自把金釵替楊氏插在雲髻上，一手把楊氏扶起，摟著腰兒，相視一笑，同進羅幃去。

這一夜恩愛，龍飛鳳舞，直到次日近午時分，才見宮女走到廊下來捲起簾子，打開窗幕；玄宗起身梳洗，又轉身坐在粧臺畔，笑孜孜的看楊氏梳粧著。直到傍晚時分，內宮傳出聖旨來，冊封楊氏為貴妃，拜高力士為驃騎將軍，追贈楊貴妃父楊玄琰為太尉齊國公；又拜貴妃叔父楊玄珪為光祿卿，兄楊銛為鴻臚卿、楊錡為侍御史、楊釗為司空。

這楊釗，便是楊國忠，善權變，工心計，早與高力士約為兄弟；後來玄宗傳見楊錡，見他面貌長得清秀，便招做駙馬，把武惠妃的女兒太華公主，下嫁給楊錡為妻。從此楊氏一門顯貴，勢焰日盛。

如今再說那楊國忠，原是楊貴妃的從堂兄，素性淫惡；少年時候，在家鄉永樂地方飲酒賭博，銀錢到手輒盡。一到無錢時候，便向各處親友中強借硬索；那親友們個個厭惡他，漸漸的沒有人理睬他了。國忠在家鄉乏味，便投軍去，強橫多力，臨陣十分勇敢；只是平日在軍中，專門欺弄良懦，結交無賴，魚肉人民。

有人告到節度使張宥跟前，照軍功，國忠有功當陞；只因他橫行不法，便把國忠傳至帳前，痛痛的責打了五百棍，打得他皮開肉綻，受傷臥倒在營房中。待創傷養得痊癒，朝廷換了一個新都尉下來，查出楊國忠種種罪惡，便把他的軍籍革去，逐出營來。

這楊國忠越是窮困無路，只好終日在荒山野地裏，拿弓箭射些野獸充飢；恰巧遇到當地的一個土豪，名喚鮮于仲通的，帶了數十名莊客入山去圍獵。見這楊國忠狀貌魁梧，勇猛有力，便收留他回莊院去，閒著無事，令他看管莊門；楊國忠一改從前兇橫的行徑，專門當面逢迎，背後放刁。

那鮮于仲通看他很是識趣，又能趨奉，便也漸漸的信用著他，使他掌管莊客的口糧；誰知楊國忠卻暗暗的剋扣銀錢，時時短少莊客們的口糧，弄得眾人動怒。這時，楊國忠腰包裏，搜括得頗有幾文銀錢；見眾人怨恨，便一溜煙逃回家去，到蜀州地方，依靠他的叔父楊玄琰。

這叔父在外行商，家中頗積蓄些錢財；誰知這年冬天，他叔父客死在他鄉，家中只拋下了一門孤寡；他叔母甄氏只生有四個女兒：長女楊玉珮、次女楊玉箏、三女楊玉釵、四女楊玉環；個個出落得風流嬌豔，嫵媚動人。

國忠護送她母女五人扶柩回鄉去，沿途車船上下，國忠十分小心的伺候著，甄氏甚是感激；待到蒲州家鄉，甄氏便留著國忠在家中代為照料門戶，撐持家計，從此，國忠便留住在他嬸母家中，甚是安樂。日子一久，他漸漸的又放出本性來，在外面酗酒賭博；他嬸母甄氏身體本來虛弱，終年臥病在床，家中一切銀錢出入，統由次女楊玉箏掌管。

這楊玉箏不但長得豔麗嫵媚，且又風騷動人；那兩彎蛾眉，一雙剪水明眸，再也沒人及得上她那種玲瓏剔透的了。終日嬌聲說笑，鶯聲燕語一般，滿屋子只聽得玉箏的聲音；她說話的時候，眉尖飛舞、眼波流光，那一點櫻桃似的朱唇，真叫人看了愛煞。

楊國忠因是一家兄妹，平日穿房入戶都不避忌，那玉箏妹子又終日總是國忠哥哥長、哥哥短的說著話，好似小鳥依人一般；兩人眉來眼去，風言悄語，已是關情的了，只因礙著姊妹們的耳目，不可以下得手。

這時長夏無事，楊國忠在外邊賭輸了錢，急急趕回家來，欲找他妹妹玉箏要錢去翻本；誰知一走進內室，她姊妹們各自在房中午睡未醒。國忠躡手躡腳的溜進他二妹妹房中去，一眼見楊玉箏上身只遮著一方猩紅抹胸，露出雪也似的肩頸；兩彎玉臂一伸一屈，橫擱在涼席上，下身繫著一條蔥綠色散腳的羅褲，兩彎瘦稜稜的小腳兒高擱在床沿上，套著紫色弓鞋。腰間繫一條褪紅色汗巾，巾上滿繡著鴛鴦；看她柳腰一搦，杏靨半貼，朦朧睡眼，香夢正酣呢。

楊國忠眼中看著這樣的美色，接著又是一陣陣蘭麝幽香，送進鼻管來；由不得他心旌大動，色膽如天，他也顧不得兄妹的名分，竟上去把個白璧無瑕的楊玉箏推醒了。這楊玉箏一段柔情正苦無聊，今得哥哥憐惜她，年幼無知，竟把整個恩情用在國忠身上；玉箏平日手中有的是錢，便暗暗的送與國忠，拿到外面飲酒賭博去。

他兄妹二人暗去明來，這恩愛足足過著二年的光陰；楊國忠在外面，越發放蕩得厲害。他手中一有錢，便又在外邊養著粉頭，漸漸有些厭惡玉箏了；又因向玉箏手中討生活，不得大筆銀錢供他揮霍，他便起了一個歹意，在夜深趁著玉箏濃睡的時候，便悄悄的起來打開箱籠，盜得一大筆銀錢細軟，出去帶著那粉頭，一溜煙似的逃走了。

這一去有五六年工夫，不見他的影蹤；他嬸母甄氏和一家姊妹都怨恨國忠，獨有玉箏春花秋月，寄盡相思。甄氏以一門孤寡，無可依靠，便在三年之中，打點著玉珮、玉箏、玉釵一齊出閣；嫁得少年夫婿，卻也十分歡樂。家中只留下小女楊玉環一人，奉著病母，苦度晨昏；甄氏便攜著女兒，流寓在京師地方。

正盼望一個親戚來慰問寂寞，忽然那多年不見的楊國忠又找上門來；甄氏見了自己姪兒，正要責備他不該不別而行，誰知國忠不俟他嬸母開口，便天花亂墜的說：「如今壽王府中正選王妃，何不把玉環妹子獻進府去？倘得中選，也圖得一門富貴。」又說：「如今自己在京師行商，頗有資財，又結識得宮中許多有權勢的太監；倘把妹子送進府去，只須我從中說一句話，不怕她不中選。」一番花言巧語。

富貴之事，人人貪心的，何況甄氏是婦人見識，聽了國忠一番話，早已打動了心腸；當時便依國忠的意思，把楊玉環的名兒報進府去。到檢驗的日期，有兩個宮裏媽媽到楊家來查看，果然中了選，取進宮去冊立為王妃；從此楊家便顯赫起來，家中亦時有貴人來往。國忠仗著推薦之功，便也久居在他孀母家中。

恰巧這時楊玉箏新喪了丈夫，回家來守寡；他兄妹二人久別重逢，舊歡再拾，竟公然同起同臥，歡娛不止。直到楊玉環被玄宗召進宮去，冊立為貴妃；楊國忠因貴妃外戚，也被召進宮去朝見天子。玄宗見他對答便捷，性情爽利，很是合意，便陞任為金吾兵曹參軍；又傳見楊貴妃的三位姊姊，長姊玉珮封為韓國夫人，次姊玉箏封為虢國夫人，三姊玉釵封為秦國夫人，各賜巨大府弟，盛列棨戟。

其中，以虢國夫人仗著自己面貌動人，常常進宮去和貴妃相見，便是見了玄宗皇帝，也不避忌；皇帝喚她為阿姨，從此三位夫人恩寵日隆，聲勢烜赫。虢國夫人在宮中出入，那命婦公主見了都排班站立，不敢就位；虢國夫人府中，常有各處臺、省、州、縣官進獻珍寶，奔走請託。門庭若市，財幣山積；夫人家中的豪奴，便在外橫行不法。

這日，虢國夫人從宮中回府，在大街上遇到建平公主和信成公主的輿仗；那駙馬都尉獨孤明，乘馬在後面護衛著。前隊與虢國夫人的鹵簿相撞，兩方各不相讓，虢國夫人的豪奴便恃強毆打；一時街道擁擠，人聲鼎沸起來。

虢國夫人大怒，吩咐轉過馬頭，重又進宮去，在皇帝跟前申訴；聖旨下來，追奪二位公主的封物，

又革去駙馬獨孤明的官職。從此，虢國夫人在大街上出入，不論大小官員遇到了，乘輿的下輿，騎馬的下馬；都讓在道旁，等候夫人的輿仗過去才敢行走。

如今再說楊貴妃深居中宮，終日得玄宗皇帝輕憐熱愛，真是受盡恩寵，享盡榮華；那皇帝每日除坐朝以外，行走坐臥，與貴妃寸步不離。每有飲宴，必令李龜年率全部樂隊在筵前鼓吹；那聲調抑揚頓挫，甚是悅耳；貴妃便問：「鼓吹的是什麼曲調，卻如此動聽？」

永新偷偷的訴說：「這曲調名『驚鴻』，原是梅妃製就的。那梅妃還有驚鴻舞，是萬歲爺所最愛的。」

貴妃聽說「驚鴻曲」是梅妃製成的，心想：如今萬歲雖說一時寵愛全在妾身，但這梅妃的遺曲，天天在萬歲耳邊鼓吹著，保不定一旦勾起了萬歲的舊情，重又愛上了梅妃；那時，自己豈非也要被萬歲拋棄了麼？她想到這裏，心中不由得焦灼起來。耳中聽著那一陣陣樂聲，反覺十分難受；便推說有病離席，退回寢宮去。

玄宗見貴妃身體不適，便也不忍去驚擾她，自己便守在外屋，隨手拿起一本書看著解悶兒；那永新服侍貴妃睡下，念奴卻伺候著萬歲，一室中靜悄悄的。貴妃在床上，不覺沉沉入夢去了；只聽得窗外有人輕喚娘娘的聲音，玉環急從床上坐起，室中靜悄悄的，不見一人。忙喚永新，又喚念奴，半晌不見有人答應；那窗外卻又聽得有人喚道：「娘娘快請！」

玉環忍不住，親自走出廊下去看時，只見一個女孩兒，宮女打扮的站在簾前；玉環不由得動怒起來，喝問：「我好好的正睡得入夢，妳一個人大驚小怪的，在這裏嚷什麼！還不快出去麼！」

那女孩兒卻笑嘻嘻的回說道：「娘娘莫錯認了，我原不是宮人也。」

玉環問道：「妳不是宮人，敢是別院的美人嗎？」

那女孩兒又搖搖頭，說道：「兒家原是月宮侍兒，名喚寒篁的便是。」

玉環又問：「月中仙子，到此何事？」

寒篁回說：「只因月主嫦娥，向有『霓裳羽衣仙樂』一部，久秘月宮，未傳人世；知下界唐天子知音好樂，娘娘前身原是蓬萊玉妃，特令我來請娘娘到桂宮中去，重聽此曲，將來譜入管絃。使將天上仙音留作人間佳話，豈不是好？」

玉環聽仙女如此說法，心想：「我正要製一曲勝過那梅妃的『驚鴻曲』，如今有仙樂可聽，特我去偷得宮商，譜入曲中；天上仙曲，終勝人間凡響。」當下玉環毫不遲疑，跟定那仙女走去。

一路冷露寒風，乏人肌骨；玉環十分詫異，便問道：「正是仲夏天氣，為何這般寒冷？」

那仙女答道：「此即太陰月府，人間所傳廣寒宮是也。」

玉環抬頭看時，只見迎面一座穹門，彎彎如月；仙女道：「來此已是，便請娘娘進去。」

玉環心中一喜，便自言自語道：「想我濁質凡胎，今日得到月府，好僥倖也！」

門內繁花雜樹，中間露出一條甬道；玉環和仙女二人迤邐行去，看四面景色清幽明媚，令人神爽。一眼見那壁拔地栽著一叢桂樹，繁花點點，從風中吹來，異香撲鼻；玉環問道：「此地桂花怎開得特早？」

仙女答道：「此乃月中丹桂，四時常茂，花葉俱香。」

玉環走向樹下去盤桓一會，口稱：「好花！」正玩賞的時候，只見一群仙女，齊穿著素衣紅裳，各自手執樂器，從桂花樹下吹奏而來。那聲調鏗鏘，十分悅耳，頓覺身體虛飄飄的，如升天際；玉環連連讚歎道：「好仙曲也！」

那仙女在一旁說道：「此便是『霓裳羽衣曲』。」

玉環再留神看時，只見那群仙女各自雪衣紅裙，雲肩垂絡，腰繫綵帶，在那一片芳草地上分作兩隊；一隊吹打著，一隊歌舞著。隱約聽得那歌詞道：

「攜天樂花叢斗拈，拂霓裳露沾；迥隔斷紅塵荏苒，直寫出瑤臺清豔。縱吹彈舌尖，玉纖韻添；驚不醒人間夢魘，停不住天宮漏籤。一枕遊仙，曲終聞鹽，付知音重翻檢。」

聽她歌喉字字圓潤，響徹雲霄；歌息，舞罷，樂停。玉環才好似夢醒過來，嘆道：「妙哉此樂！清高宛轉，感我心魂，真非人間所有呢！」

眼見那一群仙女，冉冉的退入花間去，只留一片清光照徹林間；玉環忽然記起嫦娥來，便道：「請問仙子，願求月主一見。」

那仙女卻笑說道：「要見月主還早呢！妳看天色漸暗，請娘娘回宮去吧。」說著，把玉環身軀輕輕一推；一個翻身，跌出月洞門外。只聽「啊喲」一聲，醒來原是南柯一夢；但仙樂仙歌，洋洋盈耳，減字偷腔，隱約可記。

玄宗坐在外室，聽得貴妃在床上嬌聲呼喚，忙進房來，挨身坐在床沿上慰問著；貴妃擁衾斜倚，掠鬢微笑。這時已近黃昏，玄宗傳內侍在床前擱一矮几，陳列幾色餚饌，便在床頭，和妃子兩人淺斟低酌起來；妃子只是倦眼朦朧的飲下幾杯酒，兩頰紅豔分外可愛，玄宗看了十分憐惜，便命撤去杯盤，攜著妃子的纖手，雙雙入睡去。

直到次日清晨，皇帝出宮坐朝，玉環方從枕上醒來，默記廣寒宮中的「霓裳羽衣曲」，字字都在心

頭；便吩咐永新婢子到御苑中去收拾荷亭，安排筆硯，預備製曲，又吩咐念奴婢子，就西窗下安排曉粧，自己只披得一身輕衫，把雲鬢略攏一攏。永新扶著到荷亭去，耳中只聽得鶯聲上下，燕聲東西；默憶仙曲，宮商宛然，便提起筆來按譜就腔，填就詞句。

永新忙著在一旁打扇添香，貴妃一邊慢填，一邊低唱；間有不妥之處，便反覆吟詠，多時才把曲兒製就。便回頭問永新：「什麼時候了？」

永新回說：「晌午了。」

「萬歲爺可曾退朝？」答稱：「尚未。」

貴妃起身，帶著小宮婢回宮更衣去；又叮囑永新在此，候著萬歲爺到時速即通報，這裏妃子才進宮去。那玄宗已退朝下來，她原約著萬歲爺在荷亭納涼的，待玄宗到得荷亭，不見妃子，便問永新道：「妳娘娘在何處閒耍？」

一瞥眼，見案上有筆墨排列著；永新便回奏說：「娘娘在此製譜，方才更衣去了。」

玄宗見了曲譜，便坐下來逐句推敲，輕吟低唱，音節甚是清新；不覺嘆道：「妃子啊，美人韻事，都被妳佔盡了！莫說妳這娉婷絕世姿態，只這一點靈心，有誰及得妳來！」

第五十四回　安祿山

夜氣人靜，山高月明；這座華清正宮，正傍著驪山西麓，靠山巒一帶，宮牆蜿蜒西去。

這時宮牆裏，朝元閣上，燈火明滅，照出五七個人影來；原來自從那日楊貴妃製就「霓裳羽衣曲」以後，先教與永新、念奴二宮婢念熟了，每夜傳伶官李龜年，帶領唱曲的馬仙期，打鐵撥的雷海青，彈琵琶的賀懷智，打鼓板的黃幡綽，在朝元閣上教授曲譜歌詞，以便傳入梨園，依歌聲歌舞，因此歌聲笛韻，每夜從朝元閣上傳出來。

這時，早已引動了長安市上一個少年，名喚李暮的。他自幼兒精通音律，一支鐵笛，大江南北都是有名；如今他適巧在京師遨遊，打聽得貴妃製有「霓裳羽衣」新曲，頗思一聽新聲，卻苦於宮中秘曲，民間無從傳聞。於是在日間悄悄的走到驪山腳下，繞到宮牆後面去；只見危樓高聳，斜陽照著，露出「朝元閣」三個字來。

他又打聽得，李龜年每夜在此閣上教歌；便於夜深人靜之時，袖中懷著鐵笛，倚身在宮牆下，聽樓

頭仙樂仙歌。樂聲止處，一縷嬌喉唱著第一闋，道：「驪珠散迸入拍初，驚雲翻袂影，飄然迴雪舞風輕，飄然迴雪舞風輕，約略煙蛾態不勝。」宮牆內嬌聲唱著，宮牆外鐵笛和著。

第一闋唱罷；接著唱第二闋道：「珠輝翠映，鳳翥鸞停。玉山蓬頂，上元揮袂引雙成，萼綠回肩招許瓊。」第三闋唱道：「言繁調騁，絲竹縱橫；翔雲忽定，慢收舞袖弄輕盈，慢收舞袖弄輕盈，飛上瑤天歌一聲。」

那李暮在宮牆外靜聽數闋唱完，不覺低聲讚道：「妙哉曲也！真個如敲秋竹，似戛春水；分明一派仙音，信非人世所有。被我從笛中偷得，好不僥倖！」他自言自語的讚歎著，一抬頭，見閣上寂然無聲，人燈俱滅；回頭看天際河斜月落，斗轉參橫，便也袖著鐵笛回去了。

這李龜年在宮中領了歌曲，便去傳授梨園子弟細細拍奏；又教一班歌伎表演羽衣舞，日夜辛苦教練，待得純熟，便去奏明皇上。玄宗因六月初一日，是楊貴妃的生辰，特令設宴在長生殿中；李龜年帶領歌舞子女，也候在殿下聽傳旨試演。

這日，玄宗早朝初罷，便臨幸長生殿；只因時候尚早，一班宮女正忙碌著鋪設筵席，那李龜年卻已在殿前候旨。玄宗便命高力士去視妃子晨粧完未；高力士去不多時，只見一群宮女簇擁著楊貴妃，輕移宮扇，走上殿來。看妃子時，卻換了一身鮮艷的雲裳；走近皇帝身前，盈盈參拜，口稱：「臣妾楊氏見駕，願吾皇萬歲萬歲萬萬歲！」

玄宗忙伸手去，把妃子扶起，說道：「這萬歲千秋，願與妃子同之。」貴妃坐定，玄宗道：「今日妃子之初度，寡人特設長生之宴，同為竟日之歡。」

楊貴妃忙離席謝道：「薄命生辰，荷蒙天寵，願為陛下進千秋萬歲之觴。」說著，宮女捧過金杯來，貴妃獻與皇帝；玄宗飲了，高力士斟上一滿杯酒，又把身前玉杯遞與貴妃道：「為妃子添壽。」楊貴妃謝過恩，兩人相對坐下。

階前仙樂齊奏，殿上傳杯遞盞；正歡樂時候，那高力士上來奏稱：「啟萬歲爺娘娘，國舅楊丞相同韓、虢、秦三國夫人，獻上壽禮賀箋，在宮門外朝賀。」

玄宗取過禮箋來，遞與妃子看去；回頭傳諭道：「生受他們，丞相免行禮，回朝辦事去；三國夫人候朕同娘娘回宮，再賜筵席。」

高力士才得傳旨下去，又走上席間來，奏道：「啟萬歲爺，涪州海南貢進鮮荔枝在此。」玄宗忙命取上來。

只見三個小太監，頭頂著三個大冰盤，盤中滿堆著鮮紅的荔枝；楊貴妃見了這荔枝，不禁笑逐顏開。原來貴妃生長蜀中，愛食荔枝；待選入中宮，便有各路節度使按時貢獻。南海涪州一帶所產荔枝，

色鮮味美，尤勝蜀中；便命地方官一路設備驛馬，到初夏荔熟，採下藏在冰囊中，飛騎按站遞送。人馬竭力奉馳，人飢馬乏，沿路倒斃，又踏死行人的，不計其數；待獻進宮去，一樣的色香味美，絲毫不壞，費去數十萬財力，作踐十百條性命，只為博得妃子食荔枝時候的盈盈一笑。

玄宗的寵愛楊貴妃，真是無以復加；杜牧詩中說：「一騎紅塵妃子笑，無人省識荔枝來。」真是實在情形。後人譜「長生殿」傳奇，有一折「進果」的道得好；我如今附寫在此，看官不妨參讀。可見當時貢使之勞，驛騷之苦，並傷殘人命，蹂躪田禾；以見一騎紅塵，足為千古警戒。

（末扮使臣持竿挑荔枝籃，作鞭馬急上）過曲（柳穿魚）一身萬里，跨征鞍，為進荔枝受艱難；上命遣差不由己，其來名利怎如閒。巴得個到長安，只圖貴妃看一看。

（白）自家西川道使臣，為因貴妃娘娘愛吃鮮荔枝，奉敕涪州，年年進貢。天氣又熱，路途又遠，只得不憚勞苦，飛馬前去。（作鞭馬，重唱巴得個三句跑下）

（副淨扮使臣，持荔枝籃鞭馬急上）（撼動山）南海荔枝味尤甘，楊娘娘偏喜啖。採時連葉包緘，封貯小竹籃；獻來晚夜不停驂，一路裏怕耽，望一站也麼奔一站。

（白）自家南海道使臣，只為楊娘娘愛吃鮮荔枝，俺海南所產，勝似涪州，因此敕與涪州並進；但是俺海南的路兒更遠，這荔枝過了七日，香味便減，只得飛馳趕去。（鞭馬，重唱一路裏二句跑下）

（外扮老田夫上）（十棒鼓）田家耕種多辛苦，愁旱又愁雨；一年靠這幾莖苗，取來半要償官賦。可憐能得幾粒到肚，每日盼成熟，求天拜神助！

（白）老漢是金城縣東鄉一個莊家，一家八口，單靠著這幾畝薄田過活；早間聽說進鮮荔枝的使臣，一路上抄著徑道行走，不知踏壞了人家多少禾苗，因此老漢特到田中看守。

（望介）那邊兩個算命的來了！

（小生扮算命瞎子，手持竹板，淨扮女瞎子彈弦子同行上）（蛾郎兒）住褒城，走咸京，細看流年與五星；生和死，斷分明，一張鐵口盡聞名。瞎先生，真聖靈；叫一聲賽神仙，來算命。

（淨）老的，我走了幾程，今日腳痛委實走不動；不是算命，倒在這裏掙命了！

（小生）媽媽，那邊有人說話，待我問他。（叫介）借問前面客官：這裏是什麼地方了？

（外）這是金城東鄉，與渭西鄉交界。

（小生斜揖介）多謝客官指引。

（內鈴響外望介）呀，一隊騎馬的來了！（叫介）馬上長官，往大路上走，不要踏了田苗。

（小生一面對淨語介）媽媽，且喜到京不遠，我們叫向前去，僱個毛驢子與妳騎。（重唱瞎先生三句走介）

（末鞭馬，重唱前巴得個三句急上）（衝倒小生淨下）

（副淨鞭馬，重唱前一路裏三句，急上，踏死小生下）

（外跌腳向古門哭介）天呀！你看一片田禾，都被那廝踏爛，眼見的沒用了。休說一家性命難存，現今官糧緊急，將何辦納？好苦也！

（淨一面作爬介）哎呀！踏壞人了！老的呵，你在那裏？（作摸著小生介）呀！這老的，怎麼不做聲，敢是踏昏了？（又摸介）哎呀！頭上濕淥淥的！（又摸聞手介）不好了！踏出腦漿來了！（哭叫介）我那天呵！地方救命！

（外轉身作看介）原來一個算命先生踏死在此。
（淨起斜福介）只求地方叫那跑馬的人來償命！
（外）哎！那跑馬的呵！乃是進貢鮮荔枝與楊娘娘的，一路上來，不知踏死了多少人，不敢要他償命。何況妳這一個瞎子？
（淨）如此怎了！（哭介）我那老的呵！我原算你的命，是要倒路死的；只是這個屍首，如今怎麼斷送？
（外）也罷，妳那裏去叫地方，就是老漢同妳抬去埋了吧！
（淨）如此多謝，我就跟著你做一家兒，可不是好！（同抬小生哭諢下）（丑扮驛卒上）
（小引）驛官逃，驛官逃！馬死單單剩馬屭。驛子有一人，錢糧沒半分，拼受打和罵；將身去招架，將身去招架。
（白）自家渭城驛中一個驛子便是。只為楊娘娘愛吃鮮荔枝，六月初一是娘娘的生日；涪州海南兩處進貢使臣俱要趕到，路由本驛經過。怎奈驛中錢糧沒有分文，瘦馬剛存一匹，本官怕打，不知逃在那裏去了，區區就便權知此驛；只是使臣到來，如何應付，且自由他！

（末飛馬）（急急令）黃塵影內日銜山，趕趕趕！近長安。

（下馬介）驛子，快換馬來！

（丑接馬，末放果籃整衣介，副淨飛馬上）一身汗雨四肢癱，趲趲趲！換行鞍。

（丑接馬副淨放果籃與末見介）請了，長官也是進荔枝的？

（下馬介）驛子，快換馬來！

（末）正是。

（副淨）驛子，下程酒飯在那裏？

（丑）不曾備得。

（末）也罷，我們不吃飯了，快帶馬來！

（丑）兩位爺在上，本驛只剩有一匹馬，但還那一位爺騎去就是。

（副淨）哇！偌大一個渭城驛，怎麼只有一匹馬？快喚你那狗官來，問他驛馬那裏去了！

（丑）若說起驛馬，連年都被進荔枝的爺們騎死了；驛官沒法，如今走了。

（副淨）既是驛官走了，只問你要。

（丑指介）這棚內不是一匹馬麼？

（末）驛子，我先到，且與我先騎了去。

（副淨）我海南的，來路更遠，還讓我先騎。

（末作向內介）（恁麻郎）我只先換馬，不和你鬥口。

（副淨扯介）休恃強，惹著我動手。

（末取荔枝在手介）你敢把我這荔枝亂丟！

（副淨取荔枝向末介）你敢把我這竹籠碎扭！

（丑勸介）請罷休，免氣吼，不如把這瘦馬同騎一路走。

（副淨放荔枝打丑介）哇，胡說！（前腔）我只打你這潑骯髒死囚！

（末放荔枝打丑介）我也打你這放刁頑賊頭！

（副淨）剋官馬，嘴兒太油。

（末）誤上用，膽兒似斗！

（同打介）（合）鞭亂抽，拳痛毆，打得你難捱那馬自有。

（丑叩頭介）（前腔）向地上連連叩頭，望臺下輕輕放手。

（末副淨）若要饒你，快換馬來。

（丑）馬一匹，驛中現有。

（末副淨）再要一匹。

（丑）第二匹，實難補湊。

（末副淨）沒有只是打！

（丑）且慢扭，請聽剖，我只得脱下衣裳與你權當酒！（脱衣介）

（末）（白）誰要你這衣裳！

（副淨作看衣披在身上介）也罷，趕路要緊，我原騎了那馬，前站換去。（取果上馬，重唱前一路裏三句跑下）

（末）快換馬來我騎！

（丑）馬在此。

（末取果上馬，重唱前巴得個三句跑下）

（丑吊場）咳，楊娘娘！楊娘娘！只為這幾個荔枝呵，鐵關金鎖徹夜開，黃紙初飛敕字回；驛騎鞭聲砉流電，無人知是荔枝來。

這一折詞兒，雖說是後人鋪張臆測之詞；但在那時，作踐民命，傷害田禾，實在有此情形。

如今再說，玄宗對貴妃說道：「妃子，朕因妳愛食荔枝，特敕地方飛馳進貢；今日壽宴初開，佳果適至，當為妃子再進一觴！」楊貴妃領旨飲酒，永新、念奴在一旁剝著荔枝，進獻與萬歲和妃子。李龜年帶領一群霓裳羽衣的歌童、舞女，上殿來叩見天子；奏道：「樂工李龜年，押領梨園子弟，叩見萬歲爺娘娘。」

玄宗傳諭，快把「霓裳羽衣曲」奏來；李龜年領旨下去。只聽得殿前一片仙樂，更和迭奏；玄宗聽了，也不覺心曠神怡。接著又有一隊隊舞女，在當筵，依著聲兒嬌歌慢舞，把滿殿人的神魂兒整個兒迷住了；玄宗也連連讚歎，說：「好舞姿也！」

歌息舞停，楊貴妃離席奏道：「此等庸姿俗舞，甚不足觀；妾製有翠盤一架，請試舞其中，以博天顏一笑。」

玄宗聽說妃子能舞，且能在翠盤上舞，喜得他笑逐顏開；便說道：「妃子妙舞，寡人從未見過。」

回頭便喚永新、念奴，可同鄭觀音、謝阿蠻二人，服侍娘娘上翠盤來；楊貴妃暫時告退，更換舞衣。

只見二十來個小太監，扛著一架七尺來高，翡翠琢成的舞盤；那盤兒圓圓如月，滑潤鮮艷。盤座雕成蓮花模樣，一柱承托；腳下又雕成四頭玉魚，昂首頂住。玄宗看了高興，便喚高力士傳旨，李龜年領梨園弟子按譜奏樂；又令把那羯鼓移上殿來，待朕親自打鼓。

只見楊貴妃花冠白繡袍，瓔珞錦雲肩，翠袖大紅舞裙；那鄭觀音和謝阿蠻，也各穿一色的白舞衣，手執五彩霓旌，孔雀雲扇，遮著貴妃上殿。永新、念奴簇擁著妃子上了翠盤，樂聲起處，那旌扇徐徐移開；玄宗打著鼓，楊貴妃在盤中，俯仰翩翩的舞起來。

看她腰肢細軟，盤旋跌宕；樂聲愈起愈高，那舞姿也愈舞愈急。只見那翠盤上鞋尖點點，舞袖兒迴風團團；愈轉愈急，也分不出人影釵光。正繽紛歷亂時，忽的樂停舞止，旌扇又合；永新、念奴二人上去，把貴妃扶下盤來，走在玄宗跟前深深一拜。

玄宗扶住貴妃的腰肢，讚道：「妙哉舞也！逸態橫生，濃姿百出，宛若翱風迴雪，恍如飛燕游龍，真獨擅千秋矣！」回頭又喚宮娥看酒，待朕與妃子把杯。

貴妃領了酒，玄宗便傳旨：「速把朕的十匹鴛鴦金錦，一個麗水紫磨金步搖，取來賞與妃子，聊作纏頭之贈。」說著，又親自從腰間解下一枚瑞龍腦八寶錦香囊來，遞與貴妃，說：「這個助卿舞珮。」

貴妃一一領受。

玄宗見貴妃臉泛桃紅，微潤香汗；便吩咐：「備下溫湯，朕與妃子一同入浴去。」說著，攜著貴妃的玉手，迤邐向華清池走來。

這時，那龍泉鳳池中，又有安祿山從范陽進貢來，用白玉雕成的魚龍鳧雁雜浮在水面；玄宗和妃子解衣入水，那魚龍奮鱗舉翼，狀似飛動。池中有銀鏤小舟，皇帝和妃子各自露著身體，坐在舟中，互通往來；又縫錦繡各種花朵，浮在水面，任妃子戲弄著。玄宗游泳多時，才把妃子扶出水來，看她一搦腰肢，柔軟無力；玄宗十分憐惜，便扶著進寢宮一同睡去。

這裏再說安祿山，原是營州柳城地方的胡人，本姓康；他母親名阿史德，有邪術，住在突厥國中。入軋犖山，與人野合有妊，便生安祿山；當時便推說入軋犖山，在門戰神前禱子而得。祿山生時，有奇光上射天際，野獸盡鳴；望氣的人說是祥瑞，報與范陽節度使張仁愿知道。

張仁愿知是反叛降世，忙帶領人馬親自去搜捉，阿史德攜子循入軋犖山中；後母再醮胡將安延偃，祿山便冒姓安氏。在開元初年，延偃帶祿山入中國，寄住在將軍安道買家中，與道買的兒子約為兄弟；祿山漸漸長大，生性陰險，多智慮，善測人情，能通六蕃言語，充互市郎。

蕃人牧羊，祿山盜羊，被人綑送至節度衙門，節度使張守珪喝令殺卻；祿山大呼道：「公不欲滅兩

蕃邪？欲滅兩蕃，便不當殺我！」

張守珪聽他說話有大志，又見他身體高大，皮膚白淨，便釋放他去。祿山和史思明游手無事，每日在山巔水涯捕捉生物；於六蕃的山川水泉，地理頗熟。他們五人騎著馬，能生擒契丹兵數十人，送至節度使；張守珪奇之，便撥一小隊兵馬，交安祿山統帶，安祿山每戰得勝，陞為偏將。

張守珪見祿山身軀十分肥胖，便勸他少食，祿山每食不敢飽；張守珪便收他為養子，官直陞到幽州節度副使。時適御史中丞張利貞到河北來探訪，祿山百計獻媚，多出金寶結納左右；利貞回朝，在玄宗皇帝跟前，竭力說安祿山如何忠勇，聖旨下來，陞祿山為營州都督。每有京師往來的官員，祿山便以財帛結納，那官員們在皇帝跟前，都說祿山是好官；玄宗又陞祿山為兩蕃、渤海、黑水四府經略使。

天寶二年入朝，先去拜見楊國忠和李林甫兩位丞相，獻上金帛無數；李林甫便奏稱，如今契丹為患，宜重用蕃將，玄宗便拜祿山為驃騎大將軍。

玄宗退入後宮，兀自稱讚安祿山人物漂亮，身材魁梧，讚不絕口；楊貴妃聽了，不覺心中一動，便奏道：「萬歲得此大將軍，是國家之幸；臣妾擬明日在中宮賜安祿山宴，想他得臣妾賞宴，心中必愈知感激，愈肯為國家出力了。」

玄宗聽奏，連聲說妙；又稱：「妃子若為天子，定是聖明之主。」

第二日，楊貴妃真的在中宮盛排筵宴，玄宗下旨，宣驃騎大將軍安祿山進宮領宴。那安祿山便全身披掛，踱進宮來；一見貴妃便拜伏在玉墀下，口稱：「娘娘千歲！」

楊貴妃見安祿山果然長得身材魁偉，面貌漂亮；最可愛的，是一身肥白，舉動從容。便用嬌滴滴的聲音，傳下懿旨去說：「大將軍平身，上殿領宴。」

其時適值玄宗退朝回宮，安祿山便上去參拜過。皇帝與妃子二人正中同坐一桌，祿山在下側獨坐一桌；祿山謝過了恩，入座領宴。階下樂聲大作，在飲酒之間，祿山便誇說自己在幽州、兩蕃一帶的戰功，如何手擒敵將，如何追亡逐北；說得天花亂墜，把個楊貴妃也聽得眉飛花舞。

貴妃見他口齒伶俐，語言有趣，便一句一句的問著話，安祿山也一一奏答；妃子看看祿山眉目清秀，年紀正在少壯，便不覺神往。祿山是何等靈敏之人，見了貴妃神色，豈有不知；他福至心靈，便離席拜倒在地，叩頭不已。

玄宗看了很是詫異，忙問：「大將軍為何多禮？」

安祿山一邊不住的叩頭，一邊奏道：「外臣罪該萬死，有心腹之言，不敢奏明萬歲和娘娘！」說著，不覺又流下淚來。

玄宗忙用好話說：「恕將軍無罪，有話快說！」

安祿山才用袍袖拭去眼淚，奏道：「這原是臣一時孩兒之見，只因臣見了娘娘面貌，便想起臣的生母來，因與娘娘的面貌相似，是以心中萬分悲傷；如今既蒙萬歲和娘娘天樣宏恩，恕臣無罪，臣該萬死，求娘娘收臣為養子，則雖立賜臣死，心亦慰矣！」

貴妃聽了，不覺掩唇一笑，卻不敢說話，只向玄宗臉上看著；誰知玄宗卻一口允許，說：「便依將軍之願，收在貴妃名下為養子便了。」樂得安祿山連連叩頭，口中直稱：「父皇萬歲，母親千歲！」從此，玄宗異常寵愛祿山。

祿山久住在京師，自由出入宮禁，常與楊貴妃對坐談心，十分親暱；有時玄宗在座，祿山只拜貴妃，不拜皇帝。玄宗笑問：「吾兒何不拜父？」

祿山奏道：「胡家兒，知有母而不知有父，是以不拜。」玄宗大笑。

又見祿山肚腹肥大，玄宗便指著問道：「吾兒腹中何物，卻如此龐大？」

祿山應聲答道：「臣腹中更無他物，只有赤心耳！」

玄宗愈覺祿山可愛，從此祿山每上朝，玄宗皆待以殊禮；殿西張有金雞障，祿山來，便賜障中坐。

太子見了，便在背地裏勸諫道：「天子殿前，無人臣坐禮。陛下寵祿山已甚，必將驕也。」

玄宗低低的向太子說道：「此胡兒有奇相，朕以恩寵收伏之。」

但安祿山得了玄宗皇帝和楊貴妃的寵愛，卻能想盡方法，得皇帝和貴妃的歡心；他見玄宗寵愛貴妃，日夜尋歡，惟恐不足，便暗暗的獻助情花香一百粒。此香是以胡中藥品製成，大小如米粒，色微紅，嬌艷可愛；皇帝每與貴妃在深宮之間，含此香一粒在口中，便能助情發興，精力不倦。皇帝和妃子都得了歡喜，很是寵愛它，藏在枕函中；每至情濃時，便取來應用。玄宗常說：「此亦漢宮之慎卹膠也！」

玄宗不在宮中，安祿山也時時進宮去朝見貴妃；貴妃賜安祿山在華清池洗浴。浴罷，用雜色碎錦，結成一小兒搖籃，令安祿山裝作孩兒模樣，臥在搖籃中；數十個宮女抬著搖籃，至貴妃跟前，安祿山口中喚著媽媽，楊貴妃看這模樣，也忍不住掩唇吃吃的笑個不住。正歡樂時候，玄宗皇帝進宮來，看了大笑；忙命賞十萬洗兒錢。祿山從籃中跳出來，趴在地下謝恩；玄宗把祿山扶起，攜著手，同走到西閣去。

第五十五回　蝶戀花

安祿山隨著玄宗到西閣中坐下，高力士捧出棋盤來，君臣二人對局；小太監又獻上美酒來，玄宗和祿山對酌著。祿山心計甚工，每勝一著，便飲酒一杯；玄宗的棋法遠不如祿山，常為祿山所窘，祿山也毫不讓步，玄宗不以為忤。每敗一著，也飲一杯為祿山賀；連稱：「吾兒真國手也！」說著，不覺掀髯大笑。

安祿山身體有三百斤重，原是十分肥胖的人；肥人最是怕熱，他三杯酒下肚，更覺得渾身燥熱。玄宗見他熱得滿臉通紅，抓頭挖耳，便命他脫去外服，袒懷取涼；誰知安祿山脫去了外服，還是汗淋如雨，玄宗命他索性把上衣脫盡，赤膊對坐。

玄宗看祿山長著一身白肉，便笑說道：「好肥的孩兒！」言猶未了，高力士報說：「楊娘娘駕到！」慌得安祿山扯住衣襟，向身上亂遮亂蓋。

只見貴妃已到了跟前，手中還抱著一頭白色小狗兒；祿山赤著膊，忙趴在地下叩頭，說道：「臣兒

失禮，罪該萬死！」

貴妃笑扶著祿山的肥臂，命他起來，又笑說道：「誰家母親不見他孩兒肌膚，何失禮之有？」祿山聽貴妃如此說法，便也依舊赤著膊坐下。因要在貴妃跟前賣弄他的本領，便用盡心計和玄宗對局，著著進攻，玄宗著著失敗；楊貴妃站在一旁，看看皇帝全局將盡輸了，玄宗一手拈著長鬚，思索得正苦，貴妃便故意放狗兒跳到棋盤上去，一陣踐踏，把滿盤黑白棋子混亂得不能分辨。三人相視大笑，玄宗拉住貴妃，連稱：「好計，好計！」忙喚：「拿朕的織錦緞十端來，賞與妃子。」

一刻工夫，便見小太監二人，各人手托漆盤，每盤各排列著錦緞五端，望去霞光閃彩，鮮艷奪目；貴妃謝恩畢，正要拿著這錦緞下閣去，忽然安祿山起身奏道：「臣兒請與娘娘賭彩為戲，以擲骰得重四者為勝，誰勝者，誰便得此錦緞。」此言未了，玄宗便連聲讚說：「妙妙！」

在楊貴妃，愛看祿山這一身肥白肌膚，正想多觀賞一會，只怕玄宗犯疑，便欲匆匆辭去；如今聽玄宗在一旁助興，便也樂得與祿山多親近一會，得彩不得彩卻還是小事。當下，便有宮女捧上玉碗來，當几放下，碗中有四粒骰子；玄宗命安祿山先擲，祿山便也不推讓，抓起骰子來一擲，得了一個重么，眼見是敗了。

次後輪到妃子擲了，楊貴妃徐舒玉指，抓著骰子在手，向祿山盈盈一笑；這一笑，現出萬種嫵媚來，祿山看了，幾乎撐持不住。回頭一看，見玄宗兩道眼光，怔怔的望著自己的臉，嚇得他忙把神魂收住；只聽得噹啷一聲響亮，那三粒骰子已轉定了，全露出四來，只一粒骰子在碗心裏旋轉不休，倘再轉出一個四來，便是重四。

玄宗在一旁大聲喝著說：「四！四！」那骰子奉了聖旨，果然轉出一個四來；楊貴妃笑得把柳腰兒一側，倒在皇帝懷裏，卻把兩道水盈盈的眼光暗遞過去，望著祿山。祿山便湊趣，忙跪倒在貴妃裙下，口稱：「恭賀娘娘得彩！」玄宗笑說道：「大家得彩。」回頭又命小太監去拿錦緞五端來，賜與安祿山；又取一端大紅彩緞來，賜與貴妃掛彩。從此，把骰子四點染成紅色，直傳流到後世。

安祿山從此以後，不獨在皇帝跟前常常赤膊相對，便是對著貴妃，一聲嚷熱，盡把上衣脫去；他這赤膊是奉過聖旨的，對人毫不避忌的。貴妃卻最愛看祿山的一身白肉，見皇帝不在跟前，便是祿山不赤膊，也要命他赤膊的；祿山得貴妃如此寵愛，他在外面便十分的驕傲起來。

貴妃又替祿山在玄宗跟前，說了造一高大府第，賜與祿山，名親仁坊；雕樑畫棟，異常奢華。玄宗亦下旨工部，只求美麗，不惜工資；親仁坊落成之日，皇帝和貴妃二人親送祿山進宅，滿朝文武俱來道賀。祿山平日住在府中，也是姬妾滿前；其中有一愛姬名軟紅的，不但面貌美麗，且又擅長歌舞，深得祿山寵愛。

那軟紅也仗著主公寵愛，便百般需索；那時朝中大吏，誰不在祿山門下奔走，時有金珠珍寶獻進府來，一齊都被軟紅藏匿起來，祿山也笑著任她去。那軟紅又欲去霸佔民間的珍寶，打聽得府後面一家，世傳有翡翠硯一方，便遣豪奴去威逼著，把那翡翠硯奪來；那家人去告狀在司署，理司署官置之不理。祿山大怒，遣部卒十人，去把那一家人盡行屠殺；從此，不論官民，凡受祿山欺侮的，都相戒不敢聲張。

祿山長子名慶緒，性情尤是強悍，在外橫行不法，更不肯受乃父約束；那祿山又因迷戀著楊貴妃，常常進宮鬼混。有一次，祿山進宮去，適值玄宗坐朝未回，祿山和貴妃、宮女雜坐一室，調笑戲謔，無所不為；滿宮院只聽得貴妃和一班宮女的說笑聲。

原來，貴妃拿錦緞製成極大的襁褓，令祿山脫去衣服，睡在襁褓中，又依在貴妃懷裏；那安祿山睡在襁褓中，兩眼望著貴妃的臉，口中裝著小兒的啼聲，引得一屋子宮女個個笑得前仰後合。直待內侍報說萬歲退朝，祿山才穿上衣服，候皇帝進宮來，略坐一回，便退出宮來；祿山回到府中，又有一群姬妾們奉承。

這一夜，祿山正醉酒，睡在外室書房中，到半夜時分，只聽得內室中人聲鼎沸；祿山扶醉驚出，手仗利劍，慌張出房。在中庭遇一家奴，問何事；家奴答稱：「內室有盜！」祿山急急趕至中門看時，只見雙門緊閉，門內啼哭驚吒之聲一時並作；祿山心中最愛的一位姬人，名喚軟紅的，此時適在門內，他急欲進門去救此姬人，便傳齊家將，各執利斧劈門而入。

待到得內室，那強人早已遠颺，只見一家婦女脂粉狼籍；細查屋中，別無所失，只有那愛姬軟紅遭強人劫去了，祿山十分憤怒，把軟紅室中的侍女用鞭痛打。問眾婦女時，都說見一盜魁，率領三四十人，從西垣上跳入內院，逕打入軟紅室中；盜魁負著軟紅，群盜擁護著，呼嘯越西垣而去。

祿山問盜魁是何面貌，眾女俱說：「盜魁以豬血塗面，不能辨認眉目。」祿山立召巡城御史周良臣，拍案大罵道：「禁城之中，出此臣盜，汝御史所為何事？限汝一日期捉得盜魁，送本府嚴辦。倘有差池，待我奏上天子，管教汝首領不保！」

嚇得那御史只是索索亂抖，連連碰頭，口稱：「下官該死。」急急退出府來，連夜派遣差役四處兜拿。誰知查遍九城，竟似石沉大海，杳無形跡；那安大將軍府中，卻流星似的前來催逼，竟把這御史官捕去，押在府中，不得盜魁，便不釋放。那周御史的夫人黃氏，見丈夫禁押在府中，心中十分憂懼；她便把衙中差役傳入後堂，向眾人哭拜著，求眾差役努力捕盜。

其中有一個差班頭兒，名喚魏三的；他見夫人哭得可憐，便挺胸出來，大聲說道：「夫人萬安！小人拚著一身碎剮，憑三寸不爛之舌，也要到安將軍府中，去保得主公無事。」

黃氏聽說，便向魏三深深下拜；那魏三頭也不回，出了衙門，跑到安祿山府門口，口稱：「查得劫將軍姬人的大盜在此。」那府中豪奴，喝令快快說出；魏三說：「事關家醜，非面見大將軍不可！」豪奴進去報至主公知道；祿山便吩咐，把來人帶進上書房去問話。

魏三見了祿山，便說：「小人查得大盜蹤跡在此，望大將軍退去左右，容小人大膽說出！」

祿山聽了魏三的話，便令左右退去；魏三見室中無人，便說道：「我主公早已查得強人蹤跡，只因那盜魁不是別人，正是將軍的大公子！他已劫得將軍的愛姬，在那密室中雙宿雙飛了！」

祿山聽了這個話，不覺臉上慍的變了顏色，提起寶劍，指著魏三道：「狗才！膽敢胡言。」

那魏三又連連叩頭道：「小人若有半句胡言，任憑將軍割去首級！將軍若還不信，那大公子現在西城坊大屋子中住著！」

祿山聽他說到這裏，便也不催問下去，吩咐把這魏三也一同拘留在府中；一邊悄悄的打發心腹，到西城坊去探聽，果然是大公子慶緒霸佔住了他父親的姬人。祿山一聽，氣得大叫一聲，暈倒在椅上不省人事；家人扶進臥房去，請醫生在診脈，說是急怒傷肝，需要小心調治，方保無事。從此，安祿山一病，足足有三個月不曾進宮去。

原來慶緒是祿山的長子，生性橫暴，尤過於其父；七歲時，祿山授以弓馬，技術大進，趁父不備，射中祿山肩胛，祿山怒不愛之，自幼寄住外府。後來，祿山得玄宗寵任，慶緒亦拜為兵馬使之職；於是別立府第，大治宮室，劫民間美女子充姬妾，群雌粥粥，日追隨左右者以百計。

慶緒性喜水戲，在府中多掘池沼，排列樓船，率歌女舞姬為長夜之飲；慶緒享著如此艷福，但他心中終不能忘情於軟紅。有時候，祿山府中家宴，慶緒必早早混進府去和軟紅鬼混；便是當著祿山，他兩人也禁不住眉眼傳情。祿山左右珠圍翠繞，正目迷心醉的時候，也不曾留意他二人的行動；後來歌停舞息，忽然不見了他二人的蹤跡，祿山才微微有些疑心到慶緒身上去。

他趁著眾人正在歡呼暢飲的時候，便溜出席去，正在迴廊上，看到那慶緒和軟紅二人追撲調笑著；這時，西園迴廊下燈昏月下，人聲寂靜，好一個幽密的所在！軟紅原倚在欄杆邊望月兒的，慶緒從她身後躡著腳，掩將過去；看看快到跟前，伸著兩條臂兒正要向她柳腰上抱去，那軟紅早已覺得了，只是低著脖子不回過臉兒來。

慶緒快要到手的時候，只見軟紅把纖腰一側，避過慶緒的臂兒圈，翩若驚鴻般的，一溜煙逃出迴廊外去，在庭心裏月光下站著，只是望著慶緒嬌笑；月光下看美人，原是愈添風姿的，怎禁得她掩唇媚笑，把個慶緒急得只是低低的喚著娘，連連向軟紅作揖，又趕向庭心裏去。那軟紅卻又逃回廊下來了，看她一手扶住欄杆，只是嗤嗤的笑；慶緒趁她不防備的時候，一縱身跳進欄杆來，緊緊的摟住她的纖

腰，只把嘴臉向軟紅的粉脖子上亂送。

正在這個當兒，祿山闖進園中來，見了，大喝一聲說：「該死的畜生！」那軟紅一溜煙向小徑中逃去。祿山上去擰住慶緒的耳朵，直拖出大客廳來，一疊連聲喊著：「大棍打死這畜生。」後經眾親戚勸解，才把這慶緒趕出門去，從此父子斷絕來往。

無奈慶緒在京中權勢烜赫，黨羽甚多，他自被父親逐出府來，心中時時記念軟紅；在夜定更深的時候，慶緒便拿豬血塗著臉，親自帶領家將三十人，爬牆打進安祿山的內宅去。慶緒熟門熟路，那軟紅正想得厲害，見了慶緒，便將錯就錯的給他搶去；兩人躲在西城坊幽室裏雙宿雙飛，過著快樂日子，把個安祿山氣成大病。

待病癒以後，祿山便要親自去查問慶緒；左右勸住說：「慶緒家中死黨甚多，倘有一言不合，爭鬧起來，豈不反遭毒手？」

祿山憤憤的說道：「待我殺了這畜生，方出我胸中之氣！」當有手下的謀士獻計。

原來慶緒左右有通儒和希德，分成兩黨，互爭寵任；慶緒卻聽信通儒的話，和希德疏遠，希德啣恨在心，時時想報此仇。祿山府中的謀士，便悄悄的去對希德說知，約他在府中為內應，殺了慶緒，自有上賞；慶緒府中護兵有三千之眾，只因慶緒平日御下十分嚴厲，通儒生性又是剛愎，那兵士們便聽希德的號令，不肯受通儒的指揮。

不知怎的，事機不密，這消息被通儒探得，忙去報與慶緒知道；慶緒大怒，便假作商議機密為由，把希德傳進密室去，伏兵齊起，把希德斬死。那三千護兵見事機敗露，便一哄逃去；慶緒見去了爪牙，忙也帶了軟紅，星夜逃入衛州。

這祿山見捉不得慶緒，心中正是憤恨；只見家人報稱，問外有一婦人帶一胡兒，說是大將軍親戚，求見大將軍。祿山忙命傳進府來，看時，不覺大喜；眾人看這婦人滿身是胡俗打扮，望去雖說有三十左右年紀，卻長得白淨皮膚，清秀眉目。那細腰一擺，眼波一動，甚是動人；看那胡兒，是一個十二、三歲的童兒，面貌俊美，頗有母風。

祿山見了這婦人，不覺笑逐顏開，兩人拉著手，嘰咕嘰咕的說笑著，十分親熱；又吩咐陳設筵席，兩人對坐著飲酒。那婦人飲到半酣時候，放出全副風騷來，和祿山親暱著；祿山也被她迷住了神魂，酒罷，竟手拉手兒的，同入羅帳去了。

家中的姬妾看了十分詫異，後來一打聽，那胡兒名叫孫孝哲，原是契丹人種；祿山在兩蕃的時候，孫孝哲的母親帖木氏，已和祿山私通。這帖木氏自幼長成淫蕩的性格、艷冶的姿容；那附近的浮浪少年，見了這樣一個尤物兒，誰不願意去親近她？招惹得那班遊蜂浪蝶，終日為這帖木家的女兒爭風吃

醋，喧鬧鬥毆；儘有許多少年男兒，為這粉娃兒送去了性命，其中便有安祿山和孫孝哲的父親和特。

講到這兩人的身體面貌，都是魁梧漂亮，不相上下；只是和特比祿山多幾個錢，因此這美人兒便被和特佔據了去。和特知道這安祿山十分勇猛，不是好惹的，便帶了帖木氏避到別處去；安祿山和帖木氏正勾引上手，在甜頭兒上，一旦失了這心上人，豈不要氣憤？

他發誓要找尋帖木氏，因此在兩蕃、幽州一帶地方，流浪了五、六年，中間吃盡苦楚，受盡風波，便也靠此懂得六蕃的言語，知道得蕃中的山川脈絡、風俗人情，更得節度使的重用，得了今日的富貴榮華。從來說的，艱難玉汝；帖木氏的這一走，反而成就了安祿山一生的功名！

那和特得了帖木氏，向中國內地一跑，販賣皮毛為生，坐擁美人，享著溫柔幸福；只因他恩愛過分，不多幾年，得了一個吐血症兒，丟下這心愛的美人兒和親生的兒子孫孝哲，便撒手死去。

這時，帖木氏已成了一個半老佳人，她失了一個恩愛的伴侶固是傷心；從此又無人賺錢管養，教她母子兩人孤苦零丁，又如何過活？她沒奈何，把和特留下來的些少貨物和家具，統統變賣了，充作路費，到長安城裏來；無意之中，打聽得她前度劉郎安祿山，官拜驃騎大將軍，每日出入宮禁，十分榮寵，她正在進退無依的時候，如何不找出門去？

這也是帖木氏的機緣湊巧，安祿山這時失了軟紅，正心中空洞洞的，沒有一個著落之處，忽然見了舊日的情人，勾起了往日的情懷；再加這帖木氏雖說徐娘半老，卻更覺風騷，把個好色的安祿山赤緊的迷住了，當時收留在府中，十分寵愛起來。

那孫孝哲寄養在府中，充作假子，鮮衣美食，也得安祿山好心看待；這孫孝哲皮膚又白淨，臉蛋兒又俊美，終日追隨在安祿山左右，屈意逢迎，深得祿山的寵任。待他年紀長大，又得他母親的枕席上進言；到天寶末年，官做到大將軍，這都是後話。

如今再說，楊貴妃每日和安祿山廝混慣了，近二三個月，忽然不見她心上人進宮來，楊貴妃身邊失了一個說笑打諢的人，頓覺十分冷清；雖有玄宗皇帝百般寵愛她，終日陪伴她，但比起安祿山，一個是老夫，一個是壯男，一個是給自己玩弄的人，一個是玩弄自己的人，兩兩比較，一個多麼有趣，一個多麼無趣！如今這有趣的人卻去得杳無蹤跡，一個無趣的人，卻終日和她廝纏著，她心中如何不惱？她不但是惱，只因每天想著安祿山，竟想出相思病來了。

楊貴妃仗著半分的惱、半分的病；又仗著皇帝的恩寵，便佯羞薄怒，撒痴撒嬌，處處給皇帝一個沒趣。你想，皇帝何等尊貴，任妳如何驕法，也驕不到皇帝上面去的；況且皇帝的玩弄妃子，原為自己尋歡作樂，豈肯反受妃子的冷淡？雖說玄宗生性溫存，在女人面上不計較的，但知女人的性格卻是愈寵愈驕的，你越是愛憐她，她卻越是爬上你的頭上來；到那時候，任你男子如何好的性兒，也不由得惱怒起

來了。

這楊貴妃不曾遇到安祿山以前，雖明知玄宗皇帝年老，但看著一生富貴面上，便也死心塌地的拿自己身體供皇帝糟蹋去；後來結識了安祿山，她得了少年強壯男子的滋味，便把這玄宗皇帝看作味同嚼蠟。在言語舉動之間，便露出一種驕漫冷淡的神色來；把個玄宗氣得住在翠華西閣上，卻悄悄的去把那住在東閣上的梅妃召來臨幸著。

這梅妃原也得玄宗一番寵幸過的；梅妃名江采蘋，原是莆田地方人，父名仲遜，世代是名醫。梅妃九歲時候，便能讀《詩經》二南篇；有采蘩、采蘋說女子勤苦的話，梅妃便對她父親說：「我雖說一小女子，卻也要學著古時女子一般的勤力！」她父親很愛她，便將她取名采蘋。

在開元年間，高力士出使到閩粵等地去，打聽得江家女兒十分美麗，便選進宮去，得玄宗十分的寵幸；當時，玄宗甚是好色，在長安地方，大內、大明、興慶三座宮中，和東都地方，大內、上陽兩座宮中，共有妃嬪宮女四萬人，自從得了這梅妃，便把這數萬女子丟在腦後。

梅妃又頗有文才，自己常比作謝家女兒，有詠絮之才；平日喜淡粧雅服，卻愈顯得姿色清秀。生性愛梅，她住在宮中，前庭後院遍種梅花；院中有一亭，玄宗親寫著「梅亭」兩字的匾額。每值梅花開時，梅妃在亭中吟詩賞玩，直到黃昏月上，還不捨得離去；玄宗因她愛好梅花，便戲稱她為梅妃。

梅妃除吟詩外，又善作賦；曾作成蕭、蘭、梨國、梅花、風笛、玻杯、剪刀、綺窗八賦，進呈玄宗御覽，玄宗十分嘆賞。在開元年間，天下太平日久，深宮無事，玄宗和宗室弟兄甚是友愛，常常召弟兄進宮，說笑飲宴；每遇宴會，玄宗必令梅妃隨侍在側，談笑無忌。

有一次，正是中秋佳節，玄宗召諸弟兄在宮中家宴，飲至半酣，內監獻上黃橙一筐，說自御園中採下，特獻與萬歲爺嘗新；眾人看時，見橙色金黃，香味可愛，玄宗便吩咐賞給兄弟分嘗之。內監奉旨，便分給每位王爺黃橙十枚；梅妃原佩有隨身小金刀，當時便拿金刀破著橙子，獻給萬歲。

玄宗嘗著，連稱美味，又命梅妃替各位王爺剖橙；各位王爺見梅妃親自過來替他們破著橙子，慌得他們一個個的站在一旁侷促不安，頭也不敢抬一抬，大氣兒也不敢喘一喘。梅妃便輪流著走到每一位王爺跟前，剖開一個橙子。

第五十六回　故劍之恩

玄宗皇帝命梅妃替眾王爺剖著橙子，原是表示親愛的意思；便是那班親王見梅妃走到跟前來，也個個低頭躬身，讓過一邊去站著。待輪到漢王跟前，這漢王原是一個好色之徒；他仗著是皇弟，皇帝又是十分友愛，凡事容忍，平日在京城地方，便令府中爪牙在外面打聽得有良家美女，便強去誘騙進府來姦佔著，百姓吃了他的虧，只是敢怒不敢言。

漢王平日打聽得梅妃是天姿國色，心中已是十分羨慕，只恨不得有機緣進宮去一見；如今承玄宗賜宴，見了梅妃容貌，果然秀媚動人，他時時偷渡著眼光過去，早把他看得神魂顛倒，怎經得這梅妃又走進他眼前來，親自替他破著橙子。

眼看著梅妃十指玲瓏，剝著橙皮，又有那一陣一陣的幽香傳進鼻管來，早把個漢王引得心癢癢的，只苦著萬歲爺跟前，不敢抬頭平視；他雖一樣的低著頭，躬著身體，但兩道眼光卻注視在梅妃的裙下。剛好一陣風來，吹動裙幅，露出那一雙瘦瘦的鞋尖來；嵌著明珠，繡著鮮花，看著十分可愛。

漢王原專門留意女子裙下雙鉤的，在這時候，他實在被美色迷昏了，心想：不在此時下手，更待何時？當下，他便大著膽，悄悄的伸過一隻靴尖去，輕輕的踹住梅妃的鞋尖。這梅妃卻是十分貞節的，她如何把這漢王放在眼中；只見她粉龐兒慍的變了顏色，那手中的橙子只破得一半，便放了手，轉身向萬歲告辭，宮女扶著走下閣去。

這皇帝飲酒卻非梅妃不歡的，如今見梅妃下閣去，久久不來，心中不免掛念，連連打發高力士去宣召；梅妃只因心中惱恨漢王，便推說適因珠履脫去繫鈕，正在縫結，縫竟便當應召。直至席散，也不見梅妃上閣來；玄宗十分記念，親自進梅妃宮中去看望。那梅妃提裙出迎，玄宗見她面有餘怒；問時，梅妃便把漢王調戲的事說出來。

在梅妃的意思，萬歲聽了這話，必當大怒；誰知玄宗聽了卻毫無怒容，只把梅妃勸慰一番，又說：「朕為太子時，先皇賜弟兄五人第宅在慶隆坊，稱做五王宅，環列宮側；朕在東宮，特製長枕大被，召諸弟兄同睡一床，十分親暱。先皇在宮西建一樓，名花萼相輝之樓，宮南建一樓，名勤政務本之樓，朕弟兄常在西樓談笑作樂，賦詩戲嬉；先皇在南樓一聞樂聲，便登西樓，賜金帛無數。有朕與諸弟兄在御苑中擊球鬥雞，放鷹逐犬，弟兄朝朝相見，何等快樂！今朕深居宮中，每念及幼時情景，不可再得！」說著，止不住連連嘆息；梅妃見玄宗皇帝弟兄之念甚深，便也不敢再說什麼了。

原來在唐朝歷史上，這玄宗是最友愛兄弟的人，唐書中說：「天子友悌，古無有者！」玄宗手足情深，天性使然；雖有讒言，亦無由得入。在開元十三年，有數千頭鶺鴒，飛集在麟德殿前，滿院滿階，見人也不驚避，歡噪終日不去；當有左清道率府長史魏光乘獻上頌辭，說是天子友悌之祥。

玄宗大喜，亦作頌一篇，弟兄傳觀；每對諸兄弟道：「昔魏文帝詩：『西山一何高，高高殊無極！上有兩仙童，不飲亦不食，賜我一丸藥，光耀有五色！服之四五日，身體生羽翼！』但朕意服藥而求羽翼，何如兄弟友愛，為天生之羽翼也！以陳思王子才足以經國，絕其朝謁，卒使憂死；魏祚未終，司馬氏奪之，豈神丸之效耶？虞舜至聖，舍弟象傲以親九族，九族既睦，平章百姓，今數千載後天下稱之；此朕廢寢忘食，所敬慕者也！」

玄宗平時翻閱仙錄，得一神方，便傳抄與眾弟兄道：「今持此方，願與兄弟共之，同至長壽，永永無極！」那時，壽春王憲，玄宗待之最厚；每到壽春王生日，皇帝必幸其第祝壽。弟兄二人同床留宿，平日賞賜不斷；宮中尚食總監新製食物，或四方有獻酒饌的，每次均分，賜與壽春王嘗之。

每到年終，壽春王寫一賜目，把皇帝一年中所賜，一一寫上付交史官，每寫必數百紙。壽春王有病，玄宗便遣使御醫，賜膳賜藥，陸續於途；有一和尚名崇一的，治壽春王病稍好，玄宗大喜，賜緋袍銀魚。但壽春王病終不救而死，玄宗失聲大號，左右皆泣下；傳旨追封壽春王為讓皇帝。

壽春王在日，陪伴玄宗至萬歲樓就宴，兄弟二人從小路走去；玄宗一眼看一衛士把吃剩的酒菜，拋棄在陰溝中，不覺大怒，立傳高力士捕此衛士至階下，欲杖殺之。

壽春王在一旁從容諫勸，道：「從小徑中窺人之私，恐從此士不自安，且失皇帝大體！況性命豈輕於餘食乎？」

玄宗不覺大悟，立止高力士不殺；嘆道：「王於朕，可謂有急難也，朕幾誤殺衛士矣。」

又有西涼州俗好音樂，當時新製一曲，名涼州；玄宗召諸王在便殿同聽涼州曲，曲終，諸王拜賀，獨壽春王不拜。玄宗問：「兄不樂乎？」

壽春王奏道：「此曲雖佳，但臣聞音者始之於宮，散之於商，成之於角徵羽，莫不根蒂而襲於宮商也。今此涼州曲，宮離而少徵，商亂而加暴；臣聞宮君也，商臣也，宮不勝則君勢卑，商有餘則臣事僭，卑則逼下，高則犯上。發於忽微，形於聲音，播之於歌詠，見之於人事；臣恐一日有播越之禍，悖逆之患，莫不兆於此曲也！」玄宗聽了這一番話，便命停奏涼州曲。

梅妃知玄宗停奏涼州曲，便自製驚鴻曲，奏來婉轉動人；玄宗賜玉笛一支，每在清風明月下一吹，玄宗在一旁看著，真飄飄欲仙。梅妃又作驚鴻舞，進退疾徐，都依著樂聲，玄宗大加嘆賞，說梅妃事事皆能，便稱她為梅精；從此，後宮一班妒忌梅妃的妃嬪，都取她綽號，稱她梅精。

宮中有鬥茶之戲，玄宗常與梅妃鬥茶而敗，顧謂諸王道：「此梅精也，今又勝我矣！」梅妃應聲道：「草木之戲，誤勝萬歲；設使調和四海，烹飪鼎鼐，萬乘自有心法，賤妾何能與萬歲比勝負呢？」玄宗見梅妃口齒伶俐，心中愈覺可愛。

後來，只因梅妃一病，不能供應皇帝；又值楊貴妃入宮，一個新歡，一個舊愛。在玄宗的心中，原是兩面都丟不下的，常把梅妃和楊妃召在一處，親自用好言慰；勸她二人效娥皇、女英，同心合意事奉一人。但梅妃有此絕世才華，楊妃又秉天姿國色，便兩不相下；兩人在宮中不但不肯和好，反各避著路，不肯見一面兒。

江采蘋生性柔緩，楊太真卻心機靈敏，見皇帝正在寵愛頭裏，便在枕席上，天天說著梅妃的壞話；自古舊愛不敵新歡，梅妃身體又十分柔弱，不能時時供應，漸漸的皇恩冷淡下來。後來，玄宗竟聽了楊貴妃的話，把梅妃遷入上陽東宮，從此一入長門，永無雨露；直到此時，玄宗念及梅妃往日的好處，便暗地裏打發小黃門，滅去燈燭，捧著萬歲手詔，暗地裏摸索著，到東閣去宣召梅妃。

那梅妃自從被皇帝棄置以來，卻終日靜坐一樓，吟詩作畫，十分清閒；忽見萬歲召喚，梅妃知道有楊妃在側，自己決不得志，便謝恩辭不奉詔。無奈這痴心的皇帝，越見梅妃不肯出來，卻越想起梅妃舊日的好處，非把梅妃召到不可；打發小黃門連去了三次，又把自己平日在御苑中乘坐的一匹千里駒，賜

給梅妃乘坐，在黃昏人靜的時候，悄悄的去把梅妃馱來，在翠華西閣上相見。

梅妃見了萬歲，便忍不住眼淚如斷了線的珍珠一般，掛下粉腮來；從來說的，新婚不如久別，玄宗見梅妃哭得可憐，便百般安慰。擁入羅幃，說不盡舊日恩情，訴不完別後相思；兩人唧唧噥噥的，直訴說了一夜。這邊歡愛正濃，那楊貴妃多日不見萬歲臨幸，自覺作嬌過甚，失了皇帝恩寵，心中萬分悽惶；便暗暗的遣永新、念奴二婢子，到西閣悄悄的打聽去。

這楊貴妃平日和玄宗是片刻不離的，如今拋得她漫漫長夜，孤衾獨宿，叫她如何眠得穩？到半夜時分，楊妃挑燈，就妝臺上鋪著玉箋，寫下一首詞兒道：

「君情何淺？不知人望懸！正晚妝慵卸，暗燭羞翦，待君來同笑言！向瓊筵啟處，醉月觴飛，夢雨床連。共命天分，同心不舛，怎驀把人遠違？」

擲下筆，便上床睡去。天色微明，便有永新婢子進來報說：「娘娘，奴婢打聽得翠閣的事來了。」楊妃急忙坐起身來，連問怎麼說。

永新道：「奴婢昨夜奉娘娘懿旨，往翠華西閣守候著；這時已近黃昏，忽聞密傳小黃門進閣，那小黃門奉皇上的旨意，悄拉御馬，滅熄燈燭，出閣門去。」

貴妃忙問：「到何處去？」

永新答稱：「是向翠華東閣而去。」

貴妃連連頓足道：「呀！向翠華東閣，那是宣召梅精了。不知這梅精來也不曾？」

永新答道：「恩旨連連召三次，才用細馬馱著那佳人，暗地裏送進西閣。」

貴妃忙問：「此語果真否？」

永新道：「奴婢探得千真萬確，倘有不真，奴婢敢是不要命了！」

貴妃聽著，不覺落下淚珠來，嘆著氣道：「唉！天啊！原來果是梅精復邀寵幸了！」

永新勸慰著道：「娘娘且免愁煩！」

貴妃如何忍得，早抹著淚，在那幅詩箋兒上接下去，又寫上一首詩道：

「聞言驚顫傷心痛，怎言把從前蜜意，舊日恩眷，都付與淚花兒彈！向天記歡情始定，記歡情始定，願似釵股成雙，合扇團圓；不道君心霎時更變！總是奴當譴，也索把罪名宣，怎教凍蕊寒葩，暗識東風面？可知道身雖在這邊，心終繫別院，一味虛情假意，瞞瞞昧昧，只欺奴

善！」

寫畢，擲下筆兒道：「自從梅精觸忤聖上，將她遷置東樓，我想，萬歲總可永永忘了這妖精，如何今日忽又想起這妖婦來？真今我氣死也！」

永新接著又說道：「娘娘還不曾知道，奴婢打聽得小黃門說，那梅妃原也不肯來的，那晚萬歲爺在華萼樓上，私封珍珠一斛，賜與梅妃，梅妃不受，將珍珠原封退還，又獻一首詩來。」

貴妃忙問：「那詩上字句，妳可曾記得？」

永新道：「奴婢也曾聽那小黃門念來，道：『桂葉雙眉久不描，殘粧和淚濕紅綃，長門自是無梳洗，何必珍珠慰寂寥？』萬歲爺見她詩句可憐，便接二連三的把這梅妃召到，重敘舊情。」

貴妃聽了，不由得罵了一句：「這個媚人的妖狐，卻敢勾引我的萬歲爺？待我問萬歲爺去，誓不與這賤妖狐干休！」說著，霍地立起身來，回頭對永新、念奴二人道：「妳二人隨我到翠華西閣去來！」

永新道：「娘娘！這夜深時候，去怎的來？」

貴妃道：「我到那裏，看這賤狐如何獻媚，如何逞騷。」

永新勸道：「奴婢想，今夜萬歲爺翠閣之事，原怕娘娘知道；此時夜將三鼓，萬歲爺必已安寢，娘娘猝然走去，恐有未便，不如且請安眠，到明日再作理會！」

貴妃聽永新說的有理，只得回身坐下，嘆著氣道：「罷罷！只是今夜教我如何得睡也！」這一夜，楊貴妃睡在空床上，真的直翻騰到天明不曾入睡，她卻不知道在翠華西閣下面，也有一個人陪著貴妃一夜不曾得好睡！這是什麼人？原來便是那高力士！

玄宗皇帝因召幸梅妃，特遣小黃門，去把高力士密召來到，戒飭大小宮監不得傳與楊娘娘知道；又命高力士在閣下看守著，不許閒人擅進。高力士奉了聖旨，在翠華西閣下，眼睜睜的看守了一夜，連眼皮兒也不敢合一合；看看天色微明，又怕萬歲傳喚，送梅妃回宮去，因此愈加不敢離開。

誰知玄宗和梅妃一夜歡娛，正苦夜短，好夢醒來，看看已是日高三丈；那高力士在閣下，看看不見皇帝有何動靜，也不見皇帝出閣坐朝，亦不見送梅妃下樓回宮，正徬徨的時候，忽見那楊貴妃從廊盡頭冉冉行來。高力士心不覺一跳，低低的自言自語道：「呀！遠遠來的正是楊娘娘，莫非走漏了消息麼？現今梅娘娘還在閣裏，這卻如何是好？」

高力士正要奔上閣去報信，才移動得腳步，已被楊貴妃瞥見了，命永新遠遠的喝住；高力士沒奈何，只得轉身迎上前去，叩見道：「奴婢高力士叩見娘娘！」

只聽得楊貴妃冷冷的問道：「萬歲爺現在那裏？」

高力士一聽聲音不對，知道已不知被何人，在娘娘跟前漏洩了春光；心頭止不住砰砰的跳著，只得硬著頭皮答道：「萬歲今在閣中！」

貴妃又問：「還有何人在內？」

高力士連說：「沒有！沒有！」

貴妃見高力士神色慌張，早已瞧透了，不禁冷笑了幾聲，道：「你快開了閣門，待我進去看來。」

高力士越發慌張起來，忙說：「娘娘且請暫坐，待奴婢去通報萬歲爺。」

貴妃忙喝住道：「不許動！我且問你，萬歲爺為何連日在西閣中住宿？」

高力士答道：「只因萬歲爺連日為政勤勞，身體偶爾不快，心兒怕煩，是以靜居西閣，養息精神。」

貴妃道：「既是萬歲爺聖體不快，怎生在此駐宿，卻不臨幸我宮中去？」

高力士答道：「萬歲爺只因愛此西閣風景清幽，不覺留戀住了。」

貴妃又問：「萬歲爺在裏做什麼？」

答道：「在龍床上靜臥養神。」

貴妃問：「高力士！你在此何事？」

高力士說：「萬歲爺著奴婢在此看守門戶，不容人到！」

貴妃聽了，慍的變了臉色，厲聲問道：「高力士！你待也不容我進去麼？」

慌得高力士急急趴在地下，叩著頭道：「娘娘請息怒！只因我親奉萬歲爺之命，量奴婢如何敢違抗聖旨？」

貴妃道：「哇！好一個掉虛脾的高力士！在我跟前，嘴喳喳的裝神弄鬼？」

高力士道：「奴婢怎敢！」

貴妃也不去理他，只自說道：「我也知道，如今別有一個人兒受著萬歲爺的寵愛，爬上高枝兒去，便不把我放在心頭了。也罷，待我自己去叫開門來。」楊貴妃說著，便提著裙幅兒，親自要奔上閣去打門。

慌得高力士連連擺手道：「娘娘請坐！待奴婢來替娘娘叫門。」永新、念奴兩人也上去勸楊娘娘，又在閣下坐下。

貴妃又逼著高力士叫門去，高力士沒奈何，只得硬著頭皮，上去高叫道：「楊娘娘來了！快開了閣門！」

叫了幾聲，卻不聽得閣內有人答應；原來玄宗和梅妃久別重逢，訴說了一夜恩情，此時日上三竿，

還是沉沉入睡。卻不料高力士在閣樓下高叫，那守在帳前的宮女聽得了，也不敢去驚動皇帝；又聽得高力士在下面叫道：「楊娘娘在此，快些開門！」

這一聲，卻把玄宗驚醒了，忙問何事；那宮女忙奏道：「啟萬歲爺，楊娘娘到了，現在閣下。」

玄宗聽了一驚，從被窩中坐起，說道：「誰人多嘴，把春光漏洩，這場氣惱，卻怎地開交也？」接著，又聽得打門聲，宮女便問：「請萬歲爺旨意，這門兒還是開也不開？」

玄宗忙搖著手道：「慢著！」回頭看枕上的梅妃，也嚇得玉容失色，甚是可憐。

這時，梅妃身上只穿一件小紅襖子，蔥綠裳兒；玄宗扶著她的腰肢，還是軟綿綿的抬不起頭來。宮女上去，服侍她披上衣兒；只因外面打門十分緊急，也來不及穿繡鞋兒，只拽著睡鞋。玄宗抱住她嬌軀，向夾幕中藏去；回身出來，向御床上一倒，挨著枕兒，裝做睡著模樣。又命宮女悄悄的去把閣門開了；貴妃一腳跨進門來，且不朝見皇上，只把兩眼向屋子的四周打量半晌。

玄宗便問：「妃子為何到此？」

那貴妃才走近榻去參見，道：「妾聞萬歲爺聖體違和，特來請安！」

玄宗道：「寡人偶然不快，未及進宮，何勞妃子清晨到此？」

貴妃恃著平日皇帝的寵愛，也不答玄宗的話，只是冷冷的說道：「萬歲爺的病源，我倒猜著幾分了！」

玄宗笑說道：「妃子卻猜著什麼事來？」

楊貴妃道：「妾猜是萬歲爺為著個意中人，把相思病兒犯了！」

玄宗又笑說道：「寡人除了妃子，還有甚麼意中人兒？」

貴妃道：「妾想陛下向來鍾愛無過梅精，如今陛下既犯著相思病兒，何不宣召她來，以慰聖情？」

玄宗故作詫異的神色道：「呀！此女久置樓東，豈有復召之理？」

貴妃也不禁一笑，說道：「只怕春光偷洩小梅梢，待陛下去望梅止渴呢！」

玄宗故意正色道：「寡人那有此意。」

貴妃接著道：「陛下既無此意，怎得那一斛明珠去慰寂寥？」

玄宗搖著頭道：「妃子休得多心，寡人只因近日偶息微病，在此靜養，惹得妃子胡思亂猜，無端把人來奚落。」說著，也連連的欠伸著身，道：「我欠精神，懶得講話，妃子且請回宮，待寡人休息些時，進宮來再和妃子飲酒可好？」

楊貴妃這時，一眼見榻下一雙鳳舄，用手指著道：「呀！這御床底下不是一雙鳳舄嗎？」

玄宗見問，忙說：「在那裏？」

急起身下床看時，那懷中又落下一朵翠鈿來，貴妃急去搶在手中；看著道：「呀！又是一朵翠鈿！此皆是婦人之物，陛下既是獨宿，怎得有此？」

問得玄宗也無言可答，只得假作猜疑樣子，道：「呀！好奇怪，這是那裏來的，連寡人也不解呢。」

楊貴妃忍不住滿臉的怒容，道：「陛下怎的不知道？」

高力士在一旁看看事情危急，便悄悄的去對宮女附耳說道：「呀！不好了，見了這翠鈿鳳舄，楊娘娘必不干休，妳們快送梅娘娘悄從閣後破壁而出，回到樓東去吧。」那宮女聽了高力士的話，便悄的去在夾幕中把梅妃扶出，一溜煙向後樓下去；小黃門幫著打破後壁，送回東樓去。

那楊貴妃手中拿著鳳舄、翠鈿兩物，連連問著皇帝，昨夜誰侍陛下寢來？玄宗只是涎著臉，憨笑著不答話。楊貴妃一股醋勁兒按納不住了，把那手中的鳳舄、翠鈿，狠狠的向地下一丟，轉身去在椅上坐下，噘著朱唇，怔怔的不說一句話；屋子裏靜悄悄的，半晌無聲息，高力士上前，把那鳳舄、翠鈿拾起。

楊貴妃忽莊容對玄宗說道：「一宵歡愛顛倒至今，日上三竿猶未視朝，外臣不知道的，不道是陛下被梅家妖精迷住了，還以為陛下是迷戀著妾身，庸姿俗貌，誤了陛下的朝期！如今為時尚早，請陛下出閣視朝，妾在此俟陛下朝罷，同返中宮。」

玄宗被楊貴妃催逼不過，便拽著衾兒依舊睡倒，說道：「朕今有疾，不可臨朝。」

楊貴妃見玄宗踞臥著，不肯離開御床，便認定皇帝把梅妃藏在衾中，滿懷說不出的惱怒，只是掩面嬌啼；高力士趁著貴妃掩面不見之時，便湊著皇帝耳邊，悄悄說道：「梅娘娘已去了，萬歲爺請出朝吧。」

玄宗點著頭，故意高聲對高力士說道：「妃子勸寡人視朝，只好勉強出去坐坐，高力士傳旨擺駕，待朕去後，再送娘娘回宮。」

高力士喏喏連聲，領著旨意，送過皇帝離了西閣；楊貴妃便轉身喚著高力士，道：「高力士！你瞞著我背地裏做的好事！如今只問你，這個翠鈿、鳳舄，是什麼人的？」

高力士見問，便嘆了一口氣道：「勸娘娘休把這煩惱尋找！奴婢看萬歲爺與娘娘平日寸步不離，形影相隨，這樣的多情天子，真是人間少有！今日這翠鈿、鳳舄，莫說是梅妃，我萬歲爺舊日和她有這一番恩情，久別重逢，難免有故劍之恩；便是六宮中選上了新寵娘娘，也只好假裝著耳聾，不聞不問。怎麼不顧這早晚，便來鬧得萬歲爺不得安睡？不是奴婢多口，如今滿朝臣宰，誰沒有個大妻小妾；何況當今一位聖天子，便容不得他這一宵恩愛了嗎？還請娘娘細細思之！」

高力士這一席話，說得楊貴妃啞口無言，她一時無可洩憤，便把那翠鈿摔碎，把這鳳舄扯破，哭著回宮去了。

第五十七回　詩仙李白

楊貴妃才出西閣，那玄宗皇帝又匆匆進閣來，一眼見那破碎的翠鈿、鳳舄，問高力士時，知是楊貴妃臨行時拉擲的。

這翠鈿原是昨夜玄宗賜與梅妃，親自替她在髮髻上插載著的，只因一夜顛倒，這翠鈿又落在玄宗懷中；原擬今日高力士送至東閣去的，不料被楊貴妃擲破了，叫這玄宗皇帝如何不惱！便立刻傳旨，著高力士送楊氏出宮，歸其兄光祿卿楊銛第中，一面又另拿一對翠鈿去賜與梅妃。把個高力士忙得東奔西走，送楊貴妃出宮回來，又送翠鈿與梅妃。

梅妃打聽得楊妃已被逐出宮，便思恢復舊日的恩寵；拿出一千兩黃金與高力士，要他去找一個文士，擬司馬相如作一篇「長門賦」去感動聖心。高力士因怕楊國忠、李林甫的權勢，只推說朝中無人能作賦的，梅妃便自作「樓東賦」一篇，呈與玄宗；那賦中略道：

玉鑒生塵，鳳奩香殄。懶蟬鬢之巧梳，閒縷衣之輕練。若寂寞於蕙宮，但凝思於蘭殿。信摽落之梅花，隔長門而不見！況乃花心颺恨，柳眼弄愁，暖風習習，春鳥啾啾。樓上黃昏兮，聽鳳吹而回首；碧雲日暮兮，對素月而凝眸。溫泉不到，憶拾翠之舊遊；長門深閉，嗟青鸞之信修！

憶太液清波，水光盪浮，笙歌賞燕，陪從宸旒，奏舞鸞之妙曲，乘畫鷁之仙舟。君情繾綣，深敘綢繆，誓山海而常在，似日月而無休！奈何嫉色庸庸，妒氣沖沖，奪我之愛幸，斥我乎幽宮？思舊歡之莫得，想夢著乎朦朧！度花朝與月夕，羞顏怕對春風！欲相如之奏賦，奔世才之不工；屬愁吟之未盡，已響動乎疏鐘！空長嘆而掩袂，躊躇步於樓東！

梅妃這篇「樓東賦」獻去以後，滿心想望皇帝立賜召幸；但她在樓頭一天一天的望著，只是杳無消息。看看已到暮春天氣，梅妃獨立樓頭引領遠望；這時，夕照銜山，煙樹迷濛，樹徑下著地處，起了一縷塵土，原來是嶺南驛使回來。梅妃便問身旁的宮女道：「何處驛使來？敢是嶺南梅使來也！」

那宮女答道：「嶺南梅花使者，久已絕跡！此驛使，是為楊娘娘送荔枝來也！」

梅妃聽了，忍不住兩行珠淚落下粉腮來；只聽她嬌聲喊著：「啊唷！」柳腰兒一折，向宮女肩頭倒去。

原來梅妃一時悲憤，暈厥過去了，宮女們慌慌張張扶她上床去睡；只見她幽幽醒來，哇的一聲，吐出一口鮮血，止不住一陣悲啼，淚濕了羅巾，宮女們在一旁勸著。這時黃昏冷巷，窗外淡淡的月光，映著窗裏淡淡的燈光，又照著梅妃淡淡的容光；一片寂靜淒涼，連宮女也忍不住哭了。

原來，玄宗皇帝一心還是寵愛著楊貴妃的，前日因一時之怒，把楊貴妃送出宮去，玄宗一人住在宮中，便覺鬱鬱不樂；任你後庭歌舞，聲聲入耳，玄宗聽著反覺心煩意亂，忙命停歌止舞。這一天，直到午後，還不見皇帝傳喚御膳，高力士進去請旨傳膳；滿案陳列著餚饌，看看玄宗只是嘆著氣，不下箸。

高力士奏請，把楊娘娘的一份膳兒，送至光祿卿楊銛府第；玄宗點著頭，又傳諭把御膳分一半，一併賞與楊銛。高力士知皇帝尚不能忘情於貴妃，待到傍晚，見左右無人，高力士便跪求請萬歲爺下恩旨，召楊娘娘回宮；玄宗默默不語，高力士又說：「萬歲若慮一出一召，為天下笑，奴婢請令妃子改從安興坊門入，以避人耳目。」

玄宗便點著頭，高力士取金頭牌，請皇帝蓋上小印作為憑證，拿著到光祿卿楊銛家中，去召楊貴妃

回宮。

楊銛因妹子得罪回家，心中正是惶懼，忽見高力士到，手中拿著宣召御牌，不覺大喜；楊貴妃也終日哭泣著自怨自艾，此時隨著高力士重又進宮，見了萬歲急忙跪倒，只是痛哭。玄宗伸手把妃子扶起，百般勸慰著。這一晚，雨露恩深勝於往日；次日，楊銛打聽得妹子復得皇帝恩寵，便與丞相楊國忠、韓國、虢國、秦國三夫人，一同進宮去獻食作樂。

玄宗大喜，便賞黃金無數；又賜三夫人脂粉錢，每歲一百萬。另賜建造高大府第五座，與宮殿相連；門外列戟，府中陳設勝於宮禁。姊妹互相比賽，見有一亭一屋勝過自己的，立刻把房屋拆毀，重新蓋造；一堂之費，可至千萬緡，奇巧美麗，驚心駭目。從此，五家以奢侈相尚。

初時，姊妹出入乘小犢車，滿飾金翠，雜以珠玉；一車之費，至數十萬貫。那車身愈加愈重，牛力不勝，便各自奏請皇上，改乘馬入宮，玄宗許之；姊妹各出萬金，派人四出購求名馬，以黃金為銜轡，錦繡為障泥。三夫人在國忠家會齊，同入禁中；時已黃昏，一路燈火照耀，銜衢有如白晝，道旁觀者如堵。從國忠宅門，直至城東南隅，沿途僕馬喧騰，直至更深，人民不得安枕。

楊國忠常笑對客道：「某起家細微，因椒房之親，富貴至於無極！吾今未知稅駕之所，念終不能致令名，要當取樂於富貴耳。」

當時，宮中府中奢侈成風，諸王子亦競相仿效；申王府中尤是奢靡，每夜在宮中與諸王貴戚聚宴，非至天明不止。用龍檀木雕成童子，高與案齊，手擎燈燭，稱做燭跋童子；衣以綠袍，繫以錦帶，立在筵席之側，又稱為燭奴，一時，三夫人與丞相府中俱用燭奴。

申王每飲酒至醉，便命宮中姬妾將錦綵結成一兜子，申王仰臥在兜中，使眾妾抬歸寢室，宮中皆稱為醉輿；這風氣傳至楊氏弟兄府中，每一飲酒，便都用醉輿抬回臥房去。楊國忠又在冬夜風雪苦寒的時候，使府中姬妾密坐在四圍，成一圓圈，抵敵寒氣，稱做妓圍；從此，諸王府中也用妓圍取樂，那班姬妾個個都能清歌奏樂。

玄宗知道了，在宮中宴會，也令諸宮妃嬪圍坐四周；那妃嬪們各自手中抱著樂器奏弄著，又歌唱著，玄宗也命楊貴妃唱歌。貴妃能唱的曲子很多，她還有一種絕技，能打著磬子，打來輕重疾徐，十分動聽；玄宗十分愛聽，便令樂工採藍田綠玉，琢之成磬，使貴妃擊之。一聲清磬，四座神遠；又造簨簴、流蘇等樂器，都拿金玉珠翠、珍怪之物裝飾起來，任貴妃使用著。

貴妃使用樂器，件件都精；玄宗御勤政樓，賜諸王聽貴妃奏樂。貴妃高坐上席，足下踏二金獅子，宮女們捧著各種樂器，在左右侍立著；貴妃徐徐的把樂器一樣一樣的搬弄，每弄一器，諸王都進酒為貴妃壽。諸王也帶著各種聲樂，在皇帝跟前獻奏。

申王獻一王大娘，這王大娘原是教坊中的妓女，喜歡百尺竿，竿上雕刻成木山，裝成瀛州方丈模樣；又令小兒手持紅竿，在王大娘四周圍繞著，歌舞不休，諸王看了大為笑樂。這時，有一神童名劉宴的，年只十歲，官拜秘書正字；楊貴妃欲一見之，玄宗即召劉宴至筵前。

眾妃嬪見他狀貌奇醜，和皇帝對答，卻甚是聰明；貴妃見他身材矮小，便抱著他的身體坐在膝上，笑說道：「此兒待吾為之妝飾，或可掩其醜陋。」說著，便命宮女取巾櫛脂粉來，貴妃親自替他梳粧，果然掩去幾分醜相。

玄宗問劉宴道：「卿為正字，至今正得幾字？」

劉宴立刻奏對道：「天下之字皆正，惟有朋字不正！」玄宗拍手稱妙。

貴妃又令當筵作王大娘戴竿詩，劉宴索紙筆，立成一絕，道：「樓前百戲競爭新，惟有長竿妙入神！誰得綺羅翻有力，猶自嫌輕更著人。」玄宗連稱真神童也！命賜以牙笛黃袍；劉宴披衣在身，三呼萬歲而退。從此，臣下再四處去搜尋神童，送至宮中面試；但總不及劉宴一般的敏捷。

玄宗和楊貴妃在宮中長日無事，每至酒醉之時，便鬥風流陣解悶；玄宗自領小太監百餘人，令貴妃亦領宮女百餘人，排成兩陣，拿霞帔錦被縛在竿頭，代作旗號。另有一班小黃門，在階下擊鼓鳴金，作兩陣進退之號；進時，小太監和宮女互相扭結，各不相讓。打敗的，罰飲酒一巨杯，一頓墮冠橫釵，嬌聲叱吒，玄宗不覺大笑；高力士在一旁看著，以為是不祥之兆，便勸皇上停止這風流陣。

楊貴妃又想得一種鬥花之戲，時值上元燈節，貴妃命兄弟姊妹各府中舉行盛大的燈會；韓國夫人在後園中立燈樹，每樹八十尺高，每杆有燈百餘枝，共百餘株燈樹，豎在後園高山上。入夜望去，園內外都照耀得有如白晝；百里外地方都望見之，滿天光明，竟與星月爭輝。

楊國忠府中，又領少年子弟千人，手中各執火炬，環列府門左右；每到遊春的時候，便用數十輛大車，上搭綵樓。每樓有女樂數十人，每府各有大車數十輛，前後銜接，在京師郊外遊行著，宛如長城；許多姬妾們列坐在綵樓上，顧盼笑樂。長安地方一班富戶貴族，都學著五府豪侈的模樣，遊春觀燈，各有一番熱鬧；雖在平民士庶之家，亦必點綴一二，不令辜負良辰。

所謂鬥花之戲，是以各人頭上插戴奇花多者為勝。貴妃生性更是愛花，往往不惜千金去購得名花來，移植庭院中；那五府姬妾，亦各自種著奇花異草，為春來鬥花之用。都中婦女一至春日，多不守閨門，女伴數人相約野步嬉遊；遇有名花，便設席藉草，各出美酒佳肴，共相歡飲。防有外人闖入，便解下紅裙，連結成幃遮蔽著，稱做宴幄。

這種放誕風流的情形，全是三位夫人和一班王府中的姬妾行出來的；那良家婦女都仿著她們行去，一時，郊外墮釵遺舄遍地皆是。

宮中除貴妃愛吃荔枝以外，玄宗卻愛吃乳柑橘。那時，江陵地方進獻乳柑橘，玄宗食之鮮美，便親自拿柑子十枚，種在蓬萊宮中；三年後便結實纍纍，皇帝大喜，特採下賜與各大臣。下手詔道：「朕前於內廷種柑子樹數株，今秋結實一百五十餘顆，取而嘗之，竟與江南及蜀道所進者無別。」

當時，楊國忠便進表賀道：「伏以自天所育者，不能改有常之性；曠古所無者，乃可謂非常之感。是知聖人御物，以元氣布和；大道乘時，則殊方葉至。又橘柚所植，南北異名，實造化之有初，匪陰陽之有革；陛下元風真紀，六合一家。雨露所均，混天區而齊被；草木有性，憑地氣以潛通。故茲江外之珍果，為禁中之佳實；綠帶含霜，芳流綺殿，金衣爛白，色麗彤庭。」這一道賀表，當時傳誦中外。

在這一百五十餘個柑子之外，又採得一枚兩柑結合成一個的柑子，玄宗稱它為合歡柑；說是天賜他和貴妃二人的，特採入後宮，與貴妃互相把玩。玄宗道：「此柑子真知人意！朕與卿恩愛如同一體，從此當永永合歡。」便並肩兒坐在榻上剝著合歡柑，互相送至口中吃了；又傳書工，把同食合歡柑的情形畫在圖上，傳在後世，作為佳話。

這柑子除江陵所出以外，益州的亦是佳品；每年由益州進貢來的柑子，亦是不少。當時為益州進貢柑子的事，也曾鬧過笑話。

平時，益州所進柑子，因防蟲咬，外面都用紙裹著；在天寶中，那承辦貢物的長史官，嫌紙裹太粗劣，便改白細布包裹。但布質粗硬，在長途轉運，又怕把柑子擦傷，這長史官心中便時時憂懼著。

這年，忽然有御史姓甘名子布的，巡查到益州地方來；長史官得了此消息，心中疑懼，以為必是來推問布裹柑子的事情。待那甘子布御史到益州境界，這長史官忙到驛站中去迎候；一見面，便連連申說布裹柑子，實是表示臣下誠意之意，把這話說了又說。這甘子布只聽得長史官連連喚著自己的名字，疑惑不解；經長史官剖說明白，彼此不覺大笑。

那時，天下昇平無事；玄宗每日在宮中，除與楊貴妃嬉戲外，又召集一班文學之士，在御苑中吟詠為樂。當時，文學侍臣中有一個李太白，詩才最是清高，玄宗十分敬愛他；這李太白名白，生在四川的昌明青蓮鄉，因取別名為青蓮居士。天質十分聰明，能辨識蝌蚪古字；用手撫摸著碑文，倒讀著亦很快，好似讀熟的一般。

當時有嶺南知州官，名毛榆桑的，自以為文章優勝；後來與李白相見，二人共觀碑文六十餘座，每座約數百字。毛榆桑只能背誦一二篇，還是十分生澀的；李太白卻能完全背誦碑文六十餘座，從首至尾，背誦得很快，一字不誤。毛榆桑見了，大驚道：「此仙才也，吾如何可及！」

但李白天性豪俠，擊劍，喜縱橫術，輕財仗義，交友滿天下；在任城作客，與孔巢父、韓準、裴

政、張叔明、陶沔，住在徂來山中，晝夜痛飲，稱為「竹溪六逸」。李太白酒量甚大，斗酒不醉，常自稱斗酒百篇；酒興濃時，握管作文，萬言立就，人又稱他為「酒仙」。

後李太白至京師，與賀知章相遇，知章讀太白之文，嘆道：「此謫仙才也，人間無此妙文！」同時，士大夫又稱他為李謫仙。當時，有詩人杜甫深得玄宗器重；杜甫字子美，世居杜陵，家世清貧，後中進士，詩名傳四海。玄宗皇帝讀杜甫所作賦，稱為奇才，拜為集賢院主；後賀知章又薦李太白，玄宗讀李白所作詩，嘆為李杜雙絕，拜李白為供奉翰林。

玄宗尤愛李白之詩，時時傳入內宮去飲宴吟詠；玄宗賜李翰林食，親為調羹。李白又時喜入市沽飲，每有宣召，太監們便騎馬至長安市上四處找尋；見李翰林當門與屠賈爭，飲已大醉，太監急以水噴面使醒，扶至馬上，送入內庭。見玄宗，衣冠不整，玄宗笑扶之坐；楊貴妃製清平樂曲，尚無詞句，玄宗命李白依譜填詞。

李白趁醉，在玉箋上寫成「清平調」三闋。道：「雲想衣裳花想容，春風拂檻露華濃；若非群玉山頭見，會向瑤臺月下逢！一枝紅艷露凝香，雲雨巫山枉斷腸；借問漢家誰得似？可憐飛燕倚新粧！名花傾國兩相歡，長得君王帶笑看，解釋春風無限恨，沉香亭北倚欄杆！」

玄宗又命作宮中行樂詞八首，李太白也不假思索，拂箋寫道：「小小生金屋，盈盈在紫薇！山花插寶髻，石竹繡羅衣。每出深宮裏，常隨步輦歸；只愁歌舞散，化作彩雲飛！」

第二首道：「柳色黃金嫩，梨花白雪香；玉樓巢翡翠，珠殿鎖鴛鴦。選妓隨雕輦，徵歌出洞房；宮中誰第一？飛燕在昭陽！」

第三首道：「盧橘為秦樹，蒲桃出漢宮；煙花宜落日，絲管醉春風；笛奏龍鳴水，簫吟鳳下空；君王多樂事，何必向回中！」

第四首道：「玉樹春歸日，金宮樂事多；後庭朝未入，輕輦夜相過！笑出花間語，嬌來足下歌；莫教明月去，留著醉嫦娥！」

第五首道：「繡戶香風暖，紗窗曙色新；宮花爭笑日，池草暗生春。綠樹聞歌鳥，青樓見舞人；昭陽桃李月，羅綺自相親。」

第六首道：「今日明光裏，還須結伴遊！春風開紫殿，天樂下珠樓。艷舞全知巧，嬌歌半欲羞；更憐花月夜，宮女笑藏鉤！」

第七首道：「寒雪梅中盡，春風柳上歸！宮鶯嬌欲醉，簷燕語還飛。遲日明歌席，新花艷舞衣；晚來移綵仗，行樂好光輝。」

第八首道：「水綠南薰殿，花紅北闕樓；鶯歌聞太液，鳳吹遶瀛州！素女鳴珠佩，天人弄彩球；今

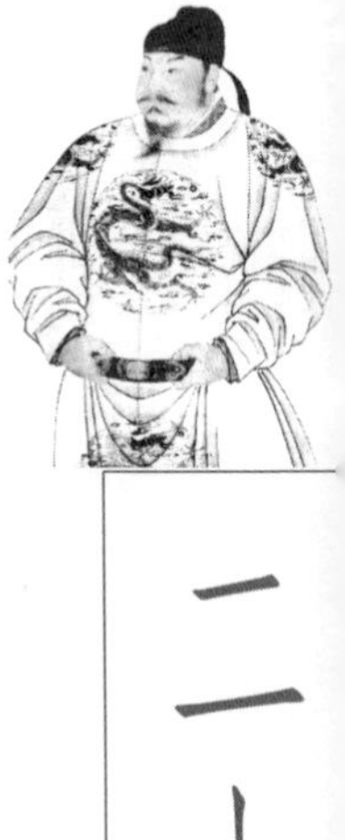

朝風日好，宜入未央遊！」

從此，玄宗每逢宴會，便命宮女唱清平調，或歌宮中行樂詞；後宮八千嬪娥，都知道李太白的名兒。玄宗每有歡宴，便召李白侍坐，飲酒賦詩，君臣甚是快樂。

其時，適值黑水靺鞨國打聽得大唐天子沉迷聲色，不理朝政，上下酣戲，國勢日衰；便遣使賫表，藉探中國的虛實。平日，外番上表，先用中文，後附番字；今日黑水靺鞨國上表，滿紙寫的盡是韃靼文字，形狀與魚鳥相似，滿朝文武無有識者。當時，只有青州劉寬能解六體文字，玄宗便把劉寬宣召進宮；見這靺鞨國的表文，也瞠目不知所對。

玄宗大怒，說：「滿朝官員，平日食皇家俸祿，有事便不能一用耶？今蠻奴之文，百官竟無一人能辨識，豈不貽笑外人？」

眾大臣正慌張無法可想的時候，忽尚書裴晉奏道：「今翰林學士李白，天才超逸，此事恐非李白莫辨！」

玄宗急召李白，李白大醉，左右有小黃門扶持而至；參拜畢，玄宗以靺鞨文示之，李白手捧靺鞨文，毫無疑難，朗誦一遍，便即譯成漢語。文中多藐視中國之言，玄宗大怒，便欲斬殺來使，興師征討；李林甫上前去勸住玄宗，便宣靺鞨使臣上殿，痛痛的訓叱了一番，又令李白當殿宣讀靺鞨國來文，一字無訛。

鞅鞨使臣見唐朝如此威嚴，不覺嚇得他汗流浹背，匍匐在地，叩首不已；玄宗叱退鞅鞨使臣，傳諭次日入朝，再領上諭，使者諾諾而退。玄宗便命李白以韃靼文作上諭，以儆誡之，設几案在金殿簷下；李白拜奏：「臣無酒不能為文，即勉強成之，亦不能佳，幸陛下賜臣當殿飲酒！」

玄宗便命賜御酒，李白連進三爵，握著筆，久久不下；玄宗問：「李學士為何不下筆？」

李白奏道：「臣聞高力士善於磨墨，今大膽求高將軍為臣研墨！」玄宗便傳諭，著高力士為李白磨墨。

高力士在朝廷權力甚大，真是一人之下，萬人之上；如今為一翰林磨墨，心中卻老大一個不願意，只以皇上的旨意，不敢不去。沒奈何，上去倚定書案，為李太白磨著墨；李太白又令高力士斟酒，力士含著滿腔怒氣替他斟著酒，又連盡三觥，在金殿上和群臣談笑自如。

作文至一半，李白忽翹一足，令高力士脫靴；力士在皇帝跟前不敢不依，只得蹲下地去為李白脫靴，李白不禁大笑。李白平日知高力士在朝中依仗權勢，作威作福；今當著眾文武官，有意羞辱他。兩旁站著的文武官員，見李太白當著皇帝如此狂放，卻個個變色咋舌；看高力士時滿面怒容，卻也不敢說一句怨恨的話。

不一刻工夫，已草成詔書，李白擲筆大笑而起；左右將詔書譯文呈上，大意謂：「爾乃小邦蠻夷之輩，不識禮儀，蔑視天朝，尤屬可惡。本應斬卻來使，著邊疆督帥加以征討，用顯天朝之刑威，正上國之綱紀。姑念爾乃荒僻小國，不勝刑戮，是以額外賜恩，赦爾罪戾，爾宜自知悔悟，來朝請罪，如或頑抗，決不爾貸，切切！此諭。」

玄宗聞罷此文，不覺大喜，命李白乘御馬出殿，又賞御酒八蹲；次日早朝，靺鞨使臣便領回國，果然那靺鞨國王親來朝貢，自謝罪譴。但高力士自被李白一番戲弄以後，時時啣恨在心；只因玄宗正十分寵用李白，雖欲進讒，亦無隙可趁。

第五十八回　虢國夫人

李太白得玄宗皇帝寵用，十分狂放；他每日當朝權貴，便百般戲弄，如李林甫、高力士一班大臣，都受過李太白的侮辱，只因看在皇帝面上，大家便敢怒而不敢言。

玄宗知道李白是愛遊山玩水的，便給他御牌一道，掛在襟頭，在各處郡縣山水佳勝的地方留連著；地方官見了這御牌，便供應他飲食起居，十分恭敬。那李白打聽得是貪官污吏，便百般侮辱他；那貪官污吏大都與李林甫、高力士通同一氣的，早把李白這情形報到京中去。

高力士和李林甫商量得一條計兒，便在楊貴妃跟前進讒說：「李太白『清平調』、『行樂詞』中，都把娘娘比做漢朝的趙飛燕！」

楊貴妃聽了果然大怒，說道：「飛燕是何等輕賤淫污的人，怎將我比她？這李白真是大膽的狂奴！」從此，楊貴妃早晚在玄宗跟前說，李白如何不敬朝廷，如何侮辱大臣；因此玄宗寵用李白的心，也漸漸的冷淡下來。李白知道自己不為玄宗的左右所容，便越是狂放不拘，與賀知章、李適之、王璡、

崔宗之、蘇晉、張旭、焦遂等人，終日鬥酒，自稱為酒中八仙，並上表懇求還山。

玄宗賜以黃金，令回鄉里；李白卻遨遊四方，在月下與崔宗之乘船，自采石至金陵，著宮錦袍，坐舟中，旁若無人。遊并州，見郭子儀，兩人甚是相投；子儀犯法當死，李白為之營救，得免。後郭子儀任大將，也竭力保全李白；李白有罪，玄宗下旨充軍至夜郎，勾留甚久，這都是後話。

如今再說楊貴妃因得玄宗寵愛，楊氏一家盡立朝堂；這時，朝中共分為三黨：楊貴妃、楊國忠一黨最有勢力；李林甫一黨次之；高力士是宦黨首領，其勢亦不在李林甫以下。玄宗被群小包圍，昏憒糊塗，日甚一日；李林甫則因楊氏日盛，便屈意結合楊國忠，高力士外有國忠提攜，內有貴妃包庇，勢力也十分穩固。

俗傳貴妃酒醉一事，甚是豔美。當時，貴妃因恨李白，不願唱「清平調」；玄宗命貴妃習滿江紅曲，貴妃每飲必歌此。滿江紅曲，原是傳之裴鍾；裴鍾是襄陽人，性愛歌曲，富有家財，因好歌曲，遍請名師傳授學習。不及十年，家財蕩盡，流為乞丐，在長安市上賣歌為活；高力士過長安市，聞裴鍾歌聲十分讚美，便留之私第中，給以衣裳，教以禮儀，獻入宮中。

玄宗聽裴鍾之曲，心中大樂，便令教授貴妃；貴妃問此曲是何人所製，裴鍾不忘高力士汲引之功，便奏說：「是高將軍所製。」從此，貴妃記在心中。

一日，玄宗入長興宮，妃獨坐無聊，命高力士備酒置筵，宮中談笑甚豪，且飲且歌，漸至大醉；忽憶高力士能製曲，必能知詩書，便問力士道：「吾幼時讀書，有罼罼一語，是在何書中？」

力士見問，忙奏道：「臣未習四書，實不知也！」

貴妃怒道：「汝敢欺我嗎？汝既能製曲，又聞萬歲言汝又能吟詩，如何又說不曾讀書？」

力士急分辯道：「臣偶作粗俗之歌謠，非真能作詩也！」

貴妃道：「汝即作歌謠，我亦愛聞之。」

力士急叩頭道：「臣才疏學淺，不能立刻作成，須明日出宮作就，再行獻上。」

貴妃已有醉意，即糾纏不休道：「萬歲爺命汝作曲作歌，即頃刻作成；吾今命汝作，汝即推三阻四，豈因貴妃的權力不如皇上嗎？」

力士又連連叩頭道：「愚臣豈敢！」

貴妃道：「汝既不作詩，今問汝一詩：『纈春萬紫滿園香』一詩，是何人作？汝可即聯下句！如能聯此一句，即可免汝作歌。若不奉命，便當罪汝！」

高力士至此窘迫已極，奏道：「臣實不知音韻，不能聯句。」

貴妃道：「既不能按韻，作歌謠一句即可。」

力士再三求免，說道：「臣實無才，乞娘娘恕免！」

貴妃拍案大怒道：「汝敢違吾旨耶？」

力士匍匐在地道：「奴婢實該死！幼不讀書，於文字絲毫不解，實非敢違旨也！」

貴妃道：「汝既不遵吾旨，便當受吾之罰。」

力士道：「奴婢該罰！」

在高力士侍奉貴妃多年，不曾見貴妃有疾言厲聲；今又在酒醉，即使受罰，當不甚重，便口口聲聲說求娘娘責罰。貴妃喝命宮女拿竹板來，高力士在宮中威權甚大，宮女都怕他；今見欲責打力士，彼此面面相覷，不敢動手。貴妃憤不可忍，力擲酒杯於地，大聲喝罵宮女道：「妳等賤婢子與高力士結黨欺吾耶？」宮女見貴妃動了真氣，便不敢違拗，去取一大竹板來。

貴妃傳諭道：「高力士忤旨，著速掌頰五百，笞股一千。」

高力士惶恐萬狀，伏地哭求娘娘開恩；滿屋子宮女一齊跪地，代高力士求饒。

貴妃道：「力士之罪，原無可饒；今看汝等薄面，改笞股一百。」宮女不得已，只好上去把高力士按倒在地，輕輕的笞下。

貴妃見宮女不肯重打，便喝道：「汝等賤婢，與高力士有私情，不肯用力責打，待吾親自打之！」

貴妃說著，卻真的走下席來，奪竹板在手，喝令力士伏地，雙手舉起竹板，用力笞在力士背上；那竹板下去，又重又快，不料貴妃在酒醉之中，氣力甚大，打著不計其數，一任高力士一聲哭救著，貴妃卻不肯住手，可憐高力士被打得血肉班爛。

兩旁宮女從未見貴妃有如此狠毒行為，大家不覺駭然；直待貴妃力竭酒醒，才丟下竹板，永新、念奴二婢上去扶著歸寢。宮女們見娘娘去了，便上去把高力士扶起，送至寢室；力士身為驃騎將軍，驕養已慣，今受貴妃鞭扑，身既受傷，心又漸恨，便託病不朝。

直到三月三日，玄宗傳諭與貴妃遊幸曲江行宮，凡諸王妃嬪以及各公主、各夫人均須陪從前往；高力士得了這諭旨，知再也躲不住了，便出宮去。先赴楊國忠、楊銛、楊錡諸兄弟家中去通報，又至韓國、虢國、秦國三夫人家中去通報，再至諸親王、諸公主家中去通報；一時，親貴婦女和宮中妃嬪大起忙亂，個個都鬥奇爭艷，要打扮得出眾，在曲江邊求萬歲爺一看。

玄宗又下諭：「乘輿遊曲江，准百姓在道旁觀看，以示與民同樂之意。」那沿江一帶，黃沙鋪地，綵幔蔽天，哄動得一班百姓扶男攜女的，趕赴江邊來看熱鬧。遠遠的輿馬如龍，旌旗如林；聖駕到了，六匹馬駕著龍輿緩緩的過去，後面緊跟著鳳輦。楊貴妃端坐在輦中，一群小黃門手提御爐走到前面；一隊宮女手執簫管跟在後面，香煙繚繞，笙樂悠細。

道旁觀看的人，盈千累萬，卻肅靜無聲；眼看著一隊一隊的過去，後面便是各宮的妃嬪，接著是各位公主，最後是韓國、虢國、秦國三夫人，楊國忠騎著馬在後面押道。諸位宮眷夫人的香車過時，美豔奪目，香聞十里；那宮眷夫人個個打扮得濃脂豔粉，中人欲醉，獨虢國夫人卻蛾眉淡掃，不施脂粉，自然嬌美。路旁觀看的人，見虢國夫人長得嫵媚動人，個個都把眼光注定，齊聲讚嘆說：「好一位美人兒！」

虢國夫人聽了，不覺微微含笑，心中甚是得意；便故意把羅帕銀盒拋出車外去，任百姓們在路旁搶著拾著。楊國忠在馬上看了，不覺哈哈大笑；他兄妹兩人一個在馬上，一個在車中，趁人不留意的時候，便時時遞過眼風去相看一笑。一大隊輿杖從曲江邊行過，好似長蛇一般，蜿蜒不斷；待御駕過去，那一群閒看的婦女們在道上搶拾遺物，頓時起了一陣喧嘩。

趙家大娘向吳家二姐道：「妳拾的是什麼？」吳二姐回說，是拾得了一支簪子！

趙大娘就吳二姐手中一看，不覺大驚道：「呀！是一支金簪子！上面還嵌著一粒緋紅的寶石！二姐，妳真好造化也！」

那壁廂，孫家姑娘也問著陳家嫂子，道：「嫂子，妳又拾了什麼？」

那陳嫂子回說，是一隻鳳鞋套兒；孫姑娘道：「好好！妳就把這鳳鞋兒穿了如何？」

陳嫂子笑著，拿鞋兒向自己腳上一試，說道：「啊呀！一個腳趾兒都著不下呢！」孫姑娘劈手把鞋兒搶去，說道：「待把鞋尖兒上這粒真珠摘下來吧。」說著，將那粒珠子拔下，把那鞋兒丟還給陳嫂子；這陳嫂子如何肯依，兩人扭做一團，把頭上的髻兒也打散了。幸得走過一位富家公子，見這鳳鞋兒瘦稜稜、香馥馥的，可愛可憐，便出了一兩金子，向陳嫂子買了去；這陳嫂子見有了金子，便也不要珠子了。

那邊，二姐兒問著三妹道：「妳拾的什麼東西？也拿出來大家瞧瞧。」一群女伴圍著，只見那三妹子拿出一幅鮫綃帕兒來，裹著一個金盒子；打開盒子一看，裏面黑黑的、黃黃的薄片兒，聞著又有些香味。三妹子道：「莫不是香茶麼？」二姐兒道：「待我嘗一嘗！」急急吐去道：「呸！稀苦的，吃它怎麼？」她大哥兒走來一看，不覺大笑道：「這是春藥呢！妳們女孩兒可吃得的麼？」說得眾女伴羞臉通紅，連罵該死；三妹子忙把藥片倒去，把金盒兒揣在懷中，急急逃走了。

這一天，百姓們在曲江邊拾著的珍奇玩物，卻也不計其數；一大隊香車迤邐行去，看看到了曲江行宮，車停馬息，妃嬪夫人各自有侍女扶持下車，在御苑中遊散，只見萬紫千紅，艷如織錦。那班女眷平日深宮幽處，難得有如此放浪的一天，早已各尋伴侶，四處遊玩去了；亦有登山的，亦有臨水的，亦有

採花的，亦有垂釣的，亦有盪舟的，亦有鬥草的，鶯鳴燕語，花飛蝶舞。

玄宗攜著貴妃，高坐絳雪亭中，亭下美人環繞，顧盼生姿，心中十分快樂；眾女眷玩夠多時，廊上雲板敲動，知道午時已到，高力士走到臺階上，傳諭道：「萬歲有旨，眾妃嬪在萬花宮領宴，眾公主、夫人在迎暉宮領宴；獨留虢國夫人乘馬進望春宮，陪楊娘娘領宴。」

這虢國夫人正與楊國忠在樹蔭下切切私語，忽聽高力士傳旨，宣她進內宮陪萬歲爺飲宴，不知是何用意，心中正自納悶；那韓國、秦國兩夫人聽了，齊來向她道賀，說：「妹妹得萬歲爺另眼相看，真可喜也！」虢國夫人愈覺沒意思起來。當下，有小黃門牽著一頭馬在一旁候著，虢國夫人沒奈何，便離了楊國忠，坐上馬去；小太監拉住馬韁，慢慢的向內宮行去。

那秦國夫人年紀最輕，打扮得也最是嬌艷；如今見萬歲爺獨召她姊姊去陪宴，卻不喚自己去，心中老大一個納悶，便拉住韓國夫人的手，說道：「妳看咱家姊姊，竟自揚鞭去了；她這淡掃蛾眉，如何朝得至尊？」

韓國夫人道：「且自由她去受窘，我們樂我們的。」說著，姊妹二人便上迎暉宮領宴去了。

那虢國夫人平日自己仗著容貌美麗，甚是驕人；雖說少年嫠婦，雅淡梳粧，但她每日香湯沐浴、薰衣、嗽口，閨房中甚是清潔，一張臉兒脂粉不施，自然佳美。當時，玄宗皇帝在筵前一見，真疑天仙下降，轉把個楊貴妃看做庸脂俗粉，污人耳目；因此，一意與虢國夫人周旋著。

虢國夫人初近天顏，未免有嬌羞靦腆的樣兒；誰知這位痴情皇帝，愈見虢國夫人害羞，他卻愈是憐惜起來，在筵席上，口口聲聲喚著阿姨，問長問短。

起初，楊貴妃在一旁要誇張她妹子多才多藝，說：「我家妹子，小字喚做玉箏，果然彈得一手好箏。」玄宗聽了，喜之不勝，連連向虢國夫人作揖，求她彈一套箏下酒。虢國夫人深惱她姊姊多嘴，後來見萬歲爺糾纏得可憐，便也不好意思違拗聖旨；內家捧過一個玉箏來，彈了一套「昭君怨」。

玄宗聽了，連聲讚嘆，說道：「小小年紀，怎的有如此淒涼的音兒？」

楊貴妃便奏稱：「玉箏青春守寡，怎不淒涼！」

玄宗一聽說如此美人早年守寡，便又連連拍案嘆息，道：「真可憐兒的了！如此麗質，閨中卻少一個伴兒，個兒郎卻也消受不起阿姨的美貌！好阿姨，快莫悲傷，待朕來替妳解個悶兒。」便傳旨令霓裳樂隊在筵前歌舞起來，果然仙樂悠揚，舞袖翩躚。

但虢國夫人看了，總是低頸愁眉的；玄宗皇帝是一個多情天子，見虢國夫人這可憐的樣兒，便命停止歌舞。待樂隊退去，玄宗又命看酒；便親自執著壺兒，走到虢國夫人跟前，去斟滿了一杯酒，雙手捧著送到唇邊去，低聲柔氣的說道：「阿姨快飲此一杯，解解悶兒吧！」

虢國夫人仗著自己美貌，平日很是驕傲，輕易不肯和人說笑的；如今見萬歲爺如此低聲下氣的伺候氣色，便也忍不住盈盈一笑，從皇帝手中接過酒杯來，謝過恩，飲下酒去。玄宗這時貼近美人，香澤微聞，秀色飽餐，神魂兒飄飄蕩蕩，早已把持不定了；趁她一笑的時候，便伸手過去，隔著衣袖兒，把虢國夫人的纖指握定。

虢國夫人吃了一驚，急奪手看時，見那室中靜悄悄的，去得一個人也沒有了；那楊貴妃也不知什麼時候離席走去的，虢國夫人只覺心頭小鹿兒亂跳，急欲離席辭退。那玄宗皇帝如何肯捨，只把她的指尖兒握得緊緊的，兩道眼光注定在她粉腮兒上，露出可憐的神色來；虢國夫人的兩面粉腮兒上，也跟著飛上兩朵紅雲，那粉脖子不覺慢慢的低垂下去。

靜悄悄的半晌，那守在窗外的宮女，只聽得萬歲爺低低的，一聲一聲的喚著美人兒；又說：「這快樂光陰，朕與美人共之！」又半晌，聽得虢國夫人低低的笑聲，一會兒又彈著箏；這箏聲卻是柔和快樂。箏聲停住，接著又是嬌脆的歌聲，萬歲爺連聲稱妙；過了一會傳諭出來，叫另備酒筵，設在望春宮月樓兒上，萬歲爺欲與虢國夫人對酌。

起初，楊貴妃避出屋來，原指望萬歲爺和玉箏妹子調笑一陣，便退出宮來；不料傳諭出來，兩人還要對飲細酌。她知道妹子已勾搭上了萬歲爺，將來自己免不了要失卻恩寵，心中一陣妒恨；便也不去辭別萬歲爺，也不招呼妃嬪們，逕自坐著鳳輦，由永新、念奴兩個婢子伴著，冷清清的回長安宮院去。

那玄宗這時，和虢國夫人杯酒傳情，歡愛正濃的時候，誰也不敢進去通報；月樓上這一席酒，直飲到黃昏人靜。虢國夫人說著、笑著、唱著、飲著，把往日人前一副矜持的態度，完全丟去了，只媚著萬歲一人；這風流天子早已被她引得骨醉心迷。直到後來，虢國夫人也飲得醉眼朦朧，柳腰傾側，玄宗扶住她腰肢，同入鴛帳，成就了好事；一夜顛倒，直至次朝日午才朦朧醒來。

行宮寢殿原靠著浴恩池，池中滿蓄鴛鴦；這時，眾宮女幾次到寢宮窗外來伺候，見萬歲爺與虢國夫人香夢未醒，便大家伏在池邊欄杆上，爭看雌雄兩鴛鴦水中相戲。玄宗醒來，把虢國夫人擁在懷中，揭起帳門來，笑對眾宮娥道：「爾等愛水中瀏漱，爭如我被底鴛鴦！」眾宮女齊呼萬歲，把個虢國夫人羞得直向玄宗懷中倒躲；宮女上來服侍梳洗，高力士進來請駕回宮。

玄宗和虢國夫人一夜恩情，如何捨得，便要帶她進宮去；虢國夫人再三辭謝說：「薄命人生性孤僻，享不得宮中富貴，願留此不斷之恩，為後日相見之地！又宮中有我姊妹在著，亦不便相處。」玄宗再三相邀，虢國夫人只是不從；玄宗也不忍相強，只賞她脂紛金珠無數，又賞她御苑名馬一匹，許她乘馬入宮，兩人在行宮中依依不捨地分別了。

玄宗自回長安宮中，因心中記念著虢國夫人，見了楊貴妃，便覺冷冷的；那楊貴妃因萬歲爺分寵在她妹子身上，心中又妒又恨，見萬歲爺回宮來，也便冷冷的。全宮的妃嬪太監見萬歲神情冷冷的，大家也都冷冷的；長生殿中平日總是笙歌歡笑不斷的，如今皇帝與妃子反目，殿中便冷冷清清。

那宮女和太監們來來去去，也不敢高聲說笑；背地裏唧唧噥噥的，只是在那裏談論萬歲爺和虢國夫人的事。獨把個高力士弄得摸不著頭路，他一個人在殿頭坐著，自言自語的道：「前日萬歲爺同楊娘娘遊幸曲江，歡天喜地，不想次日，忽然楊娘娘先自回宮，萬歲爺昨日才回。看去，萬歲爺和娘娘都有了煩惱，不知何故？」

他一個人正嘰咕著，見永新遠遠的走來，便上去問道：「永新姐來得正好！我問妳，萬歲爺這幾天為何不到楊娘娘宮中去？」

那永新丫頭答道：「唉！公公，你還不知麼？咱娘娘和萬歲爺兩下裏鬧翻了。」

高力士十分詫異道：「為甚的鬧翻了？」

那永新一笑道：「只為的並頭蓮兒旁，又開了一枝花兒呢！」

高力士問：「是那一枝呢？」

永新道：「說起來，此事也原是咱娘娘自己惹下的。只因咱娘娘平日常在萬歲爺跟前，誇說虢國夫人的美貌；那日在望春宮中，故意教萬歲爺召虢國夫人侍宴。不料，兩下裏鴛鴦牒上，已是註定了姻緣；三杯之後，已結上了同心羅帶！」

高力士道：「這事已過去了，如今萬歲爺為什麼又著惱呢？」

永新道：「只因萬歲爺回得宮來，時時想念虢國夫人，教咱娘娘去召虢國夫人進宮來，娘娘不肯依得；萬歲爺好生不快，今日竟不進西宮去了，娘娘在那裏只是哭呢。」

高力士說道：「這事，娘娘也未免小器兒了！須知道連枝同氣，情非等閒，怎為這一點兒也難看破呢？」

永新正要說話，忽聽裏面傳永新，便急急走去。

那高力士見左右無人，便獨自嘆道：「娘娘近日性情，未免忒煞驕縱了些！那一日酒醉，無緣無故打得老奴皮開肉綻，至今傷勢未痊；如今娘娘一樣也有失寵的時候？待我在萬歲跟前去挑撥幾句，怕不又要把妳送回楊家去！」

正自說話間，忽聽得裏邊又傳旨高公公；力士連聲答應：「來了！」急急奔向玄宗宮中去。

這裏，楊貴妃十分煩惱；那邊虢國夫人自得了玄宗恩寵，又得賞賜了許多金珠，卻是十分快樂。平日，虢國夫人總是雅淡梳粧的，自從那日曲江行宮承幸過以後，便見她梅花點額，每日眉黛唇脂，紅紅

的雙頰，總是作醉顏粧，平添了許多嫵媚。

那虢國府中頓時車馬喧闐，文武官員齊來趨候，有獻金帛的，有獻珠玉的，虢國夫人給他一個倒擔全收；那韓國、秦國兩夫人，和楊國忠、楊銛、楊錡三兄弟，都一齊到虢國府中來道賀。韓國夫人一見了虢國夫人，便嚷道：「妹妹喜也！」

虢國夫人假裝沒事人兒一般，道：「妹子一生薄命，年輕守寡，有何喜來？」

那秦國夫人搶著說道：「講到薄命，我的命還薄似姊姊！講到年輕，我的年紀還輕似姊姊！如今姊姊一枝，以傍日邊紅，如何不喜呢？」

虢國夫人由不得一笑，說道：「妹妹說那裏話來？我那日在曲江行宮，也無非杯酒陪奉，這聖恩原不分內外的。」

秦國夫人聽了，把頸兒一扭，嘴兒一噘，道：「這話我可不信！既說聖恩不分內外，卻為何萬歲又獨賜與妹妹許多脂粉金珠？」

虢國夫人道：「這原是萬歲可憐我寡婦失業的，無人照應，特賜與我平日使用的！」

她姊妹兩人正爭論著，韓國夫人卻插嘴道：「這種廢話，不用多說了。我如今反問妳，看見玉環妹妹在宮中光景如何？」

虢國夫人道：「我那姊姊的性兒越發驕縱了，她如此任性兒下去，只恐怕他日君心不測！」

一句不曾說完，只見那驃騎將軍高力士慌慌張張的進府來，見了許多賓客也不及招呼，只拉住楊國忠道：「不好了！貴妃楊娘娘忤旨，聖上大怒，已命我送歸丞相府中；丞相快回府去，我還有話說呢。」這幾句話，好似耳邊起了一個焦雷，大家嚇得目瞪口呆。

第五十九回　楊妃回宮

高力士自從被楊貴妃酒醉毒打以後，時時懷恨在心；如今見楊貴妃一朝失寵，他便趁機報仇，在萬歲跟前訴說，楊娘娘在背地裏如何怨恨。這時，玄宗皇帝正一心迷戀著虢國夫人，叫貴妃用姊姊的名兒，去把虢國夫人召進宮來；楊娘娘不肯奉詔，聽了高力士一番話，正一肚子沒好氣，立刻把楊貴妃傳來，責罰了幾句。

這楊貴妃平日恃著皇帝的寵愛，從沒受過大氣兒呵斥；如今又有一股醋意鬱在胸頭，再經萬歲爺一陣呵斥，她如何忍得住氣，早撒痴撒嬌的哭著，拿話兒頂撞著。這素性溫柔的玄宗皇帝，也由不得動起氣來；立刻下旨，著高力士把楊玉環退回國忠府中來。

這是一件極大的變動，把楊家弟兄姊妹，除虢國夫人以外，都一時慌張起來，個個弄得好似沒了手腳一般；他們一生的富貴，原是繫在楊貴妃一人身上，如今楊貴妃忍不住一時的醋氣，和萬歲爺頂撞，打破了醋罐子，被萬歲爺退出宮來，眼見這楊氏一門的富貴，都要壞在貴妃一人身上，他們如何不愁，

如何不恨？

那楊國忠、楊銛、楊錡弟兄們，和韓國夫人、秦國夫人姊妹們都趕來，圍住了楊玉環一人，你一言，我一語，個個都抱怨她。你說：「妹妹太驕縱了！」我說：「姊姊醋勁兒太大了！」說得貴妃無言可答，只是啼哭的分兒。

可憐她絕代容顏，如今弄得脂粉不施，淚光滿面；哭到傷心的時候，只抱著頭，在左右亂撞著。雖有永新、念奴兩個婢子在左右扶持著，但她一頭雲也似的髻兒，被她一搖晃，一齊散亂下來；楊國忠在一旁看了，也轉覺可憐。正惶恐的時候，又報說：「高力士在外面候丞相說話。」

楊國忠匆匆出去，見了高力士，便道：「貴妃如今被譴出來，怎生是好？」

高力士聽了，冷笑幾聲道：「不是咱家多嘴，娘娘性情原也偏急了些！如今聖上一動怒，咱家也無法可想了！」

楊國忠見了高力士這神情，便知道他的來意；當即湊過耳邊去，說了幾句話。高力士不覺呵呵大笑道：「咱們自家弟兄，莫說這錢不錢的話；丞相倘有意，便請拿出三千兩黃金來，散給咱家小弟兄們，使他們大家歡喜歡喜。」

楊國忠聽了，連說：「有有！」當即回頭吩咐家奴，去開了府庫，捧出黃金來，當面點交給高力士帶來的奴僕，用車兒載去；這裏府中擺下盛大的筵席，款待高公公。

在席間，楊國忠又說：「貴妃如今被謫出來，卻怎生是好？」

高力士思索了半晌，說道：「這事兒，丞相且到朝門謝罪，相機行事。」

楊國忠連連向高力士作揖，道：「下官到朝門謝罪，這其間全仗老公公成全；在萬歲爺跟前，替我說幾句好話兒，才得有效！」

高力士點頭道：「這個咱家當得盡力，不消丞相費心。」

兩人說說談談，飲完了酒，高力士起身告別，楊國忠送至門外；力士道：「咱家先進宮去，丞相隨後快來。」國忠連聲稱是，回進府中，急急忙忙更換朝衣；一面吩咐丫鬟，好生伺候娘娘。

那楊貴妃回得丞相府中來，總是啼啼哭哭，茶飯也無心進得；楊國忠替她收拾起一間繡樓來，丫鬟們扶持她上了繡樓。楊貴妃在樓中，只是長吁短嘆，自怨自艾；只聽她說道：「我楊玉環自入宮闈，過蒙寵眷，只道是君心可託，百歲為歡；誰想妾命不猶，一朝逢怒，遂致促駕宮車，放歸私第，金門一出，如隔九天。唉！天呀！禁中明月，永無照影之期；苑外飛花，已經上枝之望！撫躬自悼，掩袂徒嗟，好生傷感人也！」

她自言自語了一陣，又就那粧臺上拂紙握管，寫上一首詞道：

「羅衣拂拭猶是御香薰，向何處謝前恩？想春遊春從曉和昏，豈知有斷雨殘雲？我含嬌帶嗔，往常問他百樣相依順；不提防為著橫枝，陡然把連理輕分。憑高灑淚，遙望九重閽，咫尺裏隔紅雲。嘆昨宵還是鳳幃人，冀回心重與溫存。天乎太忍，未白頭先使君恩盡！」

楊貴妃擲下筆兒，問著念奴道：「丫鬟，此間可有那裏可以望見宮中？」

念奴答道：「前面東書樓上，西北望去，便是宮牆了。」

貴妃便扶定念奴的肩兒，到東書樓上憑欄站定；念奴向西北角上指著道：「娘娘，這一帶黃澄澄的琉璃瓦，不是九重宮殿麼！」

貴妃怔怔的望了一會，忍不住喚了一聲：「萬歲爺！」兩行珠淚，落下粉腮來。

正悽惶的時候，那永新丫鬟一手指著樓下道：「呀！娘娘快看，遠遠一個公公騎馬而來，敢是奉萬歲旨意，召娘娘回宮哩！」

貴妃向樓下望去，果然見一騎馬，當先飛也似的跑來；馬上一個內官，口稱：「萬歲有米麵酒食賜與娘娘，快請娘娘下樓謝恩。」永新、念奴二人，急急扶著楊貴妃下樓，謝過聖恩。見外面推進小車兒百餘輛來，滿裝著米麵酒饌；貴妃道：「我自從一別聖顏，茶飯滴粒也不曾進口，如今萬歲爺賞賜這許多米麵，卻是為何？」

那太監是中使韜光，便說道：「萬歲爺自娘娘出宮，獨坐御樓，長吁短嘆，一樣的也茶飯不進；中官獻上御饌，俱被萬歲笞撻流血。適才高公公回宮覆旨，萬歲細問娘娘回府光景，似有追悔之意；是以高公公迎合上意，命將這米麵百餘車，送來與娘娘備用。當時萬歲爺也說，妃子如何慣食民間的米麵，快把這酒食車兒送去給妃子吧；如此看來，萬歲爺一定在思想娘娘，因此特來報知。」

楊貴妃聽了，又不禁流下淚來，嘆道：「萬歲爺早已有心愛的玉箏婢子了，那裏還想著我來！」

韜光道：「奴婢愚不是諫賢，娘娘也不可太執意了。倘有什麼可以打動聖心的東西，付與奴婢，趁間進上；或可感動萬歲的心，也未可知。」

楊貴妃哭道：「韜公公，你教我進什麼東西去呢！」

韜光勸道：「娘娘且慢傷心，咱們慢慢的想個主意出來。」

說著，貴妃低頭思索了半晌，嘆道：「教我拿什麼去打動聖心呢！想我一身以外，皆萬歲爺所賜，算只有眼淚千行，卻不能如珍珠一般拿金線穿著，拿玉盤盛著，去獻與君王。」

說話時候，那一縷青絲從肩上散下來；貴妃看了便心生一計，說道：「哦，有了！惟有這一縷又香又潤的青絲，曾共君王在枕上並頭相睡，也曾對君王照著鏡兒梳粧；也惟有這髮兒是我父母所生，可以剪下來獻與君王。」

說著，便回頭命丫鬟取過金剪來，一手握著髮兒，一手拿著剪兒，不由得掉下淚來；嘆道：「髮呀！髮呀！你伴著我二十餘年，每晨經我輕梳慢弄，原是十分愛惜；今日只欲為表我衷腸，全仗你在君王前寄我殷勤，我也顧不得你了，只好把你剪去一綹吧！」說著，把頭髮分做一股來，湊在剪刀口上「颼」的一聲，可憐如靈蛇似的一縷斷髮，便落在手中。

貴妃一面淌著眼淚，把斷髮交與韜光，淒淒咽咽的說道：「韜公公！快把這髮兒拿去，與我轉獻與聖上；只說妾罪該萬死，此生此世，不能再睹天顏。一身之外，皆聖恩所賜，惟髮膚是父母所生，今當即死，無以答謝萬歲海樣深恩；謹獻此髮，以表終身與陛下依戀之意。」說著，竟至嗚咽不成聲。

韜光接過髮來，在袖中攏著，說道：「娘娘且免愁煩，奴婢去了！」貴妃直望到韜光走遠了，才回房去，倒在床上睡下。

這邊楊貴妃啼啼哭哭，度著晨昏；那邊玄宗皇帝卻也氣氣惱惱，過著光陰。也曾打發中使去宣召號國夫人，虢國夫人卻含羞不肯進宮來；也曾打發小黃門去宣召梅妃，誰知梅妃病了，也不能進宮來，只丟下這個玄宗皇帝，一個人冷冷清清的度著晨昏。

楊國忠入朝來謝罪，萬歲爺也不好意思見他，連那高力士也不叫他在跟前，只留一對小太監兒在屋中伺候著；一會兒，內侍又上膳了，一個小太監戰戰兢兢的跪下奏道：「請萬歲爺上膳。」

玄宗只是不應；那太監伺候了半晌，又催道：「請萬歲爺上膳。」

那萬歲爺惱的把臉色變了，喝道：「哇！誰著你請來？」

那太監聲兒打著顫，說道：「萬歲自清晨不曾進膳，後宮傳催排膳伺候。」

玄宗又喝道：「哇！什麼後宮？快傳內侍！」接著，廊下兩個太監應聲走進屋子來。玄宗指著跪在地下的太監，說道：「揣這廝去，打一百，發入淨軍所去！」那兩個太監聽了，應一聲領旨，上來揪著那太監出去了。

這裏，玄宗自言自語惱恨著，道：「哎！朕在此想念妃子，卻被這廝攪亂一番，好不煩惱人也。」

玄宗皇帝正煩惱的時候，忽然，又有一個太監進來跪奏道：「請萬歲沉香亭上飲宴，聽賞梨園新樂。」

玄宗聽了，把雙目一彈，雙腳一頓，喝道：「哇！說什麼沉香亭，好打！」

那太監忙忙叩頭道：「此非干奴婢之事，是太子和諸王說萬歲爺心緒不快，特請消遣這個。」

玄宗又喝道：「哇！朕的心緒，有何不快？叫內侍來，揣這廝去，打一百，發入惜薪司當伙伕去！」便又有兩個太監進屋來，口稱領旨，上去把這太監推出宮外去了。

那高力士在宮門外打聽，見連提出兩個太監來，分發入淨軍所、惜薪司去；知道萬歲爺正在氣憤頭上，也不敢進去，只躲在宮門外候著。遠遠見御吏吉溫走來，高力士便上前去迎住，商量如何挽回聖心；正說話時候，那太監韜光正從貴妃處回來，三人在一處商議。

韜光便說貴妃如何悲戚，又從袖中掏出一縷斷髮來；高力士看了，說：「萬歲正在氣憤的時候，縱有娘娘的頭髮，叫我如何去進言？」說著，那楊國忠也到宮門外來探聽消息，便連連向高力士打躬，說總求高公公幫忙。

這高力士被楊國忠逼得無法，只伸手輕輕的在自己額角上一拍，說道：「也罷！拼著我老高這個腦袋不要了，總得向萬歲爺去把這人情求下來呢！」說著，高力士走在當先，楊國忠、吉溫和韜光三人跟在後面，悄悄的向宮門口進去；才走到那穹門下面，便有一群武士前來攔住。

高力士十分詫異，忙問道：「怎麼連咱家也攔阻起來了？」

那武士答道：「只因萬歲爺十分著惱，把進膳的連打了兩個，特著我們看守宮門，不許一人擅入，違者重責。」

高力士又問：「萬歲爺現在那裏？」
那式士答道：「獨自坐在宮中。」
吉溫聽了，便說：「原來如此，我們且在宮外候著。」又教高力士把貴妃的頭髮拿出來，搭在肩上；四個人一字兒靜悄悄的站在門外。
半晌，忽見玄宗從屋子裏出來，在庭心中閒步；看他長吁短嘆，無情無緒的四處閒行了一會，又望到宮門外來。高力士悄悄的說道：「萬歲爺出來了，咱且閃在一旁，趁個機會，候萬歲爺出來，用話兒打動聖心。」
果然見玄宗向宮門外行來，口中自言自語的說道：「寡人在此思念妃子，不知妃子怎生思念寡人呢！早間問高力士，他說妃子出得宮去，淚眼不乾，教朕寸心如割；這半日間，無從再知消息。高力士這廝，也竟不到朕跟前，好生可惡！」
高力士聽了，忙走上前去跪倒，說道：「奴婢在這裏，萬歲爺有何吩咐？」
玄宗一眼見高力士肩上搭著一縷頭髮，便由不得問道：「高力士，你肩上搭的什麼東西？」
高力士奏道：「是楊娘娘的頭髮。」
玄宗道：「什麼楊娘娘的頭髮？」

高力士道：「娘娘說來，自恨愚昧，上忤聖心，罪應萬死；今生今世，不能夠再見天顏，特剪下這頭髮，著奴婢獻上萬歲爺，以表娘娘依戀之意。」

高力士說著，把一綹髮兒獻了上去；玄宗接在手中，細細的看著、玩著。半晌，落下淚來，便拿這髮兒揾著眼淚，說道：「哎喲，我那妃子啊！前宵這髮兒還長在妳頭上，和朕一個枕兒睡著；可憐妳到今朝卻被金剪鉸了下來，不能再上妃子的頭去了！」

吉溫趁著機會，便上去奏道：「娘娘一時知識短淺，有忤聖上，罪該萬死；但娘娘久蒙聖恩，便是有罪，亦當在宮中賜死。陛下何惜一席之地，使其領罪，何忍使娘娘受辱於外乎？」

接著，高力士也奏道：「萬歲爺請休慘悽，奴婢想娘娘既蒙恩幸，萬歲爺何惜宮中片席之地，卻使娘娘淪落在外。」

玄宗聽了他二人的奏話，心中頗有悔意；便嘆著氣道：「只是寡人已經放逐她出去，怎好召回？」

吉溫奏道：「有罪放出，悔過召回，正是聖主如天之度。」

高力士也說道：「況今朝單車送出，才是黎明；此時天色已暮，開了安慶坊，從太華宅而入，外人誰得知之？」

到此時，楊國忠也搶步上前，急急跪倒，不住的叩著頭道：「臣德薄，不能感化娘娘，請陛下賜死！」

玄宗忙吩咐：「把楊丞相扶起，此事與楊丞相無干。」一面又對高力士道：「你們既如此說法，高力士，便著你迎取貴妃便了。」

四人聽了，不由得齊呼萬歲，退出宮去；這裏一班宮女，聽說楊娘娘又要回宮來了，便個個高興起來，忙著打掃寢宮，添上香兒，插上花兒。玄宗也去梳洗了一番，換上一件新袍，命御廚房備下酒席，賜娘娘回宮來領宴；又命發入淨軍所、發入惜薪司去的兩個太監，免了他的罪，召回宮來，各賞黃金一錠、彩緞兩端，那兩個太監便上來謝恩。

看看宮中燈火齊明，卻還不見妃子回宮來；玄宗忙打發太監向安慶坊一路迎候去，自己也站在宮門口臺階上，伸長了脖子盼望著，自言自語的說道：「唉，妃子來時，教朕怎生相見也。」

正說著，那高力士匆匆進來報說，道：「萬歲爺，楊娘娘到了。」

玄宗聽了，由不得笑逐顏開，說道：「快宣進來！」自己退入宮去。

這時，室中銀燭高燒，盛筵羅列；玄宗站在桌旁，楊貴妃走進宮來，在玄宗跟前跪倒，說道：「臣妾楊氏見駕，死罪死罪！」

玄宗忙伸手去扶著妃子，口中說道：「平身。」那眼淚便止不住撲撲簌簌的落下來。

楊貴妃也揾著淚，嗚咽著說道：「臣妾無狀，上干天譴，今得重睹聖顏，死亦瞑目。」

玄宗道：「妃子何出此言？是寡人一時錯見，從前的話，不必再提了。」說著，兩人手拉手兒，並肩坐上席去，傳著杯兒，遞著盞兒。

這一席酒，飲得十分沉酣，吃得十分甜蜜；看看妃子粉臉兒上，酒暈兒鮮紅得可愛，那玄宗酒落歡腸，也不覺多飲了幾杯。只覺周身燥熱，便想夜間幸華清池洗澡去，便與貴妃說知，傳下旨意去，華清池宮婢著浴水伺候；當時看守華清池的，原有數十個宮女，只因時在夜間，料定萬歲爺不用浴水了，便各自找姊妹到各宮遊玩逍遣去了。

這時，只留下一個宮女名金兒的，一個宮女名珊珊的二人，在那裏看守浴池；那金兒長得十分醜陋，卻愛搔首弄姿；珊珊卻長得十分秀美，又解得詩詞，往往出口成章。她見了金兒這副醜陋的怪容貌，常常要拿語言去譏笑她；當夜二人坐在池邊，珊珊又對金兒道：「金姐兒，我如今有了一首好詞兒，念與妳聽可好？」

那金兒聽了，忙把兩手掩住耳朵，搖著頭說道：「我卻不要聽妳尖嘴刻薄的話，妳的詞兒，總是編派我的。」

珊珊笑說道：「我編派著自己可好？」

金兒點點頭兒說：「好好。」

珊珊便念道：「我做宮娥第一，標致無人能及；腮邊花粉糊塗，嘴上胭脂狼藉。秋波俏似銅鈴，弓眉彎得筆直；春指十個擂錘，玉體渾身糙漆。柳腰松段十圍，蓮瓣濰船半隻。楊娘娘愛我伶俐，選做霓裳部曲，只因喉嚨太響，嘴邊起個霹靂，身子又太狼伉，舞去衝翻筵席。萬歲見了氣惱，打落子弟名籍；登時發到驪山，派在溫泉承值。」

那珊珊還不曾念完，金兒卻縱身上去，把珊珊按倒在地，數她的肋骨；嘴裏說道：「妳這刁鑽古怪的丫頭！妳說不編派我，卻句句在那裏編派我呢！」

珊珊癢得把身體縮做一團，卻沒嘴的討饒；正玩笑的時候，小黃門傳下萬歲的旨意來，說看龍泉鳳池浴水，候萬歲和娘娘洗澡。那金兒見了小黃門，便一把摟住了和他胡纏，引得那小黃門只是嘻嘻的笑；還是珊珊催著她，快到各宮去把各位姐姐喚回來，趕著預備浴水，萬歲爺快到來呢。

一句話提醒了金兒，忙提著兩隻大腳向外飛跑；頓時各宮女回來，把池水放得滿滿的，燈燭點得亮亮的，燈光照在池水裏，發出燁燁的光彩來。才預備齊全，那玄宗和楊貴妃已走進廊邊來；宮女說一聲：「內侍迴避。」那群太監一齊退出外殿去，一群宮女上來服侍玄宗脫去衣服，又服侍貴妃，先把她滿頭珠翠一齊卸去，再脫去外衣外裙，只留一身小衣襯裙。

玄宗上去，把她腰肢兒扶住，輕輕的解著衣帶，脫下小衣；露出兩彎玉臂，一幅猩紅抹胸遮住雙乳。玄宗去替她解開抹胸，露出潔白高聳的乳頭來；已把個楊貴妃羞得一個粉臉，直躲向胸前去。後來宮女替妃子解去裙帶，現出肥肥白白的雙股來，玄宗忍不住伸手在上下摩挲著；那楊貴妃羞得伏在皇帝的肩頭，低低的喚著萬歲，又低低的笑著。

玄宗笑道：「妃子，妳長著這珠玉也似的肌膚，不由朕對妳愛妳、扶妳、看妳、憐妳啊！妳莫害羞，朕同妃子試浴去來。」說著，便有宮女上去扶著玄宗和貴妃二人，慢慢的走下池心去；那溫泉一抹齊腰，水面上浮著各色花燈，照在楊貴妃的玉膚上，愈覺珠玉光輝。

那時，宮女珊珊站在屏門外面，對金兒說道：「金兒姐，妳看萬歲爺和娘娘這般恩愛，真令人羨煞！想我那萬歲爺和娘娘，花朝月夕；擁著抱著，不知嘗盡了多少溫柔滋味。二人好似形和影一般追隨著，又好似拿刀劃著水一般，割不斷的恩情；萬歲爺千般依順，百般體貼，兩人合著一副腸子似的。」

金兒接著說道：「姐姐，我與妳服侍娘娘多年，雖睹嬌容，未窺玉體；今日從這屏門隙縫中偷覷一覷。」

說著，她兩人一齊俯下身去，把臉兒湊著隙縫覷時；那金兒忍不住低低的說道：「珊珊姐，妳看娘娘的玉體，上半截露在水面上，好似出水荷花，清潔嬌艷；兩個滑膩高聳的乳頭，一點深深的臍眼，紅巾覆處，微微映出那私處來。」

金兒說著，忙又推著珊珊的臂兒道：「姐姐，妳看萬歲爺在一旁覷定了眼光，笑孜孜的看的，酥呆過去了。呵！妳看萬歲爺竟耐不住了，過去把娘娘的纖腰兒摟住了；呵！妳看他不住的把嘴兒湊在娘娘肩窩上嘬著。呵！娘娘被萬歲爺嘬得微微含笑，儘向萬歲爺懷中躲去呢！」

這兩個宮女正偷覷得高興，忽然又來了兩個宮女，低低的說道：「兩位姐姐看得真高興呵！也讓我們來看看。」

金兒道：「我們伺候娘娘洗浴，有甚高興？」那個宮女接著說道：「只怕不是伺候娘娘，還在那裏偷看萬歲爺呢！」

珊珊道：「啐！休的胡說。妳看萬歲爺和娘娘出浴池來也。」

宮女忙把屏風撤去，上去服侍穿衣梳粧；小黃門進來道：「請萬歲爺、娘娘上如意小車，回華清宮去。」

玄宗便攙著楊貴妃的手，二輛小車並肩兒推著；玄宗在車上和楊貴妃說說笑笑，一刻兒已到了華清宮裏。走上臺階，只見那玉几上陳設著瓜果，爐臺中一燭清香；楊貴妃猛地記起，便對玄宗說道：

「呵，萬歲爺，今夕原來是七夕，臣妾卻不曾乞得巧來。」

玄宗聽了，又高興起來，便道：「如此良夜，不可虛度；朕陪著妃子去乞巧來。」說著，便傳諭在長生殿大月壇上，陳設瓜果清香，待朕與娘娘乞巧；那高力士應一聲領旨，便去安排。

第六十回　長生殿

永新、念奴聽說萬歲爺要和娘娘到長生殿乞巧去，此時夜涼如水，清風微寒；便替娘娘加上外衣，玄宗也換上夾袍，輕衣小帽，一群宮女太監又尾隨著二輛如意小車，擁護著皇帝和貴妃二人，向長生殿走來。

一路花徑寂靜，蟲聲東西；那一鉤明月掛在楊柳梢頭，甚是動人情趣。玄宗手指著一彎眉月，向楊貴妃道：「妃子，妳看這一鉤涼月，不知勾起了人心中多少情緒，也不知勾起了人心中多少怨恨。」

楊貴妃答道：「但願世間人，仗著陛下的福庇，把怨恨全消，樂事增多。」說著話，已到了長生殿中；玄宗和楊貴妃坐下，略進了些湯果，高力士來奏說，月壇上香案已設下了。

玄宗起身，攜著貴妃的手，繞過後殿去；迎面臨起一座白石月壇，那座月壇十分高峻，設著八十一級階石。玄宗命太監和宮女留在壇下，自己扶著貴妃，慢慢的走上月壇去；到壇頂上一望，只見一片清曠，萬里無雲。玄宗說：「好月色也！」看貴妃走得嬌喘細細，忙扶她在花鼓石凳上坐下。

看那香案上，陳案著果盆瓶花金盒香爐，當案設著一個蒲團；貴妃上去燭著清香，深深拜倒，口中低低的祝禱：「妾身楊玉環，虔爇心香，拜告雙星，伏祈鑒祐；願萬歲與妾身釵盒之緣，地久天長。」

玄宗上去，把貴妃扶起，說道：「妃子已巧奪天工，何須再乞？」說著，揭開那金盒來看，只見盒中龍眼似大的一隻蜘蛛，滿掛著絲兒，在盒兒中心盤定。

玄宗笑說道：「妃子巧多也！」楊貴妃說了一聲慚愧；玄宗又說道：「妃子，朕想牽牛織女，隔斷銀河，一年才會得一度，這相思真非容易呢！」

楊貴妃答道：「陛下言及雙星別恨，使妾悽然；只可惜人間不知天上的事，如打聽得這兩位星主，決為相思成了病也。」貴妃說著，不覺落下淚珠來。

玄宗慌張著說道：「呀，妃子為何掉下淚來？」

楊貴妃奏道：「妾想牛郎織女，雖是一年一見，卻是地久天長；只恐陛下與妾的恩情，不能夠似雙星一般長遠呢。」

玄宗忙去握住貴妃的手，把她腰肢兒一攏，說道：「妃子說那裏話來，那雙星雖說能長遠，但朝朝暮暮，相親相愛，怎似我和卿呢。」

楊貴妃道：「臣妾受恩深重，今夜有句話兒，須奏明聖上。」

玄宗說道：「妃子有話，但說不妨。」

楊貴妃到此時，又忍不住拿羅帕揾著淚珠道：「妾蒙陛下寵眷，六宮無比，只怕日久恩疏，臣妾身不免有白頭之嘆；若能得萬歲爺許臣妾終身相隨，白頭相守，臣妾便是死也甘心，死也瞑目！」

玄宗忙去捂住貴妃的朱唇，說道：「妃子休要傷感，朕與妃子的恩情，豈是等閒可比？我和你二人啊，好比酥兒伴蜜，膠漆黏定，今生今世，總不得須臾分離。」

楊貴妃道：「既蒙陛下如此情濃，趁此雙星之下，乞賜盟約，莫再似今日般的放逐出宮了。」

玄宗聽了，便伸手摟住貴妃的香肩，移步到壇角上；憑著白石欄杆，一手指著天上雙星，口中說道：「妃子聽朕說誓者：雙星在上，我李隆基與楊玉環……」玄宗說到此處，低頭向貴妃臉上看著。

楊貴妃笑著，把玄宗肩兒一推，低低的說道：「萬歲爺快說下去！」

玄宗接著說道：「我二人情重恩深，願生生世世，共為夫婦，永不相離；有渝此盟，雙星鑒之！」

玄宗說著，又拉著貴妃，雙雙向雙星跪下，齊齊拜著，又對扶著起來。

玄宗又口讚一詩道：「在天願作比翼鳥，在地願為連理枝；天長地久有時盡，此誓綿綿無絕期。」

玄宗念罷，楊貴妃又跪下地去，謝恩拜著；說道：「深感陛下情重，今夕之盟，妾死生守之矣。」

這一夜，玄宗和楊貴妃二人，在月壇上唧唧噥噥，深情蜜意的；直談到斗轉參橫，才雙雙攜手回

宮，重圖舊夢去。楊貴妃見皇帝待她恩情如舊，便也把她姊妹韓國夫人、虢國夫人、秦國夫人召進宮來，一樣的宴飲遊玩著；那虢國夫人因受過玄宗的恩寵，諸事便比姊妹們驕貴些，便是玄宗，也常常把珍貴的物品，獨賜與虢國夫人享受。

那虢國夫人仗著天子的威力，在外面便十分放縱起來；玄宗原賜有虢國夫人宅第，與韓國、秦國兩夫人的宅第一般大小，虢國夫人卻自以為是天子的外寵，不甘與姊妹同等，便向玄宗另求宅第。玄宗便說道：「卿愛誰家宅第，便可購入；朕與卿付價可也。」虢國夫人領旨出宮。

這時京師地方，只有中書韋嗣立的宅第最是廣大。這日，韋家諸子弟飯後無事，正在庭院中閒坐著，忽然見一乘步輦，直抬進中庭停下；一個貴婦人從輦中扶出，由數十個嬌艷侍婢簇擁著。看那婦人時，身衣黃羅帔衫，直向各處房屋中遊覽，與侍婢們談笑自若，旁若無人；那韋家諸內眷，看了十分詫異。

那韋老夫人上去問：「貴夫人是誰家眷屬？光降寒舍，有何事故？」

那婦人也不答話，只問：「汝家的宅子將售於人，其價若何？」

韋老夫人更是詫異，忙搖手道：「夫人當是誤聽人言，此屋是先夫舊廬，何忍捨去。」

一語未畢，忽見有工役數百人一擁而入；韋家子姪紛紛上去攔阻。那工役也不由分說，逕向登屋上樓，紛紛將屋瓦揭去，樓窗卸下；那石塊瓦片如雪點似的落在庭心裏。韋老夫人見來勢洶洶，不可理喻，只怕自己子女吃了工役的眼前虧，便先率領家中女眷，慌慌張張的避出；那韋家男子，也只搬出了一些琴書，那細軟衣服，俱被這班工役拋棄在路旁。

直到第三天時，那虢國夫人才打發人，去對韋家說：「京師西城根有空地十數畝，便賞與韋家，換此宅第！」到此時，那韋老夫人才明白，那天到宅中來的那個穿黃羅帔衫的貴婦人，便是宮中赫赫有名的虢國夫人；自知勢力不能相敵，便也只得忍性耐氣的遷避到西城根去，草草建了一座房屋住下。

這裏，虢國夫人佔住了韋家的房屋，便大興土木，畫棟雕樑，居極華美；一時京師地方，便是長生殿，也不及虢國夫人的宅第精美。不說別的，單說那灰粉塗壁一項，合著百花的香汁和在泥粉中，塗在牆上，滿屋子永永生香；那房屋又造得十分嚴密，沒有一絲罅隙可尋。

工成以後，虢國夫人拿錢二百萬，和金珠瑟瑟三斗，賞與圬牆的工人，那圬者卻不顧而去；虢國夫人十分詫異，忙打發婢子去問圬者：「二百萬工資，尚嫌少乎？」

那圬者笑道；「請夫人再加二百萬，亦不為多。」

婢子問：「是何神工，卻需如此鉅值？」

那工人只說：「請夫人明日觀吾儕之神工也。」

到了明日，虢國夫人便親自去察看圬牆的工程；見細膩芬芳，牆根塑著魚龍水怪，果然是十分工細

的工程。忽見那圬者，負著一個大斛子進屋子來，揭開蓋子看時，卻滿滿的盛著一斛螈蠍，蠕蠕亂動著；虢國夫人見了害怕，急避出屋去。

那圬者隨手把一斛螈蠍倒在屋中當地，把屋子所有門窗四周密密關閉起來，這盈千累萬的蟲兒，頓時在滿室中爬走。虢國夫人在屋外四周察看，見窗隔門縫都十分嚴密，居然沒有一個蟲兒能鑽得出來的；虢國夫人大喜，便又加賞了二百萬錢，從此這虢國夫人的宅第便得了大名。

在這年冬天，京師忽起大風，虢國夫人宅第中的大樹，被暴風連根帶土拔起，直落在虢國夫人的臥室頂上；轟天價地一聲響亮，直把虢國夫人從夢中驚醒過來，急急避出屋子去。第二天風停天朗，命工匠上屋去，把那大樹抬下來看時，那樹身竟是合抱不交的；虢國夫人忙命人上屋子去察看，屋脊可曾打壞？誰知撤去屋瓦看時，下面滿襯著本瓦，屋脊絲毫不曾打壞；便是那屋瓦也俱是精銅鑄成的，任你重大的壓力，它都不受損傷的。

虢國夫人造成這座宅第，玄宗在暗地裏，卻花去一千萬兩銀子；虢國夫人受了天子這樣重大的賞賜，心中如何不感激，從此，便常見她跨著小白驄，後面跟隨著一個小黃門，在宮中進出著。那小白驄的駿健，小黃門的端秀，和虢國夫人的美麗，唐宮中人稱做三絕。後人有一首詩道：「虢國夫人承主恩，平明騎馬入宮門；卻嫌脂粉污顏色，淡掃娥眉朝至尊。」便是說她這時候的情形了。

卻說玄宗和虢國夫人在暗地裏雖意惹情牽，但與楊貴妃自從那七夕私誓以後，兩人的情愛，便也一天一天似增加起來了。從此每年到七月七日的夜間，令京師宮廷內外，下至民間，都舉行乞巧之宴；長生殿中，到了這一晚，只見天上一鉤明月照著，六宮粉黛齊在月壇四下裏，花間石上遊戲。

那月壇上排列長案，陳設著奇巧的瓜果香花；同時六宮中，都供養著牛女兩星，替萬歲爺祈求長生不老之福。那妃嬪們各個在香案上供一小金盒，捉一蜘蛛，閉在盒中；至夜午開盒，視蜘蛛網的稀密，以卜得巧的多少。

一時民間婦女，都學著宮中風氣；京師地方蜘蛛大貴。在七夕前數日，便有蜘蛛市場；最大的蜘蛛，為進貢萬歲用的，價值白銀一百兩。玄宗又命巧匠在長生殿前，用錦綵結成百尺高樓，四面用五色長線數千道，掛住樹梢，宛如蛛網；入晚，那長線上依著線的顏色，掛著各色燈籠，望去好似五色繁星。

樓上可容宮眷數十人，樓的最高層，供著牛女二星的坐位；貴妃親自上樓去拜祭，樓下聲樂大作。到月上的時候，各宮妃嬪都上樓來，手擎九孔針，用五色線向月穿之，穿過的，稱為穿得巧；玄宗賜紅緞二端，稱為賀巧。在這時候，滿園擠著五六千宮女及各宮妃嬪，在花間草上遊嬉無忌；各宮女攜著絲竹，就各處吹彈起來，滿園只聽得笙歌嘹亮，笑語如篁。

在這時候，宮女拿綵綢掩住雙目，在草地上作迷藏之戲；玄宗故意在宮女身旁走過，任宮女上去捉住，便賞小金錠一枚。玄宗也集數十妃嬪，在大草地上捉迷藏；被萬歲捉得的妃嬪，須歌一曲，玄宗賜以脂粉金珠。又在各處空曠地方設著鞦韆架，宮嬪身繫五色飄帶，坐上架去；下面宮女扯動繩索，直把這宮嬪送在半天裏，那飄帶臨風吹動著，好似臨虛仙子，宮中稱做半仙之戲。這熱鬧的遊玩，直到天明始散。

玄宗覺得很有興味，每到八月十五日夜，玄宗與楊貴妃在太液池邊祀月，繞著太液池，結著五色的燈綵；那宮女數千人臨水望月，也和七夕一般的熱鬧。玄宗和貴妃在摘星樓上飲酒賞月，李龜年領著歌姬舞女，在筵前酣歌恆舞；玄宗看了十分快樂，直到月色西斜，還不肯罷休，傳諭左右，在池西岸別造百尺高望月臺，為朕與妃子他年望月之用。

太液池植有千葉蓮數十株，每至八月盛開，玄宗與貴戚諸王，在池邊置酒宴賞；又在池邊置五王帳，邀五王弟入宮，長枕大被，玄宗當晚即與諸兄弟同臥起。諸王中，惟寧王最是風流放誕，王有紫玉笛一支，終日把玩不離手；這時，也攜著玉笛進宮來。玄宗命貴妃唱水調歌頭，寧王吹玉笛和之，笛聲嘹亮，歌聲嬌脆，甚是動人；寧王將玉笛掛在帳中。

這晚，五王正在池邊陪玄宗宴飲，楊貴妃趁著無人，便悄悄的走入寧王帳中，偷吹著紫玉笛，但吹不成聲；正把弄時，忽見寧王掩入，便與妃子並肩坐下，把著妃子的玉臂，教她掩著笛眼學著吹去，嗚咽成聲。妃子不覺倒在寧王肩頭吃吃嬌笑，在這笑聲裏，玄宗也掩入帳來；妃子依舊與寧王並肩兒坐著，毫不避忌，玄宗相對坐下，看寧王教妃子吹著笛子嬉笑著。

後人張祐詩道：「梨花深院無人見，閒把寧王玉笛吹。」便是說楊貴妃偷吹寧王玉笛的故事。

當時，貴妃在帳中嬉笑了一陣，又隨著玄宗至池邊賞花飲酒；玄宗一手指著池中千葉蓮花，一手指著楊貴妃道：「菡萏雖嬌，怎如我之解語花耶！」五位王爺都舉杯慶祝娘娘嬌姿，貴妃也陪飲了一杯。

玄宗性愛名花，又愛美人；常說道：「坐對名花，不可不與美人共賞。」一日，玄宗與貴妃同幸華清宮中，此時玄宗宿酒初醒，憑著妃子肩頭，同看著庭中木芍藥；玄宗走下欄邊去，親折一枝，與妃子同嗅著花味，道：「此花真醒酒妙品也！」命楊益往作嶺南史，獻千葉桃花五百株，玄宗命植後苑中。

次年，桃花盛開，玄宗與貴妃日日在花下宴飲；頭上繁花盛開，如張錦幕。玄宗笑道：「不獨萱草可以忘憂，此花亦能消恨。」便離席去，親折一枝，插在貴妃髮冠上，道：「戴此，助卿嬌態百倍矣！」

楊貴妃養一頭白色鸚鵡，宮中稱做雪衣女，隨貴妃已多年，甚是馴善；每隨玄宗坐宮中如意小車遊行御苑，必置雪衣女於小車竿頭。所有宮中歌唱的清平調行樂詩，此鸚鵡都能背誦，一字不誤；玄宗與

楊貴妃都愛之。

此鸚鵡原是林邑國進貢的，初養在金籠中，玄宗時時把玩；這時，大臣蘇頲初入相，常奏勸道：「書云：『鸚鵡能言，不離飛鳥。』臣願陛下深以玩物為戒。」

但此雪衣女十分聰慧，能通人意；一日，貴妃臨鏡梳粧，鸚鵡忽飛上鏡臺，對貴妃作人言道：「我昨夜作一夢，見天上飛鷹來捉我去。」

玄宗命貴妃教鸚鵡多念心經，自度災厄；此鸚鵡便日夜念著心經。後玄宗與貴妃遊別殿，仍放雪衣女在小車竿上；忽有飛鷹下來，咬住鸚鵡頸子，左右太監急上前救護，從鷹爪下奪得，早已氣絕而死。玄宗與貴妃皆為之流淚，在後苑中築一鸚鵡塚，每日令宮女取鮮魚果實祭之。

玄宗除笙歌外，又愛撾鼓；寧王長子、汝南王璡，亦能打鼓。汝南王面如冠玉，勝於其父，玄宗甚是鍾愛他，常把璡傳喚至宮中，親自傳授鼓調；汝南王生性敏慧，一經指點，便能會意。玄宗每有遊幸，便令汝南王追陪左右；常使璡戴砑絹帽打曲，玄宗自摘紅槿花一朵，置於汝南王帽沿上。三物都是極滑，久之方能安下；汝南王便奏舞山香一曲，花能不落。

玄宗大喜，賜璡金器一櫥；常對左右誇稱：「真花奴姿資明瑩，肌髮光細，非人間人，必神仙謫降人世的。」

寧王在一旁拜謝，便說：「小孩子不足稱。」

玄宗笑說道：「大哥不必過慮，阿瞞自能相人；帝王之相，須有英特奇越之氣，不然也須有深沉包涵之度，若我家花奴，雖端秀過人，卻無帝王之相，可不必替他耽憂呢。」

花奴是汝南王的小名，玄宗每與弟兄諸王講談，總自稱阿瞞；當時玄宗又說：「花奴舉止閒雅，能得公卿問令譽。」

寧王又謝道：「若如此，臣乃輸之。」

玄宗笑道：「若此一條，阿瞞亦輸大哥矣！」寧王又謙謝。

玄宗道：「阿瞞贏處多，大哥亦不用太謙。」左右見皇帝弟兄如此謙愛，便齊聲歡賀。玄宗生平最不愛聽琴，一聞琴聲，撥弄未畢，便喝令彈琴者速去；又令內官速召花奴，將羯鼓取來，為朕搗鼓解穢。當時樂官黃幡綽，探明樂理，玄宗時時召幡綽進宮。

一日，屢召幡綽不至，玄宗大怒，便一連打發十數個太監去召喚十數次；待幡綽進宮，走至殿旁，玄宗正在殿上打鼓。幡綽停步聽鼓聲，知皇帝餘怒未息，便止住內侍，令莫去通報；半晌，殿上鼓聲停住，又改作別調，聲曲和平，才打三數聲，黃幡綽便走上殿去。

玄宗問幡綽：「何故久召不至？」

綽奏稱：「有親故遠適，送至郊外。」

玄宗便點著頭，待玄宗一曲鼓罷，便對黃幡綽道：「幸汝來稍遲，若在朕怒時來，必撻汝矣；適方思之，汝在宮中供奉已有五十日之久，暫一日出外，亦不可不放他東西過往。」黃幡綽便伏地謝恩。

此時左右有相偶語竊笑的，玄宗便問：「汝輩有何事可笑？」左右便將方才黃幡綽進宮來，聽陛下鼓聲知餘怒未已，便囑內侍稍緩通報的情形說了。

玄宗心中甚奇之，故意厲聲說道：「朕心脾肉骨下事，安有侍官奴聞小鼓能料之耶？今汝且謂朕心中如何矣？」

黃幡綽急走下階去，面北躬身大聲道：「奉敕監金雞。」玄宗不覺大笑而罷。

又有宋開府，名璟，性雖耿介不群，亦深好聲樂，更善打羯鼓；玄宗召之入宮，論鼓事道：「不是青州石末，即是曾山花甆。燃小碧上掌下須有朋肯之聲，乃是漢震第二鼓也。且鼓用石末花瓷，固是腰鼓掌下朋肯聲，是以手拍，非羯鼓明。蓋所謂第二鼓者，左用杖，右用手指也。」

又開府對玄宗講論打鼓之法，道：「頭如青山峰，手如白雨點，此即羯鼓之能事也。山峰，取不動之意；雨點，取碎急之意。即陛下與開府兼善兩鼓也；而羯鼓偏好，以其比漢震稍雅細焉。」開府之家悉傳之。

東都留守鄭叔則祖母，即開府之女；今尊賢里鄭氏第有小樓，即宋夫人習鼓之所也。開府孫沇，亦工之，並有音律之樂；貞元中進樂書三卷，皇帝覽而嘉之，又知是開府之孫，送召賜對坐，與論音樂，喜甚。數日，又召至宣徽，張樂使觀焉；曰：「有舛誤乖濫，悉可言之。」

沇曰：「容臣與樂官商搉講論、具狀條奏。」

皇帝使宣徽使就教坊，與樂官參議數日，然後奏二使奏；樂工多言沇不解聲律，不審節拍，兼有聵疾，不可議樂。皇帝頗異之，又宣召見；對曰：「臣年老多病，耳實失聰，若迨於聲律，不至無業。」

皇帝又使作樂，曲罷，問其得失，承答舒遲，眾工多笑之。

沇顧笑者，忽憤然作色，奏曰：「曲雖妙，其間有不可者。」上驚問之，即指一琵琶云：「此人大逆戕忍，不日間廉即抵法，不宜在至尊前。」又指一笙云：「此人神魂已遊墟墓，不可更留供奉。」

帝愈驚奇，令主樂者潛伺察之。旋而琵琶者，為同輩告訐，稱六七年前其父自縊，不得端由，即令按審，遂伏其罪；吹笙者，乃憂恐不食，旬日而卒。皇帝因此愈加知遇，面賜章綬，累逢召對，必令察樂；樂工即沇，悉惴恐脅息，不敢正視，沇懼罹禍，辭病退休。

玄宗昔年在東都時，白晝假寐，夢見一女，容貌十分美艷；梳交心髻，大袖寬袍，拜倒在床前。玄宗問：「汝是何人？」

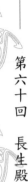

那女子答道：「妾是陛下凌波池中龍女，看守宮廷，保護聖駕，妾實有功；今陛下洞曉鈞天之音，乞賜一曲，以光族類。」

玄宗便在夢中對女子彈胡琴，拾新舊之曲聲，為「凌波曲」；龍女再拜而去。醒來，盡記其曲調，自抱琵琶習而翻之；集文武臣僚於凌波池，臨池奏新曲，池中波濤湧起，復有神女出池心，視之，便是所夢之女。玄宗大悅，向丞相李林甫說知，便在池上築廟，每年祭祀不絕；後玄宗製成「凌波曲」。因夢見十仙子，又製成「紫雲回曲」；二曲既成，遂賜春院及梨園子弟並諸王。

這時，有善舞的女伶，名謝阿蠻的，玄宗與楊貴妃御清元小殿，看謝阿蠻舞；寧王吹玉笛，玄宗打羯鼓，貴妃彈琵琶，馬仙期奏方響，李龜年吹觱篥，張野狐彈箜篌，賀懷智打象拍，齊唱紫雲曲、凌波仙子二曲，從朝至午，酣歌不休。只有貴妃妹妹秦國夫人，這時端坐在一旁靜聽；待歌停樂止，玄宗戲對秦國夫人道：「阿瞞樂部，今日幸得供奉夫人，請夫人賞賜。」

秦國夫人微笑，奏對道：「豈有大唐天子阿姨無錢用耶？」便賞三百萬貫為一局票。

玄宗接票，命群臣謝賞；玄宗又獨向虢國夫人乞賞，虢國夫人即取楊貴妃玉搔頭賜與玄宗，笑道：「大唐天子阿姨，不能賞大唐天子，今代大唐貴妃賞大唐天子。」

玄宗便向貴妃謝賞，全座大笑。

第六十一回　暗潮洶湧

安祿山在外任節度使時，常有奇珍異寶獻與貴妃；便是樂器一項，共有三百事。管笙俱用媚玉製成，皆非世所常見者；每一奏動，便覺清風習習，聲出天表。貴妃所用琵琶，是邏沙檀寺人白季貞，出使蜀地回京所獻；其木溫潤如玉，光可鑒人，有金縷玉文，隱約如雙鳳。所用絃線，是末訶彌羅國在永泰元年時進貢的，是國中渌水蠶絲製成的，光瑩如貫珠瑟瑟。

玄宗朝，諸王郡主之姊妹，皆奉貴妃為師，自稱琵琶弟子；貴妃每授一曲，各郡妃均有獻奉。獨謝阿蠻無物可獻，貴妃對阿蠻道：「爾貧無以獻師長，待我與爾。」便命宮女紅桃娘取紅粟玉臂一支，賜與阿蠻。

當時，玄宗尚有一虹霓屏風，賜與貴妃，稱為異寶。某日，玄宗在百花院便殿，讀漢成帝內傳，不覺神往；楊貴妃從身後走來，伸手替皇帝整理衣領，問道：「萬歲看何文書？」

玄宗笑說道：「卿且休問，倘被卿知，便又將纏人不休，教人去尋覓了。」

貴妃果然追問不休，玄宗便說：「漢成帝得美人趙飛燕，身輕若不勝風，只怕被風吹去，成帝便為造水晶盤，令宮人托盤，飛燕在盤中歌舞；又造一七寶避風臺，間以諸香安於上，恐其四肢不禁也。」說著，又向貴妃身上下打量著，笑說道：「此則卿可無慮，任風吹不動也！」因楊貴妃身體豐潤，故玄宗以此語戲之。

貴妃心中不樂，冷冷的道：「霓裳羽衣一曲，可掩前古。」

玄宗忙攬著貴妃腰肢道：「我才戲汝，便生嗔乎？卿莫惱，朕記得有一屏風，當尚藏在上方，待令內官覓出，即以賜汝。」

屏風是以虹霓為名，屏上雕刻前代美人之形，每一美人長可三寸許；其間服玩之器、衣服，皆用眾寶雜廁而成，水晶為地，外以玳瑁木犀為押，絡以珍珠瑟瑟，嵌綴精妙，迨非人力所能製。此屏原是隋文帝所造，以賜義成公主，隨公主輾轉入北胡；唐貞觀初年，滅去胡國，此屏又隨蕭后同歸中國。玄宗此時將此屏賜與楊貴妃，貴妃取去，陳設在高樓上。

一日，楊貴妃午倦，就樓上偃息；方就枕，而屏風上諸女悉下，至床前自通所號。曰：裂繒人也，定陶人也，穹廬人也，當爐人也，亡吳人也，步蓮人也，桃源人也，班竹人也，奉五官人也，溫肌人也，曹氏投波人也，吳宮無雙返香人也，拾翠人也，竊香人也，金屋人也，解佩人也，為雲人也，董雙成也，為煙人也，畫眉人也，吹簫人也，笑孌人也，垓中人也，許飛瓊也，趙飛燕也，金谷人也，小鬟人也，光髮人也，薛夜來也，結綺人也，臨春閣人也，扶風女也。

貴妃雖閉目，而歷歷見之，只是身體不能動，口不能發聲；諸女各以物列坐，俄而，有纖腰妓人近十餘輩，曰：楚、章、華、踏、搖娘也。諸美人乃連臂而歌之，曰：「三朵芙蓉是我流，大楊造得小楊收。」又有二三妓人，自稱是楚宮弓腰，看她綽約花態，弓身玉肌；一一向貴妃遞名帖，復一一歸屏上。貴妃似夢魘初醒，惶懼不可名狀；急走下樓，便令將高臺封鎖，貴妃以為妖異，從此不敢再見此屏。

玄宗又賜貴妃碧芬裘一襲，披在身上，可以避暑；只因貴妃身體肥胖，比常人格外怕熱。這時，與玄宗在興慶宮避暑，天氣十分炎熱；貴妃一時嬌喘細細，香汗涔涔。

太宗時，林氏國進貢此碧芬裘，碧芬獸是騶虞與豹相交而生，大才如犬，毛色碧綠如黛，香聞數十里，原是稀世之寶；玄宗命內府官取出，賜與楊貴妃，每到大暑天，貴妃便披上這碧芬裘，頓時汗收喘止，十分涼爽。

又有玉魚一對，每至夏月，楊貴妃把玉魚含在口中；此玉出自崑崙，含在口中，頓時涼沁心脾。一裘一玉，貴妃每至夏天，總是少它不得的。

貴妃天生麗質，眼中流的淚，身上流的汗，色澤艷麗，好似桃花；初承恩召，與父母相別，貴妃流

淚登車，這時天氣甚寒，淚落在地，結成紅冰。在盛暑時候，衣輕綃之服，使數侍兒在兩旁交扇鼓風，尚不能解熱；每有汗出，紅膩多香，拭在巾帕之上，色鮮艷如桃花。

貴妃不能多飲酒，每值宿酒初酷，便覺肺熱；每日清晨獨遊後苑，依花樹以手攀枝，口吸花露，用以滋潤肺腑。如此嬌態，玄宗見了，便愈覺可愛；皇帝寵愛愈甚，貴妃的嬌態亦愈甚。

一日，正是深秋，玄宗欲與妃子遊園；貴妃說：「秋園風景蕭殺，見之令人不快。」

玄宗再三強之，貴妃總臥床不起；玄宗抱之在懷，低問：「妃子愛觀何戲？」

楊貴妃道：「臣妾久聞陛下在藩府時，每至清明節，便作鬥雞之戲；臣妾頗思一觀，以解晝睏。」

玄宗聽說，笑道：「不是妃子提及，朕幾把這最有趣味的遊戲忘懷了。」

但這鬥雞的事，也不是輕易便可以玩的；當即下詔，在長生殿與興慶宮間，築一鬥雞坊，命黃門官搜索長安市上的雄雞，金毛鐵爪、高冠長尾的數千頭，養在雞坊中。又選六軍小兒五百人，使之調弄馴養，進退衝決，都聽人號令；小兒入雞群，如與群兒戲狎。永穀之時，疾病之後，小兒均能知之；養之百日，便可使鬥。由護雞坊謁者王承恩，率領群雞至殿庭；玄宗與貴妃同御殿上觀鬥雞，文武左右，侍從如雲，分列兩廊。

王承恩年才十二三，為五百小兒長；冠雕翠金華冠，錦袖繡襦褲，執鈴拂，領群雞，兀立廣場，顧盼如神。群雞一聞號令，便豎毛掇翼，礪嘴磨爪，抑怒待勝，進退有節；雞冠隨鞭指低昂，不失常度。勝負既定，勝者在前，敗者在後，隨童子後，歸於雞坊。貴妃觀之，不覺大樂。

從此京師地方，家家都事鬥雞。諸王世家外戚家、貴主家，以及各侯伯家，傾家破產市雞，以償雞值；更以金銀博彩，往往一擲千金，毫不吝惜。都中男女，以弄雞為事，貧家弄假雞。

玄宗一日出遊，見有兒童名賈昌的，面貌俊秀，在雲龍門路旁玩弄木雞；玄宗便收入為雞坊小兒，衣食於右龍武軍。賈昌為人忠厚謹密，因此日邀皇帝愛寵，貴妃亦日賜金帛。開元十三年，玄宗封禪東嶽，使賈昌籠雞三百隨駕出發；賈昌父賈忠，恐兒年幼，便相隨以行。至泰山下，賈忠病死，玄宗卹以萬金，贈官上大夫；賈昌奉父柩歸葬雍州，縣官為葬器，喪車乘傳洛陽道。

十四年，玄宗幸華清宮泉，命賈昌衣鬥雞衣冠來見；當時，天下號賈昌為神雞童，民間唱著歌謠，道：「生兒不容識文字，鬥雞走馬勝讀書；賈家小兒年十三，富貴榮華代不如，能令金距期勝負，白羅繡衫隨輕輿。父死長安千里外，差夫持道挽喪車。」

至開元二十三年，玄宗為賈昌娶梨園弟子潘大同女為妻；男服佩玉，女服繡襦，皆為內府所賜。昌妻潘氏，雅善歌舞，為貴妃所寵愛；夫婦在宮中供奉四十年，玄宗愛之不衰，當時人皆羨之。

玄宗一生因太平無事，在宮中日事遊宴，更是愛好音樂。一日，玄宗正坐朝，以手指上下按其腹；

退朝，高力士問道：「陛下頃間屢以手指自按其腹，豈身體有小不適耶？」

玄宗笑道：「非也，朕昨夜夢遊月宮，諸仙奏上清之樂，嘹亮清越，殆非人間所得聞；酣醉久之，又令奏諸樂以送吾歸。曲調淒楚動人，杳杳在耳；朕醒時，以玉笛尋之，盡得之矣。方坐朝之際，深慮或有遺忘；懷藏玉笛，時以手指上下尋之，非體有不安也。」

高力士再拜賀曰：「此非常之事也，願陛下為奴婢一奏之。」

玄宗便依聲吹之，其音寥寥然不可名言；力士又再拜：「且請萬歲賜樂名。」

玄宗笑言曰：「此曲名『五色雲』。」

次日下詔，將曲名載之樂章；玄宗又製聖壽樂，令教坊諸女衣五方色衣，以歌舞之。宜春院妓女，教一日便能上場；惟搊彈家彌月不成，至戲日，玄宗令宜春院人為首尾，搊彈家在行間，令學其舉手也。宜春院亦有工拙，必擇優者為首尾，首即引隊，眾所矚目，故須能者；樂將闋，稍稍失隊，餘二十許人，舞曲終，謂之合殺，尤要快健，所以更須能者也。

聖壽樂舞，衣襟皆各繡一大窠，各隨其衣本色，製純縵衫，下才及帶；若短汗衫者以籠之，所以藏繡窠也。舞人初出，樂次皆是縵衣，舞至第二疊，相聚場中，即於眾中從領上抽去籠衫，各納懷中；觀者忽見眾女文繡炳煥，莫不驚異。

凡欲出戲，所司先進曲名，上以墨點者即舞，不點者即否，謂之進點；戲曰：「內伎出舞，教坊人惟得舞伊州，五天來重疊不離此兩曲。餘盡讓內人也。垂手羅，回波樂，蘭陵王，春鶯半社，渠藉席，烏夜啼之屬，謂之軟舞；阿遼，枯枝橫，一拂林，大渭州，達摩之屬，謂之健舞。」

凡樓下兩院進雜婦女，上必召姊妹入內賜食，因謂之曰：「今日娘子不須唱歌，兩饒姊妹並兩院婦人。」於是內妓與兩院歌人，更代上舞臺唱歌；內妓歌則黃幡綽讚揚之，兩院人歌則幡綽輒訾詬之。有肥大年長者，即呼為屈突干阿姑；貌稍胡者，即雲康太賓阿妹；隨類名之，標弄百端。

諸家散樂，呼天子為崖公；以歡喜為蜆斗，以每日長在至尊左右為長八。凡妓女入宜春院，謂之內人，亦曰前頭人，以其常在上前也；其家猶在教坊，謂之內人家。宮中酣歌恒舞，終年不休；朝廷大事，付之丞相。於是大臣弄權，日相傾軋；玄宗日被群小播弄，卻冥無知覺。

當時朝廷握大權的，內外共有四人：一是李林甫，二是楊國忠，三是安祿山，四是高力士。李林甫、楊國忠、安祿山三人，俱與高力士勾結，內外呼應，高力士坐得其利；安祿山原是楊國忠一力提拔起來的，後來仗著楊貴妃的寵愛，其勢幾乎凌駕楊國忠而上，但楊國忠是國舅之親，又與虢國夫人私通，夫人新得玄宗寵愛，其勢亦甚，不可輕侮。

其時，最使他二人畏忌的，便是那李林甫。李林甫這時已老，手段更辣；身為首相，文武都聽他指

揮。四方賄賂，俱集丞相府中；楊國忠心懷妒嫉，常與高力士勾通，在玄宗跟前說李林甫罪惡。這李林甫在開元初年，便握大權；當時宮中武惠妃有寵，妃子、壽王、盛王，與李林甫結好，林甫願擁護壽王為萬歲計，惠妃亦在皇帝跟前保舉林甫。

丞相裴光廷夫人武氏，是武三思之女；李林甫在裴家出入，見武氏美麗，便與私通。不久，裴光廷死，武氏替林甫在武惠妃跟前說情，玄宗便使林甫代光廷為大丞相；光廷夫人從此與林甫雙宿雙飛，恩情甚是美滿。那高力士，原是武三思家的奴僕，因光廷夫人是舊主，便也在皇帝跟前竭力為林甫說項；林甫寵位日高。

當時滿朝中，惟右丞相張九齡是忠義之臣，林甫令牛仙客常在帝前道九齡之短，九齡憤而退位；從此林甫獨步朝堂，威福擅作。唐時有三丞相，每入朝，左右二丞相躬身側步；獨李林甫在中昂首闊步，旁若無人，當時朝中稱為一雕挾兩兔。

林甫常在玄宗前說壽王賢孝，勸皇帝立壽王為太子；但玄宗因楊貴妃舊為壽王妃，欲避嫌，便立肅宗為太子。林甫恚恨，便與太子妃兄韋堅友善，使任重職，將覆其家，藉以搖動東宮；後韋堅犯法，入獄，累及太子，太子絕妃以自明。林甫又使魏林使，誣河西節度使王忠嗣欲舉兵擁護太子，玄宗不信，以問林甫；林甫道：「此事太子必與諸。」

玄宗道：「吾兒在內，安得與外人相聞？此妄語耳！」

林甫數欲危太子，未得志；一日，從容對玄宗奏道：「古者立儲君必先賢德，非有大勳立於宗社者，莫若立長。」

玄宗沉思久之，道：「長子慶王，往年獵，為豹傷面甚。」

林甫答稱：「破面不愈於破國乎？」

玄宗聞林甫語，心中頗動，便道：「朕徐思之。」但太子在當時以謹孝聞，內外無間語，故飛語不得入。

林甫每次奏請，必先遺贈左右金帛，先通皇帝意旨，以固恩信；下至庖夫御婢，皆得林甫厚賄，甘為丞相效奔走。其後皇帝春秋漸高，怠坐於朝，便深信林甫不疑；玄宗一味沉蠱酒色，深居燕適，朝廷大事一任李林甫任意播弄。林甫心陰密，好誅殺，喜怒不現於面；初與進接，貌若可親，胸中崖阱深阻，人不可測。每興大獄，連坐數百人；王鉷、吉溫、羅希奭，為李丞相爪牙。

前丞相李適之，為林甫排去，適之子名霅；一日盛治酒筵，在家召客，客畏林甫，乃終日無一人往者。丞相家中有一堂曰名月堂，形如眉月；林甫每欲興大獄，構陷大臣，即居名月堂，苦思終日，若見林甫面現喜色出堂，其家立碎矣。

林甫子，名岫，甚明大義；見其父權勢薰灼，心常畏懼。一日，隨父遊後園，見園工嬉酣林下，優遊自得，便跪地泣曰：「大人居位久，枳棘滿前，一旦禍至，雖欲比若人不可得也！」

林甫不樂，斥曰：「勢已騎虎，毋多言！」

是時，玄宗恩寵日隆，凡御府所貢遠方珍鮮，使者傳賜相望；帝食有所甘美，必賜之。嘗詔百僚，在尚書收閱四方貢物；收閱畢，舉貢物悉賜林甫，用大小輦送至其家。一日，林甫從幸華清宮，玄宗賜御馬武士百人，女樂二部；當時薛王別墅廣大美麗，在京師為首屈一指，玄宗又舉以賜林甫。李丞相平日高車肥馬，衣服侈靡，最愛聲妓，姬妾滿房；選俊美男女五十人，出入自隨。

唐室宰相皆豐功盛德，不務權威，出入騎從減少，人民見丞相車馬，不甚引避；至李林甫，因結怨日深，時慮刺客，於其出入必以騶騎先事清道，百步傳呵，人民避走。丞相府第，皆重門複壁；林甫臥室，一夕數遷，即家人亦莫知所在。皇帝停朝，百官悉奔走其門，衙署一空；左丞相陳希烈，因正直不阿，雖坐守衙署，卒無人入謁。

林甫未嘗學問，發言鄙陋，聞者竊笑；久之，又兼安西大都護朔方節度使，俄兼單于副大都護。朔方副使李獻忠不服，起兵反，聲討李林甫，便退還節度使；王鉷為李林甫私黨，至是以賄敗。玄宗詔李丞相治狀，林甫大懼，不敢見鉷；因以楊國忠代為御史大夫，審問王鉷賄案。林甫素薄視國忠，又以貴妃故，虛與結納；國忠至是時，權威益盛，貴震天下，二人交惡，勢如仇敵。

李林甫有一奴，號蒼璧，性敏慧，林甫甚信任之；一日，忽卒然而死，經宿復甦。林甫問彼：「死時到何處？見何事？因何又得活？」

奴曰：「死時固不覺其死，但忽於門前見儀仗，擁一貴人經過，有似君王；奴潛窺之，遽有數人走來擒去，至一峭拔奇秀之山。俄至一大樓下，須臾，有三四人，黃衣小兒曰：『且立於此，候君旨。』見殿上捲一朱翠簾，依稀見一貴人坐臨階砌，似專斷公事；殿前東西立侍衛，約千餘人。

有朱衣人攜一文簿奏言：『是新奉命亂國革命位者，安祿山及祿山後相次三朝亂主，兼同時悖亂貴人定案。』殿上人問朱衣曰：『大唐君隆基，君人之數雖將足，壽命之數未足，如何？』朱衣曰：『大唐之君，奢侈不節儉，本合折數，但緣不好殺，有仁心，故壽命之數在焉。』又問曰：『安祿山之後數人，僭為偽王，殺害黎元，當須速之，無令殺人過多，以傷上帝心慮，罪及我府。事行之日，當速止之。』

朱衣奏曰：『唐君紹位，臨御以來，天下之人安居樂業，亦已久矣。據世運推遷之數，天下之人，自合罹亂惶惶；至於廣害黎元，必不至傷上帝心也。』殿上人曰：『宜速舉而行之，無失安祿山之時也。』又謂朱衣曰：『宜便先追取李林甫、楊國忠也。』朱衣曰：『唯。』受命而退。

俄又有一朱衣，捧文簿至，奏曰：『大唐第六朝天子復位，及佐命大臣文簿。』殿上人曰：『可惜大唐世民效力甚苦，方得天下治，到今日復亂也！雖嗣主復位，乃至於末代終不治也。』謂朱衣曰：『但速行之。』朱衣奏訖，又退。及將日夕，忽殿上有一小兒，急喚蒼璧，令對見；蒼璧匍匐上殿，見殿上一人坐碧玉床，衣道服，戴白玉冠，謂蒼璧曰：『當卻回，寄語林甫，速來歸我紫府，應知人間之苦也。』放蒼璧回陽。」

林甫聞言，知不久於人世，從此精神懊喪，語言惚恍；林甫私黨吉溫，知李丞相勢且倒，急投國忠，謀奪林甫政。林甫知之，大怒傷肝，嘔血數升；玄宗知之，猶以馬輿從御醫，珍膳繼至，詔旨存問，中官護起居。病劇，巫者視疾云：「見天子當少閒。」玄宗聞之，欲往丞相宅視之，左右諫止；乃詔林甫出庭中，帝登降聖閣，舉紅巾招之，林甫已不能興，左右代拜。

楊國忠適使蜀回，謁李丞相；林甫下床垂涕，託後事，曰：「死矣！公且入相，以後事累公！」國忠懼其詐，不敢當，流汗被面；林甫果不食而死。玄宗拜楊國忠為右丞相，兼文部尚書集賢院大學士，監修國史崇玄館大學士，太清微宮使，更兼舊時節度使訪使判度支，一人領四十要職，皆貴妃在帝前為之說項；一時國忠權傾中外，便窮追李林甫前姦事，毀林甫家，帝以為功，封衛國公。

國忠與虢國夫人兄妹通姦，路人皆知；虢國夫人居宣陽坊左，國忠在其南。國忠自宮廷出，即還虢國夫人第，郎官御史白事者，皆隨以至；兄妹居同第，出並騎，互相調笑，施施若禽獸然，不以為羞，道路恥駭。每遇大選，就虢國夫人第唱補；堂上雜坐女兄弟觀之，士之醜野蹇傴者，呼其名，輒笑於堂，聲徹諸外，士大夫詬恥之，恬不為怪。

此時，玄宗皇帝時常臨幸楊丞相家，銛錡二兄弟、韓國、虢國、秦國三姊妹宅第連綿相望；玄宗幸國忠第，必遍幸五家。在虢國夫人第中，歡宴最久；皇帝每一次臨幸，便賞賜不計其數。駕出有賜，名曰餞路；駕返有勞，稱曰軟腳。遠近餽遺閹稚、歌兒、狗馬、金貝；門如山積，賄路公行，毫無顧忌。國忠盛氣驕愎，百官莫敢相向。

此時，滿朝惟安祿山仗貴妃寵愛，驕傲不相讓；國忠與祿山互通聲氣。祿山未得幸前，因兵押至京師，幾至處死，幸投國忠門下，得以夕免；故林甫擅權之時，國忠常與祿山同謀傾軋。及林甫卒，國忠氣燄日盛，祿山在朝，有兩虎不相容之勢；國忠便常在玄宗前毀祿山，玄宗則因祿山為貴妃所親暱，心懷疑忌，亦急欲為調虎離山之計。

林甫在日，亦曾上計，謂以陛下雄才，國家富強，而夷狄未滅者，因用文吏為將，畏矢石，不身先士卒；不如用番將，彼生而雄偉，馬上長行，誠天性然也，若陛下敢而用之，使必死，夷狄不足圖也。今因國忠時時不滿意於祿山，將相不和，是國家的大患：便與貴妃言之，欲遣安祿山領兵防邊。

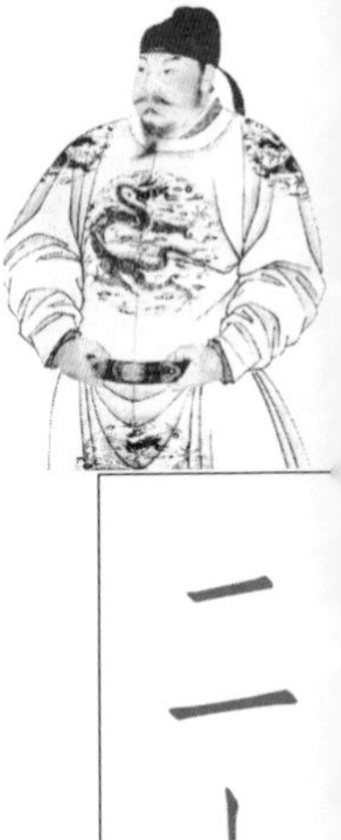

那安祿山自得孫孝哲母，重續前緣，恩情顛倒，便亦不甚思念貴妃；祿山身軀日胖，兩臂垂肉終日張臂而行，入宮每多顧忌，深以為苦，非妃子宣召，亦少入宮廷。貴妃念之雖甚切，然亦不便形諸辭色；見皇帝問，亦只得唯唯承諾，卻暗暗使人與祿山通消息。

祿山見國忠與己相仇，便有謀反之意；每過朝堂龍尾道，必向南北睥睨，良久方去。又築城於范陽北，號稱雄武城；招兵積穀，養番中子弟八千人，為假子。教家奴單弓使者數百人，畜大馬三萬，牛羊五萬，汲引同類，各據要津；私與胡人往還，諸道歲輸財百萬，大會群胡。祿山踞重床，燎香陳怪珍，胡人數百侍左右；引見諸賈，陳犧牲，女巫鼓舞於前以自神。

陰令群賈市錦綵、朱紫服數萬為叛資；月進牛、駱駝、鷹、狗、奇禽異物以蠱帝心，而人不知。自以無功而貴，見天子盛開邊，乃紿契丹諸酋，大置酒毒焉；既酣，悉斬其首，先後數千人，獻馘首闕下。帝不知，賜鐵券封柳城郡公，又進東平郡王。

祿山生子十一人，玄宗以其長子慶宗為太僕卿，慶緒為鴻臚卿，慶長為秘書監；但安祿山的行為，卻一天跋扈似一天。當時有一位武將名郭子儀的，本是華州鄭縣人士，學得滿腹韜略，秉性忠正，以武舉出身，進京謁選；眼見楊國忠竊弄威權，安祿山濫膺寵眷，把一個朝廷弄得個不成模樣，因此他懷著滿腹義憤，無處發洩。

第六十二回　權力傾軋

郭子儀閒住在京師地方候選，每日悶坐無聊，滿街聽人談論的，儘是楊國忠納賄，安祿山謀反的話；他常常獨自一人向空嘆息，自言自語的說道：「似我郭子儀，未得一官半職；不知何時，方能替朝廷出力？」

他到萬分無聊的時候，便走向長安市上，新豐館酒樓中沽飲三杯，以遣客愁；他飲到半醉的時候，便提筆向那粉牆上寫著兩首詞兒，道：「向天街徐步，暫遣牢騷，聊寬逆旅。俺則見來往紛如，鬧昏昏似醉漢難扶，那裏有獨醒行吟楚大夫？待覓個同心伴侶，悵釣魚人去，射虎人遙，屠狗無人！」

第二首詞兒道：「俺非是愛酒的閒陶令，也不學使酒的莽灌夫，一謎價痛飲與豪粗；撐著這醒眼兒誰瞅睬？問醉鄉深可容得吾？聽街市恁喳呼，偏冷落高陽酒徒！」

郭子儀每天到這酒家飲酒，也走慣了；這一天，他向大街上走時，只見車馬喧闐，十分熱鬧，他抓住一個酒保問道：「咱這樓前那些官員，是往何處去來？」

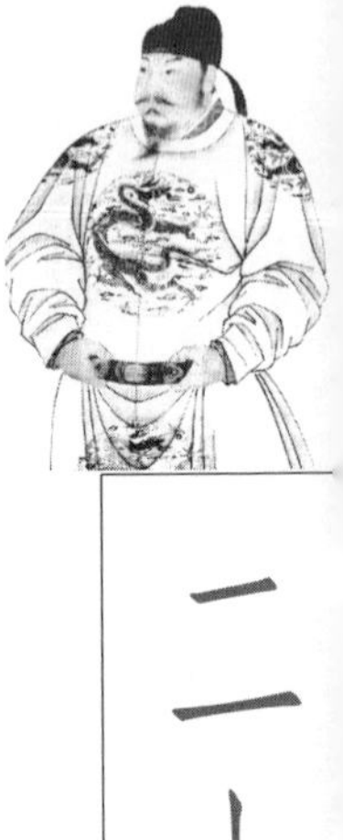

那酒保道：「客官，你一面吃酒，我一面告訴你聽。只為國舅楊丞盼，並韓國、虢國、秦國三位夫人，萬歲爺各賜造新第，在這宣陽里中；四家府門相連，俱照大內一般造法。這一家造來要勝似那一家的，那一家造來又要賽過這一家的；若見那家造得華麗，這家便折毀了，重新再造，定要與那家一樣方才住手。一座廳堂足費上千萬貫銀鈔。今日完工，因此全朝大小官員，都備了羊酒禮物，前往各家稱賀；那各家的官役，都要打從這樓下經過，因此十分熱鬧。」

郭子儀聽了，不覺把手向桌上一拍，嘆著氣道：「唉！外戚寵盛到這個地步，如何是好也！」他眼中看不過去，急回頭向四壁閒看，只見那壁上也寫上數行細字；郭子儀忙湊近身去看時，見是一首絕詩，便念道：「燕市人皆去，幽關馬不歸；若逢山下鬼，環上繫羅衣。」下面寫著李遐周題。

這李遐周，是唐朝一個術士，能知過去未來；這首詩中，顯藏著國家隱事。郭子儀正逐句猜詳著，忽聽得樓下又起了一陣喧嘩之聲，忙問酒保：「樓下為何這般熱鬧？」

那酒保拉郭子儀至窗前，道：「客官靠著這窗兒往下看去，便知。」

那郭子儀向下看時，只見一個胖大漢子，頭戴金冠，身披紫袍，由一群衙役簇擁著，張牙舞爪的過去；郭子儀忙問：「這又是何人？」

那酒保道：「客官，你不見他的大肚皮麼？這人便是安祿山，萬歲爺十分寵愛他，把御座的金雞步障，都賜與他坐過；把貴妃的鳳池溫泉，也賜與他洗過浴哩。今日聽說封他做東平郡王，方才謝恩出朝，賜歸東華門，打從這裏經過，是以這般威武。」

郭子儀聽了酒保的話，半晌說道：「呀，這便是安祿山麼？他有何功勞，遽封王爵？我看這廝，面有反相，亂天下者，必此人也！你看他蜂目豺聲，又是犬羊雜種；如今天子引狼入室，將來做出事來，人民塗炭，怕不與這題壁詩上的話相符合。」

郭子儀長吁短嘆，那酒保在一旁看了，十分詫異，便說道：「客官請息怒，再與你消一壺酒去。」那郭子儀這時滿腹的憂國憂民，如何再吃得下這酒去；便把酒壺一推，道：「縱教我喝了千盞，盡了百壺，也難把這擔兒消除！」說著，付了酒錢，便跑回下處去。

一見朝報已到，兵部一本奉旨授郭子儀為天德軍使；郭子儀看了朝報，自言自語的道：「我郭子儀雖則官卑職小，卻可從此報效朝廷。」

他自從那日在酒樓上見過安祿山，便心中念念不忘，每日在兵部盡心供職。

那楊國忠只因安祿山在四方收羅英才，儲為己用；因此他也託人在京師內外物色英雄，兵部尚書把郭子儀推薦上去。楊國忠初見郭子儀之日，郭子儀便說，須防安祿山謀反；這一句話，深中了楊丞相之意。當下，楊丞相便告以天子亦防安祿山為肘脅之患，已遣之出外，率河東兵討契丹去矣；郭子儀聽

了，連連跌足說道：「大勢去矣！」

楊國忠問是何故，子儀道：「祿山面有反骨，此去重兵在握，宛如縱虎歸山，反中原必矣！」楊國忠聽了子儀的話，亦不覺恍然大悟；一面表奏，拜郭子儀為衛尉卿，統兵保衛京師，一面入宮面奏天子，說安祿山有反意，不可使久留在外。玄宗疑信參半，國忠再三言之，玄宗始下詔，召祿山還朝。

安祿山在京師時，知楊丞相不能相容，便入宮與貴妃密議；貴妃勸祿山出外建立奇勳，再回朝來，替他在皇帝跟前進言，退去楊國忠，便可立祿山為相。祿山聽了貴妃的話，又想到將來功成回朝，身為丞相，大權在握，那時出入宮廷，與貴妃朝夕相見，誰也奈何他不得；因此他辭別玄宗，一意圖功去，這時適值契丹弄兵，玄宗便命祿山率河東兵討契丹。

貴妃自祿山去後，寂處宮中，時時想念；適有交趾貢龍腦香，有蟬蠶形狀的五十枚，波斯人言老龍腦樹節上方有，宮中呼為瑞龍腦。玄宗賜貴妃十枚，貴妃私發明駝使，持三枚贈與安祿山；後又私賜金平脫裝具玉盒，金平脫鐵面椀，祿山在軍中也時與貴妃通消息。明駝是一種駝鳥，腹下有毛，夜發光明，日行五百里；惟帝王有軍國要事，可遣發明駝，今貴妃因愛祿山甚切，亦私發明駝，玄宗卻不知道。

那祿山受貴妃寵愛，便力求立功戰場；兵至土護真河，祿山傳令，每兵持一繩，欲盡縛契丹兵。連夜進兵三百里，直上天門嶺；忽遇大雨，弓軟箭脫，敗壞不可用，祿山在後催逼前進，不肯停留。大將何思德勸道：「兵士疲於奔命，宜少息，待天晴再行。」祿山大怒，欲斬思德；思德大懼，便帶領士卒，奮勇下山殺敵。

何思德面貌與安祿山相同，那敵營中箭如飛蝗，齊向何思德射來；可憐何思德死於亂箭之下，手下數千兵士盡向四處逃命。祿山見勢不佳，忙撥轉馬頭，落荒而走，後面契丹兵趁勝長驅；正危急時候，只聽得空中嗚嗚一聲響，一支箭飛來，正中安祿山肩窩，頓時馬仰人翻，滾下山澗去。幸好他的兒子慶宗、義子孫孝哲緊隨在後，忙下澗去把祿山扶起，趁夜逃竄；看看到了平盧地界，有安祿山的部將史定方，統兵十萬把守著。

這時，朔方節度使阿思布統率雄兵，鎮守邊關；安祿山這時地位狹小，無可立足，見阿思布兵多地廣，便令史定方帶領大兵，出其不意，直攻阿思布，口稱：「奉天子命，取叛將阿思布首級。」那阿思布一時驚慌無措，便單騎出走，奔葛邏祿；安祿山便坐得數千里地方，領兵四十餘萬，聲勢甚大。葛邏祿酋長畏唐皇加罪，便活捉阿思布，送安祿山營；當時，安祿山報入朝廷，說阿思布謀反，已將叛臣擒住，玄宗即下旨，令祿山解送京師。

那時，楊國忠和太子已知道祿山兵敗和併吞阿思布的實情，便同進宮去奏明皇上；玄宗不信，說且看祿山來京形狀如何。那祿山到京，已有他的心腹人告訴他，丞相和太子在天子跟前說的話，安祿山便

至華清宮朝見天子；那時楊貴妃也侍坐在旁，一見祿山回朝，芳心不覺喜悅。

祿山卻做出一副可憐的樣子來，哭拜在地；口稱：「臣兒生長蕃中，不識上國文字，蒙陛下寵愛過甚，使臣兒統兵在外；朝內楊丞相因妒生恨，必欲置臣兒於死地，求陛下見憐！」玄宗見他這副可憐的樣子，便竭力拿好話安慰他，楊貴妃亦忙命看酒，賜吾兒洗塵；這一天，安祿山吃得醺醺大醉，從宮中出來，回到府中，自有孫孝哲母子二人伺候著。

孫孝哲見安祿山姦污了他的母親，不但心中不憤怒，反又百般承迎著，得安祿山的歡心。孫孝哲面貌既長得俊美，皮膚又生成白淨，兼之語言伶俐，舉動輕巧，祿山常常玩弄著他，拿他消愁解悶；孝哲的母親即做主，命孝哲拜祿山做義父。孝哲每見義父出外回家，總是寸步不離的；便是眼看著他母親被祿山擁抱戲弄著，他也毫不覺得羞恥，反在一旁歡笑助興。

有一天，安祿山在朝門候旨，忽然衣帶中斷，正進退兩難，孫孝哲在一旁，他衣帶中原帶著針線的，便跪近身去，替他把衣帶縫好；祿山大喜，回得府來，便把一個絕美的姬人賞與孝哲做妻子。如今因孝哲在天門嶺救了祿山的性命，回得府來，愈加把個孝哲寵上天去了。

孝哲在祿山府中，出入內室，毫不避忌；祿山原有姬妾數十人，都和孝哲調笑無忌，漸漸的都和孝哲勾搭上手了，祿山卻昏昏沉沉的矇在鼓中。這一次祿山進京來，原為探聽消息，他也曾幾次偷進宮去，和楊貴妃相會；便悄悄把自己的意思對楊貴妃說了。

在安祿山的意思，因貴妃深居宮闈，每欲相會頗不方便；此次祿山有兵四十餘萬駐紮在邊境，他便想把妃子劫出宮去，同至邊境，一雙兩好的過著日子，因此早已把府中的細軟人口陸續搬運出京，送至邊境安頓。可笑滿朝文武數千人，把守京城的兵士數萬人，竟沒有一人發覺安祿山的奸謀。

這安祿山看看諸事停妥，便又偷進宮去，勸楊貴妃逃出宮去，圖個天長地久；楊貴妃聽了安祿山的話，便笑說道：「痴兒！人皆為天子，汝獨不能為天子乎？我大唐妃子也，不能學村婦私奔。」一句話提醒了安祿山，忙叩著頭說道：「孩兒領娘娘旨意。兒去矣，娘娘珍重！」說著，便出宮來。

那楊國忠卻略探知安祿山的行動，便又急急進宮去，報說安祿山謀反；這時貴妃在旁，便低低的說道：「將相不和，是朝廷之大患，願陛下乾綱獨斷，明察萬里。」

玄宗因楊貴妃一句話，便又把疑心去了；命楊丞相且退，朕自有後命。當即下旨，拜安祿山為尚書左僕射，賜賞封三千戶，又賜奴婢第宅；又拜為總閒廄，掌管隴右群馬。祿山奉旨入朝謝恩，又保舉心腹吉溫為副將軍；此外封將軍的五百人，拜中郎將的二千人，聲勢大震。

祿山出京的時候，玄宗親御望亭餞行，又脫御服，親自替祿山披在肩上；祿山大驚，急急率領他的

護衛兵馬匆匆告辭，奔出了淇門。駕著百餘號大船順流而下，召募萬餘人伕挽縴而行；日三百里至范陽，奪去張文儼馬牧，便佔住了范陽城。地方官把安祿山謀反的情形，雪片也似報上朝廷；那玄宗卻只是不信，反把報信的人綑送至范陽，交安祿山監禁起來。

楊國忠打聽得安祿山在外招兵買馬，聲勢一天大似一天，便屢次入宮去勸諫，收回安祿山的兵權；玄宗又經太子幾次勸諫，才稍有覺悟，欲召安祿山回京，拜同中書門下平章國事官。太子勸暫把拜官的意旨留住，先打發黃門官璆琳，假著賜柑子為名，到范陽察看安祿山的情形；那安祿山早知道來意，忙備下盛大的筵席，款待那位黃門官，又贈璆琳黃金一千兩，求他在天子跟前包庇不法。

那璆琳得了安祿山的好處，便回朝來奏知玄宗，說安祿山在范陽地方甚是安分，並無謀反形跡；誰知這情形，早已被楊國忠打聽得明白，悄悄的去奏明玄宗，說安祿山如何強佔范陽城池，那璆琳又如何受安祿山的賄路。玄宗聽了十分動怒，把璆琳傳進宮去，嚴刑審問；那璆琳受刑不過，只得把安祿山如何謀反，如何行賄的情形招認出來。

玄宗即和楊國忠商議，便推說璆琳忤逆聖上，命武士推出午朝門外斬首；從此玄宗心中，便時時防著安祿山，常常派遣使臣到范陽去察看祿山的動靜。安祿山心中虛怯，每見朝廷使臣到來，便推病不出；那使臣奉了天子的命令，一定要見，安祿山沒奈何，只得在堂上四壁埋伏下刀兵，才肯與使臣相見。

玄宗又遣黜陟使裴士淹，到范陽去察看安祿山；守候了十多天，不得一見；裴士淹回朝去，不敢把這情形奏明，只說安祿山十分畏罪。玄宗雖明知安祿山有反叛之意，但每日在宮中，聽了楊貴妃勸諫的話，還是想望祿山回心轉意；特下旨，賜祿山次子慶宗娶宗室女為妻，宣安祿山進京觀禮。

那安祿山滿肚子包藏著反叛的心思，如何敢再進京去，便上表推說病重，不能奉召；又獻馬三千匹，車三百乘，每一輛車上，坐御卒三人。在安祿山的意思，便令這一千五百御卒混進京師去，作為內應，暗襲京師；卻被河南尹達奚珣上了一本，說外臣兵馬非奉天子召命，不能擅入京城。

玄宗便下諭，把安祿山車馬留在京城外，又給安祿山手書，說道：「朕已為卿別治湯邑，十月，朕當待卿於華清宮相見。」安祿山見天子另賜他湯沐邑，得宗室女下嫁，愈覺榮寵；從此舉動更為驕傲，越發不把眾文武放在眼中。

到了十月之期，安祿山帶領十萬大兵，駐紮在驪山下，自己進華清宮去朝見天子；玄宗留心察看安祿山的舉動，依舊是十分依戀，口口聲聲自稱臣兒，玄宗便也不去疑心他，一樣的在宮中擺下筵席，賜安祿山飲宴。

那楊貴妃便把安祿山悄悄的喚到無人之處，切切的勸他不可謀反；又說：「萬歲爺待爾我恩情不薄，我兒縱有心事，也須忍耐著，候皇上千秋萬歲以後，那時任憑你去胡作妄為，我再也不來阻止你

了。」楊貴妃說著，不覺淌下眼淚來。

安祿山見貴妃這可憐形狀，便也跪著，口口聲聲說：「孩兒敬遵娘娘的旨意，守候著罷了！」說罷，重又入席；祿山飲酒飲到半醉，因有事在心頭，便辭別出宮來。

安祿山因得皇帝的寵愛，便是進宮來，也是擺著全副執事，劍戟旌旗，在禁地上也喝著道進出著；今日領罷宴出來，卻巧遇到楊國忠也進宮來。那楊國忠在宮門過道兒上，遇到了老公公高力士，兩人談起安祿山的跋扈，都十分痛恨。

那楊國忠道：「我楊國忠外憑右相之尊，內恃貴妃之寵；不是說一句自尊的話，滿朝文武，誰不趨承？獨有安祿山這廝，外面假作痴愚，腹中暗藏狡詐，不知聖上因甚愛他，加封王爵，另賜湯邑；那廝竟忘了下官救命之恩，遇事欺凌，出言頂撞，好生可恨！我前日曾面奏聖上，說他狼子野心，面有反相，恐防日後有變；怎奈未蒙聖上聽從，今日又賜安祿山這廝在內廷領宴，待我也闖將進去，當面說破，必要皇上黜退了這廝，方快吾心頭之願也！」

高力士正聽楊國忠說著，遠遠的卻聽得宮內喝道的聲兒，兩人十分詫異；高力士急進宮去看時，見安祿山高據鞍馬，左右喝著道出來。高力士怕惹禍，便急向別路中避去；那楊國忠進來，兩人正碰個著。楊國忠忍不住說道：「這是九重禁地，你怎敢在此大聲兒呵殿？」

安祿山聽了，卻冷笑道：「老楊！且聽我念出四句詞兒來：『脫下御衣親賜著，進來龍馬每教騎；常承密旨趨朝數，獨奏邊機出殿遲。』我做貴妃娘娘兒子的，又做郡王的，便呵殿這麼一聲兒，也不妨；比似你做右丞相的，要在禁地上喝道，卻還早呢！」

楊國忠聽了，把個鬍鬚氣得倒豎，氣喘吁吁的說道：「好好！好個不妨！安祿山，我反問你：這般大模樣，是幾時起的？」

安祿山卻大笑道：「下官從來如此大模大樣的，卻誰能管得我！」

楊國忠道：「祿山，你也該自去想想，你只想：當日來見我的時候，可是這個模樣的？」

安祿山把手一搖，說道：「彼一時，此一時，說他怎的。」

楊國忠拿手指著安祿山說道：「安祿山，安祿山！你本來已是刀頭之鬼，死罪雖逃；那時候長跪在階前，哀求著我保全你的性命，是何等一副面目來？」

安祿山也怒沖沖的說道：「赦罪加官，出自聖恩，與你何干？」

楊國忠冷笑著道：「你聽他倒也說得乾淨，可惜你全把良心昧了，把我一番恩義，全付與流水飄萍。」

安祿山說道：「唉，楊國忠！你道我失機之罪，可也記得你賣官鬻爵之罪麼？」

楊國忠道：「住嘴，你道我賣官鬻爵，反問你今日的富貴，又是從那裏來的？」說著，便回顧左右道：「你們快把當年一個邊關犯弁失意的模樣，搬演來與王爺看看。」

說著，便有兩個跟隨，搬兩桌坐椅過來，請楊丞相和安郡王坐下；走過一個跟隨，把帽兒壓住眉心，做出一副失意落魄的樣子，站在當地唱道：「腹垂過膝力千鈞，足智多謀膽絕倫；誰道孽龍甘蠖屈，翻江攪海便驚人。」接著自己表白道：

「自家安祿山，營州柳城人也；我母親阿史德，求子軋犖山中，歸家生我，因名祿山。那時光滿帳房，鳥獸盡多鳴竄；後隨母改嫁安延偃，遂冒姓安氏。在節度史張守珪帳下投軍，他道我生有異相，養為義子，授我討擊使之職；去征討西契丹，一時恃勇輕進，殺得大敗逃回。幸得張節度寬恩不殺，解京請旨；昨日到京，吉凶未保。且喜有個結義弟兄，喚作張千，原是楊丞相府中幹辦；昨已買囑解官，暫時鬆放，尋他通個關節，把禮物收去了，著我今日到相府中候示，不免前去走遭。」

扮安祿山的那個親隨表白完畢，又唱著詞兒道：「莽龍蛇本待將河翻海決，反做了失水甕中鱉。恨樊籠霎時困了豪傑！早知道失軍機要遭斧鉞，倒不如命喪沙場，免受縲絏。驀地裏雙腳跌，全憑仗金投暮夜，把一身離阱穴；算有意天生吾，也不爭待半路枉摧折！」

這詞兒唱畢，楊丞相身後閃出一個真的張千來，唱道：「君王舅子三公位，宰相家人七品官。」兩人作相見的樣子。

那張千道：「安大哥來了？我丞相爺已將禮物全收著，等你進府相見。」

那親隨作著揖道：「多謝兄弟周旋。」

張千道：「丞相爺尚未出堂，反到班房稍待。」說著，轉身便至楊丞相跟前跪倒，口稱：「張千稟事，安祿山在外伺候。」

楊國忠道：「著他進來。」

張千應一聲領鈞旨，轉身去把那扮安祿山的親隨，帶至楊國忠面前；那親隨「噗」的跪倒，那膝蓋走著路，口稱：「犯弁安祿山，叩見丞相爺。」

那楊國忠裝作大模大樣的道：「起來！」

那親隨叩著頭，道：「犯弁是應死的囚徒，理當跪稟。」

楊國忠道：「你的來意，張千已講過了；且把犯罪情由細說一番。」

那親隨應了一聲遵命，便唱著道：「恃勇銳衝鋒出戰，指征途所向無前；不提防番兵夜來圍合，轉臨白刃剩空弩。」

楊國忠故意問道：「後來你卻怎得脫身？」

那親隨接著表白道：「那時犯弁殺條血路，奔出重圍，單槍匹馬身幸免；只指望鑒錄微功折罪愆，誰想今日啊，當刑憲。」

那親隨唱著，又叩頭唱道：「望高抬貴手，曲賜矜憐。」

那楊國忠在上面，拿腔作勢道：「安祿山，你的罪名刑書已定，老夫卻無力回天。」

那親隨又再三叩頭求道：「丞相爺若肯救援，犯弁就得生了；可憐我這條狗命，全仗丞相爺做主！」

那安祿山坐在一旁，看他主僕三人就在殿廊下演唱了半天；又聽罵他狗命，叫他如何忍耐得，早跳下座來，過去一把拉住楊國忠的袍袖，狠狠的說道：「你這老賊！裝神弄鬼的半天，句句憑虛捏造，污衊小王；我如今與你同去萬歲前講理去。」

原來這一番做作，這幾句詞兒，在楊國忠早已編練純熟；如今打聽得安祿山進宮領宴，便故意帶領親隨跟進宮來，原要當面搬演給安祿山看，羞辱著他。安祿山看了，果然怒不可當。

楊國忠聽安祿山說要拉他去面聖，那楊國忠仗著自己是一代權貴，便也大聲說道：「去見萬歲爺，誰怕你來，同去同去！」當時，他將相二人互扭著衣帶，闖進後宮，玄宗和楊娘娘尚未罷宴。

第六十三回　漁陽鼙鼓

楊國忠和安祿山二人氣沖沖的，互相扭打，直闖到玄宗筵前；楊丞相先跪倒，氣喘吁吁的奏道：「臣楊國忠謹奏：安祿山辜負聖恩，久藏異志，在外招兵買馬，蓄意謀反；望陛下立賜罷斥，早除兇惡，朝廷幸甚！百姓幸甚！」

接著，安祿山也跪下，一面抹著眼淚哭訴道：「臣安祿山謹稟：微臣謬荷主恩，觸怒權貴；可憐臣勢孤力弱，縱有赤心，丞相不能相容，也是枉然！求陛下免臣官職，放歸田里，使苟全性命，皆陛下天高地厚之恩也！」說著，他又向楊貴妃叩著頭，哭訴道：「孩兒承娘娘恩寵，只因楊丞相不能相容，可憐孩兒不能久依膝下了！」

楊貴妃眼看著一個哥哥和一個義兒各爭寵愛，心中既丟不下哥哥，又丟不下義子；當下便也向萬歲爺跪奏道：「將相不和，非國家之福，望陛下明察調處。」這幾句話，楊貴妃原是關切著安祿山，只怕安祿山吃了楊丞相的虧。

當下，玄宗一面把貴妃扶起，一面傳諭楊國忠和安祿山二人，且退在朝門外候旨；那楊國忠和安祿山二人，沒奈何，只好垂頭喪氣的一前一後，退出宮外去。在朝門口，各人背著臉兒站著，候著旨意；過了一會，只見高力士傳下聖旨來道：「楊國忠、安祿山互相訐奏，將相不和，難以同朝理政；特命安祿山為范陽節度使，克期赴鎮。」

安祿山對朝門謝過聖旨，起來向楊國忠拱一拱手道：「老丞相，下官今日去了，你再休怪我大模大樣！朝門內，一任你張牙舞爪；朝門外，卻由得我快樂逍遙。」說著，他大搖大擺的向玉墀下走去；走到庭心中，又回過臉兒來，高聲說道：「楊丞相，下官還有一句話兒：今日小王出鎮范陽，想也是仗著丞相之力呢！」接著冷笑了幾聲，走出宮門，跨上玉驄兒，一群家將簇擁著去了。

這裏楊國忠看他走遠，半晌才嘆著氣道：「這明是放虎歸山，縱蛟入海；天下有這等事，叫老夫滿腔塊壘，怎生消得！今日滿想滅那廝威風，誰知道反給他添了榮耀；但願祿山此去，早早做出事來，到那時，萬歲爺方知我有先見之明。」

楊國忠一人在朝門口嘆一回，說一回，裏面高力士又傳出諭旨來，大叫：「楊國忠聽旨！楊國忠長男楊暄，授為銀青光祿大夫太常卿，兼戶部侍郎；又賜楊暄尚延和郡主，賜楊國忠幼男楊朏，尚孟春公主。」

這是楊國忠幾次在玄宗跟前懇求的，如今玄宗授安祿山為范陽節度使，深恐楊國忠心中不服，便下這道旨意，作為安慰安慰楊國忠的意思；楊國忠謝過聖恩，果然十分高興，回家去便分派府中總管，分頭去召募伕役大興土木，建造兩座駙馬府第，在宮東門前，與丞相府第相連接著。

皇帝又下旨，賜楊國忠弟秘書少監楊鑑尚承榮郡主，又建造高大的駙馬府第，在丞相府左面一帶；連韓國、秦國、虢國等姊妹兄弟五家，共有十座府第，樓閣崇宏，夾道相對。門前十馬並行，路直如矢，地平如鏡；各有執戟武士把守門戶。平常百姓見了這氣派，早已嚇得遠遠躲避出去。

那三座第宅完工，楊國忠又派遣家院們，分頭到維揚、蘇杭一帶，去採辦珍寶器皿；一公主二郡主下嫁之日，皇上和貴妃親自送嫁，臨幸楊丞相府第。朝廷文武大臣齊至丞相府中道賀，楊國忠以盛筵款待，又另設一席，請皇上和貴妃入座；便有韓國、虢國、秦國三夫人相陪勸酒，門內笙歌聒耳，門外車馬喧闐。

玄宗舉杯，笑對楊國忠道：「丞相一門富貴，位極人臣；朕今浮一大白，為丞相賀。」

楊國忠忙親自斟上酒去，陪著皇上飲乾一杯；笑說道：「此皆聖天子天高地厚之恩，愚臣一生庸碌，只怕無福承當。」說罷，便跪下地去謝恩。

玄宗又笑對楊貴妃道：「妳楊家一門，已有一貴妃、二公主、三郡主、三夫人；那男子高官厚爵，

不計其數，豈非榮寵極矣？」

楊貴妃也忙恭身謝恩，道：「臣妾託庇聖光，已懼殞越，何堪一門恩寵；臣妾實不勝惶恐感激之至！」

玄宗這時酒吃到高興，便拉住貴妃的手，哈哈大笑道：「妃子有如此謙德，何患無福承當？朕如今只好加恩卿家。」便當筵傳諭：「加楊國忠為司空，重贈貴妃父楊元琰為太尉，封齊國公，母為梁國夫人；著工部為齊國公造廟，御書碑額。拜國忠叔父元珪為工部尚書，拜韓國夫人婿崔珣，為秘書少監；秦國夫人婿柳澄為禮部侍郎。」

這時，韓國、虢國、秦國三夫人，肩下都有面貌姣好的小兒女陪坐著；玄宗獨愛那韓國夫人的女兒，小字芹姑的，長得明眸皓齒，苗條身材。玄宗向芹姑招著手兒，韓國夫人推著她上前去，小小女兒居然參拜如儀；玄宗大喜，把她攬在懷中，問她：「多少年紀？」韓國夫人代奏說：「十二歲。」

玄宗笑說道：「卻與朕家俶孫同年。朕今便面求韓國夫人，給與朕家做了孫媳婦兒吧。」說著，便傳旨至宮中，把長皇孫接來與芹姑相見。那芹姑卻嬌羞靦腆的奔在她母親懷中躲著，玄宗便命長皇孫過去，拜見韓國夫人；韓國夫人忙拉住他手，看時，只見這長皇孫眉目俊秀、身材英挺，也不覺大喜。

原來玄宗皇帝有孫兒百餘，獨愛此長孫俶兒；這時年才十五歲，便拜為廣平王。平日養在宮中，玄宗每宴大臣，便令長孫坐在玉案前；玄宗每對左右大臣說道：「此兒甚有異相，他日亦是吾家一有福天子也。」左右大臣齊稱萬歲。

這時適有罽賓國進貢上清珠一雙，珠光明亮，入夜映照一室；細看那珠面，有仙人玉女乘雲跨鶴之像，玄宗便取一粒，賜與長皇孫，用紅紗包裹，掛在頸上。這時當筵，玄宗取長皇孫頸上明珠與眾夫人傳觀；果然奇彩四射，光照一室，玄宗立刻傳命，去寶庫又取一粒上清珠來，賜與芹姑。

楊國忠見自己甥女配與廣平王為妃子，又得賜上明珠；便與同在府中宴飲的大臣，齊來與皇上和韓國夫人道賀，又與廣平王道賀。玄宗見眾人高興，又見虢國夫人膝前依著一男一女，便也傳旨，賜虢國夫人子裴徽，尚延光公主，女指配為讓皇帝媳；虢國夫人見自己子女都得了富貴，便帶了她的子女二人離席謝恩。玄宗看虢國夫人喜得花眉笑眼，平添嫵媚，心中說不出的愛戀；只因礙著眾人的耳目，便喚虢國夫人平身。

這時，秦國夫人也攜著一個兒子柳鈞，一個夫弟柳潭，叔姪二人一樣長得清秀；玄宗笑說道：「朕家的女兒，益發都給了妳楊家吧！」又傳旨，賜柳鈞尚長清縣主，賜柳澄尚和政公主。

當時楊貴妃見母家的人都和皇家結了婚姻，心中著實歡喜；便親自斟酒，獻與玄宗道：「臣妾進萬歲喜酒一杯。」

玄宗就貴妃手中飲了，又滿斟一杯，與貴妃道：「妃子也喜。」

接著，便有楊丞相領著眾大臣，齊至筵前來勸酒；玄宗命取大觥來，說道：「朕今為諸大臣飲一大杯，願諸大臣也喜。」一屋子大臣聽了，轟雷也似一齊呼了一聲萬歲，各人陪飲一杯。

玄宗此時頗有醉意，宮女扶上御輦，擺駕回宮；時已午夜，丞相府中歌停舞止，五家侍衛分作五隊，每一隊著一色衣。這時韓國、虢國、秦國三夫人，各自用細樂呼送著，紅燈照送著回府去；五家合隊，五色相映，如百花之煥發。一路車馬行去，遺鈿墮舄，沿路可拾；獨楊國忠與虢國夫人連騎並轡，揮鞭笑謔，一路行去，略無羞恥。這時路旁軍士萬人，手執火炬，照耀如同白晝。

如此連接著三五個月，十家府第中筵宴笙歌，十分熱鬧，才把這各頭婚嫁大禮料理清楚；其中算是韓國夫人的女兒福份最大，那長皇孫，便是將來的正位天子代宗皇帝，芊姑一樣的也立為貴妃。此是後話。

再說那日，玄宗從廣平王府中飲酒回宮，忽接安北都護使郭子儀奏章一道，內夾著詩箋一紙；那紙上絕好的簪花格子，寫著兩首五言絕詩，道：「沙場征戍客，苦寒若為眠；戰袍經手作，知落何阿邊？蓄意多添線，含情更著綿；於今已過也，重結後生緣！」

原來這時，郭子儀自領一軍，駐紮在邊地木剌山；玄宗念邊軍苦寒，令後宮嬪娥製棉衣萬套，賜與軍士。有一姓趙的軍士，從棉衣領中得了這張詩箋，知是宮女寫的，不敢隱瞞，便呈上主帥；郭子儀又把這詩箋封奏入朝。

玄宗見了詩箋，心中也覺好笑；便懷著詩箋踱進後宮來，命高力士去遍示六宮。又傳著諭道：「誰作此詩，不必隱瞞，朕當成汝好事也。」傳至興慶宮中，有一宮女跪下地來，自稱萬歲；高力士便把這宮女帶去朝見天子。

玄宗看那宮女，果然也長得白淨秀美；問她名姓，那宮女叩著頭，回說：「魏紫雲，父親魏卓卿，原也是士人，自幼兒傳授詩書，頗解文墨。」

玄宗笑道：「汝詩中說後生緣，朕今偏與汝結今生緣！」便令將此宮女送至邊關，與那得詩箋的軍士成婚，又加恩陞那軍士為帳前少校；這軍士名陳回光，後來幫助郭子儀屢立戰功，官拜衛尉卿，夫妻二人十分恩愛，留在後世傳為佳話。

如今再說安祿山離了京師，心中日夜想念楊貴妃；他和楊國忠在天子跟前一番爭執，心中十分憤恨，誓欲報此仇怨，方可與楊貴妃親近。他因玄宗皇帝恩情甚厚，原欲依楊貴妃的囑咐，把這口氣忍在心頭，待皇上千秋萬歲以後，再發作起來；無奈楊國忠因在皇帝跟前說安祿山必反，欲皇上信他的話，便步步逼著安祿山造反，凡是玄宗賜與安祿山的話旨，和安祿山所上奏章，都被楊國忠扣住不發。

一面打發他的門客何盈蹇昂，在京師安祿山的親友前，打聽安祿山謀反的消息；又指使京兆尹李峴帶領兵馬，圍困安郡王的府第。又捉去安祿山的好友李超、安岱、李方來、王岷，打入死牢裏；買通了牢頭禁子，把這幾人活活的勒死。

又打聽得吉溫是安祿山的死黨，便親自帶領兵士，在半夜時分，去圍住吉溫的屋子；把吉溫捉至丞相府中，百般拷打，審問安祿山謀反的憑據。那吉溫熬刑不過，暈死過去幾次，卻不肯吐出一句話來；楊國忠便把吉溫發配到合蒲地方，從此京師地方，楊國忠的威權大震。

這消息傳到范陽安祿山耳中，如何忍得，便立刻拜表入朝，陳訴楊國忠有二十大條罪；一面召集大兵二十萬，發令何千年為范陽鎮東路將軍，雀乾佑為范陽鎮西路將軍，高秀嚴為范陽鎮南路將軍，史思明為范陽北路將軍。安祿山手下原有三十二路人馬，分三十二名將官統帶；本是番人漢人並用的，自從安祿山為節度使，推說是番漢並用易起嫌疑，奏請一律改用番將。

安祿山自己原也是番人，如今同謀造反，自然聽從號令；又用高尚、嚴莊為隨軍參謀，孫孝哲、高邈、張通儒為參軍。在范陽西城外高立將臺，安祿山全身披掛，高坐將臺；二十萬人馬，各路統兵官領帶著，排成陣勢，一隊一隊的在將臺前走過。那一千名將官全身甲冑，齊站在將臺前參拜；高聲喚道：

「末將們參見大元帥！」

安祿山看眾軍士操練已畢，便殺牛宰羊，在校場上擺起千餘桌酒席來，賜將士們痛飲；在飲酒中間，便走出一隊番姬來，打扮得花枝兒似的招展著，在筵前舞著唱道：

「紫韁輕挽，雙手把紫韁輕挽；騙上馬，將盔纓低按。閃旗影雲殷沒，揣的動龍蛇一直通霄漢。按奇門佈下了九連環，覷定了這小中原在眼，消不得俺來路強番。這一員身材慓悍，那一員結束牢拴，這一員莽兀喇拳毛高鼻，那一員惡支沙雕目胡顏，這一員會急迸格邦的弓開月滿，那一員會滴溜撲碌的錘落星寒，這一員會咭叱克擦的槍風閃鑠，那一員會悉力颯刺的劍雨澎灘：端的是人如猛虎離澗，顯英雄天可汗！」

番姬唱到此處，那滿場數十萬兵士，齊聲接唱道：「振軍成撲通通鼓鳴，驚魂破膽；排陣勢韻悠悠角聲，人習馬閒。抵多少雷轟電轉，可正是海沸也那河翻；折末的銅作壁鐵作壘，有甚麼攻不破攻不破也雄關！」唱完了詞兒，接著一陣角聲嗚嗚，鼓聲通通，鑼聲堂堂；將臺上放下一個人頭來，正中間豎起一面大纛旗，二十萬人馬拔腳齊起，浩浩蕩蕩，殺奔靈武關來。

其中再說那位范陽鎮北路將官史思明，原是突厥種人；長成長頸駝背，深目邪鼻，生性狡猾；和安祿山自幼兒生同鄉里，早祿山一日生，祿山稱他為兄。通六蕃言語，亦為互市郎；欠了官錢，無力償還，逃去，被契丹國的巡查兵捉住。見他容貌奇怪，要殺死他；史思明頗有急智，哄著巡查兵說：「我

是大唐朝使臣，誰敢殺我！你們快送我去見大可汗，便有大功；若殺唐天子使臣，汝國旦夕便有大禍。」

那契丹兵聽了，果然十分害怕，便送他到契丹王前；史思明直立不拜，大聲道：「天子使見小國君不拜，禮也。」契丹王疑是真使者，便收拾廬帳，安頓他住下；殺牛宰羊，好好的看待他。

史思明打聽得契丹國有一位大將，名瑣高的，頗能用兵，中國常受他的兵禍；便思活捉瑣高回中國去，將功贖罪。他心生一計，一日，見契丹王，說欲回天朝，可汗亦應當遣使報聘；契丹王果然派一大臣及番兵三百，備下牛羊禮物，欲隨史思明去大唐朝見天子。

史思明故意笑道：「此大臣無足與見天子者，惟瑣高大名久聞於中國，可與見天子。」那瑣高在一旁聽了，十分喜悅，便自請欲與史思明同去朝見唐國天子。

這瑣高是契丹王十分親信的大臣，一刻也不能離開左右的，當時不許；無奈瑣高再三自告奮勇，契丹王不得已，只好著他隨史思明一同到唐朝去。一隊人馬走到平盧關外，史思明又生一計，約定三百名番兵和瑣高大將在關下略候，自己匹馬先進關去；見了平盧節度使，又打著誑道：「番兵數百直逼關外，口稱入朝，心實有變；請大將軍設下埋伏，待小人去誘他進來，伏兵齊起，可殺盡番人也。」

平盧節度使信了史思明的話，在府中伏下數千兵士；史思明去把瑣高和三百番兵，一齊迎接進府來。堂中盛設筵席，瑣高正要就席，忽然兩廊伏兵齊起；史思明率武士二十人奮勇當先，把瑣高活活擒住，打入囚籠，送至幽州節度使張守珪處。張節度使甚愛史思明驍勇多謀，便留在帳下，奏表入朝，官拜史思明為將軍；後來屢立戰功，加官為知平盧軍事。

玄宗宣召進宮，賜坐，問：「年幾何？」

史思明答稱：「四十歲矣。」

玄宗親撫其背道：「汝貴在晚年，好自為之！」後又拜為大將軍，任為北平太守。

史思明自幼貧賤，欲娶妻子，無人肯嫁他；思明鄉中有一豪富辛氏，膝下只生一女，長得甚是嬌美，四方大族求親的朝暮不絕，女均不願嫁，獨願嫁史思明。辛氏父大怒，辛女啼哭不休，必欲嫁思明；史思明聞之大喜，在市井中召集無賴數十人，深夜時打入辛家劫女去，遠至師州，為夫婦。八年，生男兒六人，日見富貴；他任北平太守時，夫婦二人衣錦榮歸，辛氏父母都拜倒在門外迎接。

此時范陽節度使安祿山造反，史思明大喜，說道：「此正大丈夫有為之時！」便統率本部人馬，去投入安祿山；安祿山拜他為北路將官，一齊殺奔靈武關來。當時，張通儒為安祿山作成一大篇檄文，說受天子密詔，特舉義師，討國賊楊國忠，例舉國忠大罪二十條；又說楊國忠並非貴妃弟兄，乃是逆臣張易之孽種。

原來武則天女皇當時最寵愛張易之，易之每次入宮，常留住宮中十餘日，不放他回家；張易之當時在京師，雖一樣也建造高大的府第，但因女皇帝耳目甚長，管束甚嚴，易之在府中，不許召幸姬妾。武則天為張易之在府中造一座望恩樓，樓高無梯，易之每回府，武則天便派人監視著，用山梯度易之上樓。樓上一切飲食供應，童男僕役俱全；待張易之一上樓，便立刻把樓梯撤去，把荊棘滿堆樓下，令人不能走近，四面又用禁兵守衛著，真是圍得水洩不通。

張易之的母親見此情形，深怕張氏絕後，便拿銀錢買通僕役，俟張易之在宮中的時候，選了一個絕色的女奴，扮成僮男，送上樓去，藏在夾幕上；待張易之回府來，幽居在高樓上，心中正煩悶無聊，忽見此絕色女奴，便十分寵愛，日夜繾綣。誰知不多幾日，張易之失勢，家破人亡；這女奴在慌亂時候逃出府來，投入楊家，楊國忠父親納為姬人，不久便生楊國忠。

所以安祿山把檄文騰榜郡縣，說楊國忠是逆臣遺種，污辱貴妃門楣，誓欲殺此奸賊；飛馬報到靈武城，那靈武太守，正是郭子儀，他秉一片忠心，兼管文武兩職。當時他一見探子，便吩咐把門兒掩起，悄悄的盤問；那探子便細細的報說，說安祿山馳檄各郡，欲清君側，現在兵馬已直扣靈武關。郭子儀聽了，不覺大驚失色，忙全身披掛，出至大堂；點齊人馬，星夜出城，馳上關去，把守得如同鐵桶似得。

第二天，果然番兵大至；關外箭如飛蝗，關上石如而下，兩下裏死力攻打了三天三夜。郭子儀也曾帶領一千名校刀手，衝殺出關去；無奈那邊安祿山的兵愈來愈眾，足有十萬人馬，把這小小關城，圍困得水洩不通。郭子儀在關內身先士卒，竭力防守；安祿山督同軍士幾次上關攻打，關上矢石齊下，終是不能得手。

看看攻打了十天，安祿山與史思明在帳中商議；史思明獻議：「此去西北路潼關，是入京師第一捷徑；打聽得把守潼關的，是一員老將，名哥舒翰，年已八十，雖說有萬夫不當之勇，但因他生性剛強，部下十分怨恨。如今之計，王爺可統兵一半，前去攻打潼關，用計破了關隘，末將領兵五萬，在靈武關遙為聲勢，使郭子儀不敢離開救應哥舒翰；一旦潼關攻破，這靈武關也不攻自破了。」

安祿山聽了，連說：「妙計，妙計！」當夜分兵五萬，由安祿山統領著，悄悄的離了靈武關，殺奔潼關而來。那潼關守將哥舒翰，果然年老昏聵，每在關中無事，便飲酒消愁；每至酒醉，便拷打兵士，為醒酒之用，那兵士們人人怨恨，每日有逃走的。

待安祿山一到打聽得關中，兵士稀少，又知道哥舒翰手下軍心怨恨，便令張通儒寫成勸降書，在半夜時分，把書信綁在箭頭上，射進城去；那軍士們見書信上寫著，獻了關城，自有重賞，當下便各自暗地裏商量獻關之法。

其中有一個監軍內侍，平素與哥舒翰積不相能，今見報仇的機會已到，當時便進帳去見哥舒翰，探

聽主帥的口氣。哥舒翰自知將寡兵少，不願出戰；這監軍內侍卻竭力慫恿開關應敵，又說：「敵至不戰，朝廷養我們將士何用？」今日也催逼，明日也催逼；哥舒翰被部下催逼不過，便開關迎敵去。

誰知主帥才走出關門，只聽得門裏一聲號炮響亮，那關中軍士倒過戈來，生擒了自己的主帥，獻進安祿山營中；那安祿山竟不費一矢一卒之勞，安然得了潼關。當夜進了關城，犒賞士卒已畢，他心中念念不忘楊貴妃的恩情，和楊國忠的仇恨；打聽得此去西京旦夕可至，便催動大小三軍，連宵殺奔京師而來。

這時，玄宗皇帝正與楊貴妃在御花園中小宴；酒到半酣，玄宗對貴妃說道：「妃子，朕與卿清遊小飲，那些梨園舊曲，都不耐煩聽它；朕記得那年與妃子在沉香亭上賞牡丹花，召學士李白草『清平調』三章，令李龜年度成新譜，其詞甚佳，不知妃子還記得麼？」

楊貴妃便奏稱：「臣妾還記得。」玄宗便吩咐內侍取過玉笛來，親自吹玉笛，貴妃嬌聲唱著。

第六十四回　六宮粉黛

楊貴妃提著嬌脆的聲音，唱道：「花繁濃豔想容顏，雲想衣裳，光璨新裝，誰似可憐飛燕？嬌懶名花國色，笑微微，常得君王看；向春風，解釋春愁，沉香亭同依欄杆。」

玄宗聽畢，大喜，命左右獻上玉杯，進葡萄酒；正嬉笑的時候，高力士頭頂冰盤，獻上滿盤紅豔的荔枝，貴妃見了荔枝，不覺嫣然一笑。全殿宮娥齊聲嬌呼萬歲；玄宗又傳諭：「命小部樂隊奏曲」。小部，是梨園法部所置，共小兒女三十人，年皆在十五歲以下；當日所奏新曲，因未有曲名，玄宗便賜名「荔枝香」。

楊貴妃這時酒醉腰軟，便向萬歲告辭，宮女捧著荔枝，退回後宮去；這裏楊國忠見皇帝罷宴，便從袖中拿出邊報來，奏明安祿山起四路人馬，打向中原來。玄宗看了，不覺大驚；說道：「這孩子竟做出這等大逆來！此去范陽，逼近潼關，潼關有失，京師便不能保；如今事已危急，非朕親自去招降不可。」

楊國忠站在一旁，滿臉露著得意之色，冷冷的說道：「陛下當初不信臣言，致有今日之變。」

玄宗立刻傳命，宣召太子進宮，又把幾位親信大臣，召進宮來；玄宗說明欲使皇太子監國，御駕親征去。楊國忠聽了，不覺大驚失色，忙向眾大臣暗暗的遞過眼色去；誰不是看著楊國忠的臉色說話的，當時眾大臣一齊奏勸：「祿山小兒諒也無甚大力，陛下只須下詔與靈武太守郭子儀、潼關將軍哥舒翰；命他二人拚力殺賊，堅守關隘，必無大患。」

那皇太子也奏說：「父皇年高，不宜勞苦。」高力士和楊國忠二人也竭力勸阻，玄宗才把心放下；當夜下詔，著郭子儀、哥舒翰二人力守關隘，速平賊寇。但玄宗因有事在心，回到後宮去，一連幾天酒也不飲，歌舞也消沉；楊貴妃陪侍在一旁，各有各的心事，自然也減少歡笑，頓時把熱鬧的唐宮冷清下來。

玄宗在宮中一連一個多月不見邊報，心頭愈是焦急，又悄悄的去把皇太子宣召進宮來，商量欲御駕親征，令太子留守京師；這消息傳在楊貴妃耳中，便暗地裏打發高力士出宮去，報與楊丞相知道。那楊國忠得了消息，便大起恐慌，立刻去把秦國、虢國、韓國三夫人，和兩位哥哥請到府中來商議。

大家齊聲說：「皇太子若一朝掌握大權，我姊妹弟兄便死無葬身之地矣！」姊妹們商量了半天，也商量不出一個主意來；還是韓國夫人說道：「我們進宮求貴妃去。」於是姊妹三人乘坐著車馬，一清早趕進宮去。

打聽得萬歲爺正坐早朝，貴妃一人在宮中；她姊妹三人便去見了貴妃，一字兒跪倒在娘娘跟前，說道：「皇太子若一旦握了國家大權，莫說我姊妹弟兄從此休矣；便是娘娘，也有許多不便之處。還求娘娘看在我們姊妹們份上，在萬歲前勸諫，不可使太子監國；保住咱姊妹們的性命，也便是保住娘娘的恩寵。」

韓國夫人說著，哭著，拜著；正慌張的時候，忽然宮女一疊連聲的報進來說：「萬歲爺退朝回宮，娘娘快接駕去！」韓國夫人聽了，急忙搶步走到院子裏，在地上抓了一塊泥土在手中，回轉身來，把泥土向貴妃嘴裏一送；貴妃也會意，口中啣著泥土，急急走出宮去。

那玄宗正從甬道上走來，見了妃子，正要上去攙扶；忽見妃子走到跟前，噗的跪倒在地，把那塊泥土吐出，哀聲奏道：「臣妾楊玉環，冒死上奏：『萬歲年事已高，不宜輕冒鋒鏑；祿山小兒，不足為患。如陛下為策萬全之計，可使太子監軍，陛下萬不可捨去臣妾輩遠離京師！』」說著，不覺落下淚來。

玄宗伸手把貴妃扶起，看她滿面淚光，朱唇上滿塗泥土，雲鬢不整，嬌喘欲絕；心中大是不忍，忙把袍袖替她拭去了嘴邊泥土，攬住了貴妃玉臂，並肩兒走進宮去。三位夫人見了萬歲，也齊齊的低頭跪

倒；宮女們上去，忙服侍貴妃重整雲鬟，重勻粉靨。玄宗皇帝坐在一旁，默默的看著，直待貴妃梳洗完畢，換上一件鮮艷的衣服，皇帝便吩咐擺上筵席；韓國、虢國、秦國三夫人在一旁侍宴。

酒過三巡，玄宗看眾人皆是淡淡的神情，看虢國夫人蛾眉雙鎖，粉頸低垂，尤覺是可憐的模樣；玄宗便微微嘆道：「朕每日在深宮伴著美人，飲酒尋樂，何等自在？莫說美人們捨不得朕，叫朕也如何捨得美人。方才早朝時候，滿朝文武也齊勸朕不宜勞苦；如今朕細細想來，實在也是捨不下美人。大家放心吧，朕意已決，不去親征了；夫人切莫愁苦壞了身子，快飲了這一杯歡喜酒兒。」玄宗說著，便舉起玉杯，勸貴妃和三位夫人滿飲了一杯。

三位夫人便告辭出宮來，把天子不去親征的話，對楊國忠說了；楊國忠當下便去和常侍璆琳商議，二人直商議了一夜，便得了主意。第二天，國忠便把一家細軟珍寶，裝著二十輛柴車；又使府中姬妾子女，面上塗著泥炭，扮作趕車的模樣，分坐在柴車上。又派一隊家將，個個身藏利器，紮縛成鄉村男子；一樣押著柴車，偷偷的混出了西城，向劍南大道奔去。

又悄悄的去通知韓國、虢國、秦國三夫人，和諸位楊氏王府中，各自如法炮製；車底裝著珍寶，車面上堆著柴車，混出了京師，先在劍南郡中住下守候。只因當時楊國忠兼拜劍南節度使，那梁州、益州一帶，都有楊丞相置下的田地產業；那劍南的大小地方官，誰不是楊丞相的心腹，見有丞相的姬妾到來，便竭力招呼看護。

此時，獨有那虢國夫人，因與阿兄情重，不肯離開京城；楊國忠索性把她搬進府來，兄妹二人一屋子住著。楊國忠又把璆琳假造的邊報藏在懷中，走進宮去，打聽得萬歲和貴妃在長生殿中遊玩，便一路向長生殿走來；見萬歲正和楊娘娘在棋亭上對局，國忠上去朝見過，起來便屏息靜氣的站在一旁看著。

玄宗和楊貴妃正在爭一個犄角兒，眼看著貴妃快要輸了，兩個纖指夾著一粒棋子，看她雙眉微蹙，正在苦思的時候；玄宗便把袍袖兒在棋盤上一拂，滿盤棋子都攪亂了，便推了棋盤起身來，笑著說道：「是朕輸了，罰朕為妃子戴花如何？」

說著，早有一個宮女獻上金盆，盆中一朵牡丹花十分濃艷；玄宗伸手去取過花朵兒來，向貴妃招手兒，貴妃一笑，走近天子懷裏，低著粉頸。玄宗把花兒替貴妃插在髮髻上，貴妃跪下去謝過恩；玄宗攙住貴妃的纖手，並肩兒走下亭子來。

楊國忠默默的跟在身後，玄宗在草地上閒步著；忽然停步，回過脖子來問道：「丞相可得有邊報？」

楊國忠趁機上去拜賀，口稱萬歲，接著把那封假通報獻了上去；玄宗接在手中看時，說：「靈武、潼關兩路兵馬，大獲全勝；安祿山兵敗逃遁，不知去向。現由郭子儀統領十萬大兵，出關追擒。」

玄宗看了，不覺掀髯大笑，口稱：「好快人意也！朕因邊事鬱悶多日，今得捷報，當與諸大臣作長日痛飲。」說著，傳諭文武百官，在興慶官作慶功筵宴。一時與慶宮中笙歌飲宴，十分熱鬧；文武百官俱在外殿領宴，天子和諸宮妃嬪在內殿歡宴。

當時只有虢國夫人陪宴，玄宗問：「秦國、韓國二夫人何以不見？」

虢國夫人代奏說：「有小病，不能進宮領宴。」

玄宗見有虢國夫人在座，便也十分快樂；當下傳小部樂隊，在筵前更舞迭奏。玄宗酒飲到半酣，便親自打羯鼓，殿下齊呼萬歲；玄宗笑道：「久不觀霓裳舞，聆羽衣曲；今日國家有大喜，不可不觀此妙舞，聆此妙曲。」

當下高力士便傳下天子意旨去，由大部樂隊引著全班梨園子弟，進宮來參拜過天子，就當筵歌舞起來；玄宗看了，倍覺有興，只開著笑口連聲稱妙。

楊貴妃見萬歲如此有興，便奏道：「臣妾也有俚歌助興。」

玄宗見妃子獻歌，便越覺歡喜；忙命取玉笛來，玄宗親自吹著。這時殿上下寂靜無聲，只聽得楊貴妃提著嬌脆的喉嚨，唱道：「攜天樂花叢斗拈，拂霓裳露沾；迴隔斷紅塵荏苒，直寫出瑤臺清艷。縱吹彈舌尖，玉纖韻添；驚不醒人間夢魘，停不住天宮漏籤。一枕遊仙，曲終聞鹽，付知音重翻檢。」一曲唱罷，殿上下齊呼：「吾皇萬歲！娘娘千歲！」

玄宗連說：「看酒，待朕親勸妃子一杯。」高力士上去斟了酒，貴妃滿滿的飲了一杯；接著，虢國夫人也上去敬了一杯，楊國忠也上去敬了一杯。楊貴妃酒飲多了，便覺粉腮紅暈，星眼朦朧起來；玄宗見了，萬分憐惜，說：「妃子醉了，宮娥們快扶娘娘上鳳輦回宮睡去。」貴妃謝過恩，上去扶住永新、念奴肩頭，辭了萬歲，上車回宮去。

李龜年上來奏稱：「有貴妃醉酒曲，獻與萬歲。」

玄宗聽說大喜，便道：「快唱來朕聽！」

李龜年便打鼓板，樂工吹著笙簫，謝阿蠻作沉醉舞；那小部樂隊，齊聲唱道：「態懨懨輕雲軟四肢，影濛濛空花亂眼，嬌怯怯柳腰扶難起，因沉沉強抬嬌腕，軟設設金蓮倒退，亂鬆鬆香肩嚲雲鬟，美甘甘思尋鳳枕，步遲遲倩宮娥攙入繡幃間。」

玄宗正聽歌出神的時候，忽聽得外面景陽鐘鼓齊鳴；把殿上下文武大臣嚇得臉色齊變，大家面面相覷。玄宗正手中拿著玉杯，不覺手指一鬆，忽槨槨一聲，玉杯打碎在地；接著一個宮門常侍急匆匆闖上殿來，伏身在地，氣喘吁吁奏道：「萬歲爺不好了！方才邊報到來，安祿山起兵造反，殺過潼關，不日就到長安了！」

玄宗「啊」的喊了一聲，急得雙目圓睜，身子直立起來；口中連連說道：「有這等事！有這等事！」

楊國忠見事已敗露，忙跪倒在地，不住的叩頭，滿殿的大臣一齊跪倒；玄宗看了，跺腳道：「這不是講禮節的時候，諸大臣快想一條免禍之計！」玄宗說了這一句話，滿殿一百多名官員都目瞪口呆，想不出一個主意來，大家鴉鵲無聲的站著。

玄宗看了，不覺大怒說道：「平日高官厚祿，養著爾等；誰知臨時一無用處！」

高力士卻戰戰兢兢的上來，跪奏道：「如今賊勢逼迫，京師震驚；萬歲爺玉體為重，宜出狩萬全之地，再圖善後之道。」

接著，楊國忠也跪奏說：「愚臣之意，也以暫避賊鋒為是。」

玄宗低頭思索了一會，嘆道：「事到如此，也是無法；只不知應遷避何處為宜?」

楊國忠不假思索，立刻奏道：「蜀中現有行宮，此去蜀中，離賊氛甚遠；殿下幸蜀，可保萬安。」

玄宗說道：「事起倉促，量來一時不能抵敵；如今依卿所奏，快傳旨諸王百官，即刻隨朕幸蜀便了。」

滿朝的大臣齊齊答應一聲：「領旨！」如潮水一般的退出宮去。

玄宗又回頭對高力士道：「快傳諭出去，速備車馬；傳旨右龍武將軍陳元禮，統領御林軍士三千護駕前行。」高力士應了一聲領旨，急急出宮傳旨去。

這時眾夫人和各妃嬪俱已驚散；獨有楊國忠隨侍在一旁，奏道：「當日臣曾再三啟奏，祿山必反；陛下不聽，今日果應臣言。」

玄宗把袍袖一摔，說道：「事到如今，還說他作甚！丞相快回府去收拾細軟，安頓家小，與朕同行；朕亦欲回宮休息片刻，又待明早五鼓，再議大事。」楊國忠當即告辭出宮。

玄宗也回後宮去，永新、念奴出來接駕；玄宗問道：「娘娘可曾安寢？」念奴奏道：「娘娘已睡熟了。萬歲爺有何吩咐？待婢子去喚娘娘起來。」

玄宗忙搖手道：「不要驚她，待朕自己看去。」說著，便放輕了腳步，走進寢宮去。宮女們上去揭起羅帳，只見楊貴妃斜倚繡枕，雙眼朦朧，正好睡呢；玄宗反背著兩手，走近床前去，細細的端詳了一會，忙吩咐宮女放下羅帳，說：「怕妃子睡裏吹了風。」說著，又退出房來，有小黃門跟隨著。

玄宗走在廊下，見天上月色甚明，仰面對天嘆了一口氣；低低的說道：「天啊！寡人不幸遭此播遷，眼見得累她玉貌花容，驅馳道路，好不痛心也！」說著，高力士進宮來，回說已傳旨出去，車馬軍士均已備齊；玄宗也不說話，只低著頭向宮門外走去。

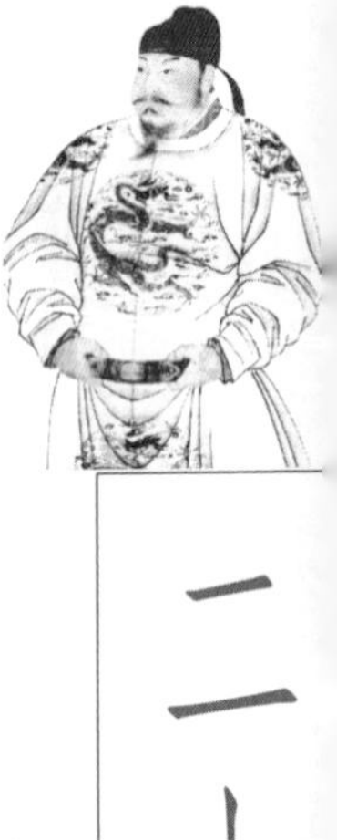

看看離了長生殿，來到花萼相輝樓，便回頭命高力士快請諸王來；原來這花萼相輝樓，在興慶宮的西南牆外，玄宗平日與諸弟兄十分友愛，每日朝罷，便至花萼相輝樓與諸弟兄相見，有時帶著楊貴妃，與諸王雜坐，飲酒笑樂。如今玄宗想起明日播遷，弟兄便要分散，便趁著月色，來到這個花萼相輝樓，與諸弟兄再圖一見；諸王奉召，便齊集樓頭。

玄宗登樓一望，四顧淒然；便命取玉環來；這玉環，是睿宗皇帝遺傳下來的琵琶，當時皇太子也隨侍在一旁，玄宗命太子撥著琵琶，自己唱道：「穩穩的宮廷宴安，擾擾的邊廷造反，咚咚的鼙鼓喧，騰騰的烽火煙。的溜撲碌臣民兒逃散，黑漫漫乾坤覆翻，慘磕磕社稷摧殘，慘磕磕社稷摧殘！當不得蕭蕭颯颯西風送晚，黯黯的一輪落日冷長安！」

玄宗唱畢，四座靜悄悄的，黯然魂銷；案上有現成筆硯，玄宗上去提筆寫著：「皇太子與諸王留守京師。」幾字，交付與太子，匆匆下樓回宮去。

這時，六宮的妃嬪都已知道萬歲爺明日要幸蜀，頓時恐慌起來；那班宮女亦各自收拾細軟，預備隨駕逃難。那永新、念奴二宮女，也打聽得消息明白，見貴妃睡興正濃，便各自回到私室去收拾衣飾；貴妃從夢中醒來，只覺舌上苦澀，便嬌聲喚著永新。

這時，廊下只有一個小黃門守候著，聽娘娘在裏面叫喚；永新、念奴出屋去的時候，也曾囑託這小黃門，留心娘娘醒來聲喚。這時他看看左右無人，便應聲進屋子去；見貴妃袒露著酥胸，朦朧著睡眼，倚著繡枕兒臥著，朱唇微微動著，含糊說道：「湯來！」

那玉几上，原燉著醒酒湯兒，小黃門去倒了一杯拿在手中，走至床前，口稱：「娘娘用湯。」一連喚了幾聲；那貴妃一側著粉脖子，又沉沉睡去了。小黃門卻不敢離開，只是靜靜的站著；見貴妃在睡夢中，一側身兒，把那繡被兒推在半邊，露出那半彎玉臂、一鉤羅襪來。

她酥胸一起一落，十分急迫；粉靨上的兩朵紅雲尚未退盡，鼻管中吐出一陣陣香息，還夾著酒味。一會兒，貴妃又微微睜開眼來，見有人拿著杯兒候在床前；貴妃把玉臂兒一伸，朱唇兒一噘，意思是要飲醒酒湯兒。小黃門看看貴妃，依舊把雙眼緊緊的閉著，也不見她把身兒坐起來，嘴裏只是低低的喚著：「拿湯來！」小黃門便大著膽上去，把娘娘的粉頸兒扶起，把杯兒送在娘娘的朱唇邊。

那貴妃從小黃門手中飲著醒酒湯兒，慢慢的把睡眼微啟，才認出那送湯的，並不是宮婢，卻是一個小黃門；再看那小黃門，眉目長得十分俊秀，年紀望去也有十六七歲了，又見自己把粉頸兒依在小黃門的臂上，不禁噗哧一笑，伸手把小黃門的臂兒推開。那小黃門忙低著頭，離開繡榻，正要退出屋子去，忽聽娘娘又低聲喚著：「來！」

小黃門回過臉去，只見那妃子擁著被兒，在床上坐著，含笑招著手兒；小黃門才走到床前，只見貴

妃霍地把繡被揭去，露出一身嬌艷的襯衣來，小黃門忙低下頭去，跪倒在床前。猛的娘娘把一雙潔白的纖足，送在小黃門懷裏，小黃門急用袍幅兒遮掩著；楊貴妃只是喜孜孜的笑，忽而把一雙腳兒擱在小黃門的肩上，忽而又擱在他膝上。

小黃門一眼見床欄上掛著一雙羅襪，四周繡著雲鳳；小黃門取過羅襪來，替貴妃套在腳上，一眼見那襪底上還繡著：「臣李林甫敬獻」的一行小字。小黃門又替娘娘套上睡鞋，楊貴妃一手搭在小黃門肩頭，站下地來；只覺得眼眩頭昏，一個立腳不定，便軟坐在小黃門懷中。

小黃門看娘娘只穿著單綢衫兒，雖說天氣和暖，但已二鼓，夜氣甚涼；一眼見那衣架上掛著一件繡衫，小黃門便去拿來給貴妃披在肩上。那貴妃披著繡衫，便在榻前舞起來；只見她把一搦腰兒，彎得好似弓背兒，那粉腮兒幾乎貼著地面，卻側過臉兒來，水盈盈的兩道目光，看著那小黃門笑著。

小黃門怕妃子傾跌，便上去跪著一膝，扶住貴妃的腰肢；貴妃趁勢在小黃門膝蓋上一坐，又伸手把小黃門頭上戴的冠兒捧下來，套在自己雲髻上，只見她一抹帽沿壓住了眉心，卻愈添嫵媚。楊貴妃兩道眼光，注定在小黃門臉上；半晌，貴妃忍不住了，把兩手捧住小黃門的臉兒，不停的揉搓著，又貼近臉去，鼻尖和鼻尖接著，一雙星眸不住的在小黃門眉眼間亂轉。

噗的一聲，楊貴妃在小黃門嘴上接了一個吻；慌得那小黃門只趴在地下不住的磕頭，一邊把雙手搖著。那貴妃忽然惱怒起來，看她柳眉微蹙，星眼圓睜，啪的一聲，一掌打在小黃門臉兒上；接著又是啪啪十幾下，十分清脆的聲音，打在小黃門兩面腮兒上。那小黃門只抬高臉兒，動也不敢動；看那腮兒愈覺紅潤起來，忽見貴妃又露著笑容，捧過小黃門的臉兒來，不住的聞著香，又把粉腮兒貼著小黃門的臉兒。

正在不可開交的時候，忽聽得一聲叱吒，貴妃吃了一驚，把手鬆了；那小黃門一溜煙似的，從永新、念奴二人脅下衝出去，逃得無影無蹤。那永新、念奴走進房來，不曾看得清楚，以為是小黃門欺負了娘娘，所以叱吒著；楊貴妃這時酒也漸漸的醒了，想起調戲小太監的事，臉上覺得沒有意思，便裝做倦態，命永新、念奴伺候上床安睡。

正朦朧的時候，忽聽得宮門口的雲板，不住點噹噹的敲著；楊貴妃頓時從夢中驚醒過來，可憐嚇得她玉容失色，嬌軀打顫，口口聲聲說：「怎不見萬歲爺到來！」接著，聽得宮門外一片號哭的聲音，楊貴妃也由不得摟住永新、念奴二人，撲簌簌落下眼淚來。

正慌張的時候，只見玄宗皇帝一面搖著手，走進屋子來，口中連說：「莫驚壞了妃子！莫驚壞了妃子！」

貴妃也從床上直跳下地來，倒在玄宗懷裏，口中不住的喊：「萬歲爺救我！」

玄宗一邊吩咐永新、念奴，快替妃子穿戴起來，一邊拉住貴妃的手，柔聲下氣的說道：「原來安祿山起兵造反，如今已殺過潼關，向長安打來；朕當即與楊丞相及諸王和皇太子商議，直商議了三個更次，眾人意思，都勸朕向蜀中遷避。

朕已下詔，令皇太子監國陳元禮保駕；只因妃子酒醉未醒，不忍驚愛卿的好夢，特令俟明早五更鼓起程。誰知那賊兵來得好快，方才驛馬報進宮來，說安祿山人馬離京師只一百里地；朕沒奈何，便傳旨令各宮打動雲板，叫他們快隨朕出宮逃生去。可憐妃子平日住在深宮，嬌生慣養，如何經得這蜀道艱難！但如今也說不得了，拚著朕天子之力，保護妃子一人；妃子切莫愁苦，放心隨朕出宮去吧！」

這時，楊貴妃已穿戴舒齊，那宮門口打著雲板的聲音一陣緊一陣的；貴妃禁不住索索亂抖，玄宗親自扶著她走出宮來。一到宮門外看時，只見那班妃嬪、宮娥愁容淚眼，衣履零亂，黑壓壓的坐了一地，東一聲嬌啼，西一陣慘號；玄宗帝也顧不得這許多了，自己和貴妃坐了一輛御苑中的黃蓋車兒，一隊御林軍士在車兒四周擁護著。

那高力士在半夜裏去打開車店的門僱車，誰知京師地方的百姓，家家逃難，一時都把車馬僱完了；高力士張羅了半天，整個京師地方的車店都搜查遍了，只僱得十三輛敞車。車上略略蓋些蘆蓆，撿一輛略結實些的，先請虢國夫人抱著兒子坐了；其餘十一輛趕進宮來，各宮妃嬪坐了七輛，只剩下四輛車兒。

那宮女們人人要命，見有空車兒一擁上前，攀轅附轍，妳爭我奪；有扯破衣裙的，有拉散髮髻的，頓時又起了一片慘號聲。那時皇上傳下號令來，喊一聲啟駕，頓時車馬齊動，看看還有一大群宮女未曾找得車兒坐，便是坐在車兒上的，也是二三十人擠著一車；那車輪子輾動著，兩旁還有許多宮女伸著粉也似的臂膀，攀住車轅兒不肯放的。

可憐這班女孩兒能有多大的氣力，只聽得一聲聲慘叫，一個個嬌軀，輾死在車輪子下面；連那輪軸子，也染著一片腥紅的鮮血。此外還有許多妃嬪宮女坐不著車兒的，只得互相攙扶著，啼啼哭哭，跟著一大隊車馬走去；個個走得嬌喘細細，珠淚紛紛。後面三千御林軍士押著隊，有幾個腳小的宮女，實在趕不上前隊，落在後面；只見紅粉朱顏，與金戈鐵馬混亂走著。

第六十五回　馬嵬兵變

月移梅影，萬籟無聲；這時翠華東閣上，獨倚著一個梅妃。可憐她遠隔宮闈，如今大禍臨頭，六宮妃嬪走得一個也不留，梅妃卻好似矇在鼓中；長門靜寂，無事早眠。

她秉著絕世聰明、絕世姿容，被貶入冷宮；年年歲歲，度此無聊的朝暮，叫她如何能入睡。在這月明人靜，她兀自遍倚欄杆，對月長吁，望影自憐；忽聽得遠遠的起了一片喧擾，接著火光燭天，起自南內。梅妃不禁一聲長嘆，自言自語道：「你看那班妖姬，徹夜笙歌，只圖自身的寵愛，也不知體惜萬歲爺的精神。」

原來唐宮中，往往深夜歌舞著，又在御苑夜遊，高燒庭燎，照徹霄漢；梅妃在冷宮東閣上時時望見，有時一派笙歌傳到枕上；由不得梅妃落下幾縷傷心淚來，把枕函兒也濕透了。如今全宮妃嬪隨著車駕，連夜逃出京去，起了一陣紛擾；在梅妃聽了，還誤認做是深宮歌舞。

直到次日清晨，那服侍梅妃的一個老宮女，慌慌張張的奔上閣來，口中連聲嚷道：「不！不！不好

了！」

梅妃忙問：「何事？」

那老宮女說道：「只因安祿山造反，殺進潼關，直逼京師；萬歲爺已於昨夜率領六宮妃嬪，由右龍武將軍陳元禮，帶領三千御林軍士保駕，遷幸西蜀去了。如今偌大一座宮殿，花鳥寂寞，宮娥大半逃亡；只留下奴婢和娘娘二人，一旦賊至，如何是好！」

梅妃聽了，只喊得一聲：「萬歲爺！」珠淚雙拋，一闔眼，暈倒在地；宮女上去摟住梅妃的身軀，哭著嚷著。半晌，才見妃子雙目轉動，「哇」的一聲哭出來；嘴裏只嚷著：「我的爺爺！我的媽媽！我的萬歲！」

那宮女勸說道：「娘娘快打主意，這不是哭的時候，咱們也須逃性命為是。」

梅妃搖著頭道：「想我這薄命人，父母遠在海南；入得宮來，承萬歲爺百般寵愛，滿望恩情到頭。不料來了這不要臉的楊玉環淫婢，她媳婦兒勾搭上了公公，生生的離間了我和萬歲的恩愛；如今身入長門，早已沒有人生趣味，又遭離亂，還要貪什麼殘生？還不如早早尋個自盡，保住了我清白的身子，死去也有面目見我父母。」

梅妃一邊說著，淌眼抹淚的，十分淒涼；又連連催著宮女：「快逃生去吧！」

宮女哭著，說：「萬歲爺忍心抛得娘娘，奴婢卻不忍心抛得娘娘去。奴婢這大年紀，死也死得了；況且生成薄命，空守冷宮一世，便是逃得性命出去，還貪圖什麼來著！娘娘看待奴婢恩寵深厚，奴婢今日便拚一死，守著娘娘！」

正說著，忽聽得風送來一陣喧嚷，接著一陣號哭；梅妃嚇得朱唇失色，一把拉住那宮女的手，顫聲兒說道：「敢是賊人到也！」接著，她霍的推開了宮女，轉身飛也似的向樓窗口撲去。

看她一縱身正要跳下閣去，卻被宮女搶上來，緊緊的把她纖腰抱住，嘴裏勸著說道：「娘娘且免煩惱，螻蟻尚且貪生，娘娘秉著絕世容顏，還當珍重；若一旦輕了生，萬歲爺有一日回心轉意，那時想念娘娘，何以為情！」幾句話，說得梅妃珠淚如潮水一般的直湧出來。

兩人對摟著，對哭著，聽那外面哭喊的聲音，一陣緊似一陣，十分悽慘；忽然那宮女心生一計，對梅妃說道：「奴婢有一舅家，在京師南城門外；此處打從興慶宮南便門出去，甚是近便。娘娘快隨奴婢逃出宮去，暫到舅家躲避幾時，再找萬歲爺去。」

梅妃只是搖著手，說道：「萬歲爺忍心抛下我在此遭難，我也只拚此殘生，結果在賊人手中，決不再想逃避的了；姐姐既有舅家在此，正當快去。」說著，又連連推著宮女下樓去。

宮女卻站住身軀，動也不動，口中只說：「奴婢只守著娘娘，活也同活，死也同死！」

梅妃見宮女如此忠心，倒不覺感動了，忙說：「既然姐姐一番好意，我便和姐姐一同逃生去。」

宮女聽了，才歡喜起來，急急去收拾了些細軟，打成一小包挾著，一手扶住梅娘娘，走下東閣去；聽東北角上哭聲震地，由不得兩人兩條腿兒索索的抖動。

宮女把手指著西南角上一條小徑，說道：「我們打此路奔去，花萼相輝樓一帶，都是幽僻地方；繞過長生殿西角，出了南便門，便沒事了。」說著，她主婢二人向花徑疾忙行去；一路上亭臺冷落，池館蕭條，梅妃也無心去憑弔。

宮女扶著她，彎彎曲曲，經過十數重門牆，卻見不到一個人影；看看走到花萼樓下，只見那窗戶洞開，簾幕隨風飄盪著，樓下一片草地，一頭花鹿伸長了頸子，慌慌張張、左顧右盼的走去。宮女攙住梅妃，走過九曲湖橋，迎面一座穹門；走出門去，便是長生殿西角。只見一幅輕紗，委棄塵埃，望去甚是艷膩；宮女指著那輕紗道：「這是楊娘娘的浴紗，如何拋棄在此！」

正說時，忽見西牆角下跳出一群強人來；各自手執雪亮的鋼刀，餓虎撲羊似的，向她主婢兩人奔來。那宮女忙拿著衣袖遮住梅妃的粉臉，急急轉身逃時，如何逃得脫身，早被四五個強人上來捉住臂兒，動不得了；一個大漢伸手向梅妃粉腮兒上摸著，梅妃早嚇得暈絕過去。

那宮女嚷著道：「這一位娘娘，是萬歲爺最寵愛的，你們須污辱她不得！」接著罵了幾聲賊人；那強人怒起，拾起地上那幅輕紗，活活的把那宮女勒死在東殿角上。

只因這宮女說了一聲娘娘，眾賊漢把梅妃認做是楊貴妃；大家都說：「我們在邊關時，常聽得說楊貴妃長得一身好白嫩肌膚；如今果然不差，快送她到溫泉洗浴去。脫乾淨了她身上的衣裙，讓我弟兄們也賞識賞識；究竟是怎麼一個寶物兒，害得老昏君如此為她顛倒。」說著，眾人不覺大笑。

其中一個大漢，上去把梅妃的身軀，好似抱嬰兒似的，輕輕一抱，掮在肩頭；大腳步向華清宮走去，後面一群賊漢跟隨著。這賊漢原是安祿山的急先鋒，他們打進宮來，好似虎入平陽，四處吃人；當時各處宮殿中，原也留下逃不盡的宮女太監，拋下拿不盡的金銀財帛。這班賊兵見金銀便搶，見太監便殺，見宮女便姦污；把這錦繡似的三宮六院，攪得山崩海嘯，鬼哭神嚎。

只見那階頭屋角，拋棄了許多紅衫綠襖，水面樹下，浮蕩著無數女體男屍；如今這一小股強人，遇到這千嬌百媚的梅妃，如何肯干休。可憐這梅妃暈絕過去，醒來見自己身軀被賊人扛在肩頭走著，她便倔強啼哭，那賊人一路捏弄笑謔著；看看到了華清池邊，那賊人拿刀逼著梅妃，要她脫去衣裙，下池洗浴去，梅妃如何肯依。

賊人見梅妃哭罵著，抵死不肯脫衣，便惱怒起來，親自上去要剝梅妃的女服；嚇得梅妃慘聲呼號著，又求著說：「大王饒命，待妾身自己脫衣。」那賊人信以為真，便也放了手；梅妃趁勢一轉身，驚

鴻一瞥，逃進錦屏去，把那門環兒反扣住了，賊人急切間打不進門來。

梅妃見前面一座院落，種著梅樹數十株；心想這是我歸命之所，任那賊人把門打得應天價響，梅妃急解下白羅帶，向梅樹下上吊去。只聽山崩似的一聲響亮，那一帶錦屏門已被賊人打倒，趕先一個賊人追出院子來，梅妃欲轉身逃時，腿已軟了，一跤跌倒在蒼苔上；那賊人趕上前來，手起刀落，可憐梅妃脅下已深深的被砍了一刀，頓時一聲慘號，兩眼一翻死去了。

第二日，安祿山擺駕進城，自然有一班不要臉的官員出城去迎接，遞上手本，口稱萬歲；一群文武簇擁著安祿山進宮來，在長生殿上坐朝。眾文武參拜畢，便有手下軍士，一批一批把捉住的宮眷太監，和不願投降的文武官員、樂工人等獻上殿去；安祿山一一審問過了，該留的留，該殺的殺，分發已畢，便在長生殿上大開筵宴，賜眾文武在華清池洗浴。

安祿山自己在龍泉中沐浴，孫孝哲的母親在鳳池中沐浴，兩人一邊洗浴，一邊調笑著；安祿山忽然想起梅妃，忙命人到冷宮中去宣召，早已不知下落。

這一晚，安祿山選了十個絕色的宮女，便在楊貴妃寢宮中睡宿；又傳命把韓國、虢國、秦國三夫人的府第，楊國忠和楊家諸王府第，放一把火燒著。可憐傑閣崇樓，化為焦土，十六座府第，直燒了七天七夜；安祿山在宮中搜刮了許多金銀財帛，用大車五百輛裝載著，遷都到洛陽地方去。

安祿山從前隨侍玄宗在宮中遊宴的時候，見李太白做詩，樂工奏樂，甚是有味；待玄宗遷避，樂工大半星散，便是一班學士文人，也嚇得向深山中逃避。安祿山便傳諭搜尋樂工和文人，眾軍人向各處深山荒僻地方去捉捕，在十日裏面，捕捉得舊日樂工和梨園子弟數百人；安祿山便在凝碧池頭大開筵宴，把宮中搜刮來的金銀珍寶，在殿上四周陳列起來，酒至半酣，便傳諭樂工奏樂。

玄宗時候，原養有舞馬四百頭，天子避難出宮，那舞馬也逃散在人間；安祿山進京，在百姓家中搜捉得數十頭，這時樂聲一動，那舞馬便奮鬣鼓尾，縱橫跳躍起來。眾樂工聽了舊時的樂聲，又見那舞馬被軍士鞭打著舞著，不覺想起舊主，傷心起來，大家相看著淌下眼淚來；那音樂也彈不成調，舞馬一時亂舞起來。安祿山大怒，命軍士手執大刀，在樂工身後督看著；稍有疏忽，便用刀尖在肩背上亂刺。

有一個樂工，名喚雷海青的，一時耐不住悲憤，便把手中琵琶向階石上一摔，打得粉碎；他「噗」的向西跪倒，放聲大哭，口中嚷著：「萬歲爺！」安祿山看了，愈是怒不可當，立喝令軍士把雷海青揪去，綁在戲馬殿柱上，把他手腳砍去，再把他的心肝挖出來；雷海青到死，還是罵不絕口的。

那時，有一位詩人名王維的，也被軍士捉去，監禁在菩提寺中；聞得雷海青慘死的情形，便作一首詩道：「萬戶傷心生野煙，百官何日更朝天？秋槐落葉空宮裏，凝碧池頭奏管絃！」

如今再說楊貴妃與楊國忠未出京以前，遇見神鬼的事，早已預伏今日的大變。

這時，貴妃在長生殿中晝寢，醒來，見簾外有雲氣濛濛罩住屋子，便令宮人走出屋子去察看；忽見一頭白鳳口啣天書，從空中飛下院子來，站在庭心裏。宮女十分詫怪，忙去報與貴妃知道；貴妃親自走到庭心去，命永新、念奴設下香案拜著，把天書接來，那白鳳一伸翅，便向天空飛去了。

看那天書上寫道：「敕謫仙子楊氏，爾居玉闕之時，常多傲慢；謫居塵寰之後，轉復驕矜。以聲色惑人君，以寵愛庇族屬；內則韓虢蠹政，外則國忠秉權。殊無知過之心，顯有亂時之跡；比當限滿，合議復歸。其如罪更愈深，法不可貸；專茲告示，且與沉淪，宜令死於人世。」貴妃讀畢，心中老大一個不樂；囑令宮女守著秘密，莫說與萬歲知道，並把那天書收藏在玉匣中，隔了三天，打開玉匣看時，已不知去向了。

不多幾天，那楊國忠宅門外忽然來了一個中年婦人，指名要拜見丞相；那看守宅門的家院，如何肯替她通報，吆喝著，驅逐她出去。那婦人抵死不肯走，惹得眾家丁惱怒起來，拿著鞭子趕著打她；那婦人大叫起來，說：「我有緊要機密大事，須面見丞相，爾等何得無禮？若不放我進去見丞相，我即刻令宅中發火，把丞相府第燒個乾淨，那時，爾等才知我的厲害呢！」

那門公聽她說出這個話來，便慌慌張張的進去報與丞相知道；楊國忠聽了，也很是詫異，便命召那婦人進見。那婦人見了楊國忠，便正顏厲色的說道：「公身為相國，何不知否泰之道？公位極人臣，又聯國戚，名動區宇，亦已久矣。奢佚不節，德義不修，壅塞賢路，諂媚君上；年深月久，略不效法前朝房杜之蹤跡，以社稷為念。賢愚不別，但納賄於門者爵而祿之；才德之士伏於林泉，不一顧錄，以恩付兵柄，以愛使民牧。噫，欲社稷安而保家族，必不可也！」

國忠大怒，便喝問：「妖婦何來，何得觸犯丞相？何不畏死耶？」婦人聽了，卻仰天哈哈大笑，道：「公自不知有死罪，奈何反以我為死罪！」國忠怒極，喝令左右：「斬下這妖婦的頭來！」一轉顧間，這婦人忽隨地而滅；眾人見了，一齊驚惶起來。

一轉眼，那婦人又笑吟吟的站在面前；國忠喝問：「是何妖婦，膽敢戲弄丞相！」那婦人長嘆一聲，說道：「我實惜高祖太宗之社稷，將被一匹夫傾覆；公不解為宰相，雖處輔佐之位，卻無輔佐之功。公一死小事耳，可痛者；國自此弱，幾不保其宗廟，亂將至矣！」她說完了話，大笑著出門而去；如今，果然鬧得京師亡破，皇室播遷。

那玄宗帶著眾宮眷西出長安，一路餐風露宿，關山跋涉；將軍陳元禮統領三千御林軍，一路保護著聖駕，在前面逢山開路，遇水填橋。忽而在前面領路，忽而在後面押隊，兵士們奔波得十分辛苦；到晚

來，還要在行宮四圍宿衛，通宵不得睡眠；那軍士們心中，已是萬分怨恨。

那時因長途跋涉，後面輸送糧食十分困難；只留下一二擔白米，專門供應皇上御膳用的。便是那文武大臣，都吃著糙米飯，軍士吃的更是粗黑的麥粉，每人還不得吃飽；原是每人領一升麥粉的，這一日到了益州驛，軍士們在驛店中打尖，上面發下麥粉來，每人竟只有六合。軍士們大譁起來，圍住軍糧官，聲勢兇兇的，幾至動武；那軍糧官對眾軍士道：「這是楊丞相吩咐的，只因糧食不敷，每人減去四合麥粉。」

其中有一個胖大的軍漢跳起身來，大聲喝道：「什麼楊丞相，我們若沒有這奸賊，也不必吃這一趟辛苦了！這奸賊，總有一天叫他知道咱弟兄們的厲害！」

他一句話沒有說完，便有一個軍尉在一旁喝住他；那軍士們非但不服號令，反而大家鼓噪起來，說軍尉欺壓軍士。正擾亂的時候，那大將陳元禮恰從行宮中出來；見了這情形，便喝一聲：「砍下腦袋來。」便有校刀手上去，咯嗒一聲，把那胖大軍漢的頭斬下，便在行營號令，才把軍心震服。

看看夜靜更深，官店裏忽然並頭兒躥出兩頭馬來；在店門口執戟守衛的軍士，認得騎在馬上的，一個是楊丞相，一個卻是虢國夫人，身上披著黑色斗篷，騎在馬上，愈覺得嫵媚動人。他兄妹二人雖在逃難時候，卻還是互相調笑著，一路踏月行去；清風吹來，那守衛兵隱約從風中聽得楊國忠說道：「明日在陳倉官店相候吾妹。」以下的話，便模糊聽不清了。

他兄妹二人偷著並騎出去，在野外月下偷情；直到二更向盡，還不見楊丞相回店來，守衛兵直立在門外守候著。他日間跑了一天路，已是萬分疲倦了，如今夜深，還不得安眠，冷清清一個人站在門外，由不得那身軀東搖西擺的打起磕睡來了；看他兩眼矇矓著，實在支撐不住，便摟住了戟桿兒，將身子倚定了門欄，沉沉睡去。

正入夢的時候，猛不防楊丞相從外面回來；他見這守衛兵士睡倒在門欄上，便趕上去，拿著馬鞭子，颼颼幾聲，打在那軍士面頰上。一鞭一條血，打得那軍士趴在地下，天皇爺爺的直號；直打得楊丞相手痠，才喚過自己的親兵來，喝令把軍士綑綁起來，送去右龍武將軍斬首。

那陳元禮明知這軍士不至犯死罪，但丞相的命令如何敢違，便推出轅門；正要開刀，只見將士們進帳來跪求，口口聲聲求大將軍寄下人頭，待到得蜀中，再殺未遲。看看擠滿了一屋子的將士，陳元禮深恐軍心有變，便吩咐看在眾將士面上，暫時寄下那軍士的腦袋；那軍士鬆了綁，進來叩頭，謝過元帥不殺之恩，陳元禮吩咐打入軍牢，自有他弟兄輪流到牢中去送茶送飯，勸慰探望；這一夜，御林軍士便借著探望為由，軍牢中擠滿的是軍士商量大事，十分熱鬧。

第二天，萬歲啟駕，御林軍也拔隊齊起；從辰牌時分走到午牌時分，走的全是山路，崎嶇曲折，軍

士們走著，甚是辛苦。看看走到馬嵬坡，前面一座小驛，玄宗吩咐駐駕，令軍士們休息造飯，飯後再行；楊貴妃在車中顛簸了半天，只覺筋骨痠痛，便也隨著皇帝下車，進驛門去休息，略進茶湯。

玄宗攜住楊貴妃的纖手，踱出庭心，閒望一會；只見屋宇低小，牆垣坍敗，不覺嘆著氣道：「寡人不道，誤寵賊臣，致此播遷，悔之無及！妃子，只是累妳勞頓，如之奈何！」

楊貴妃答道：「臣妾自應隨駕，焉敢辭勢？只願早早破賊，大駕還都便好。」

楊貴妃說著，一舉目，只見隔院露出一帶紅牆，殿角金鈴，風吹作響；便問高力士道：「隔院可是廟宇？」

高力士奏道：「隔院是如來佛堂，從此驛旁小巷中走去，有一門可通。」

楊貴妃便欲去拜佛，玄宗便伴著她，從夾巷中走去；到得佛院看時，卻也甚是清潔。殿中間塑著莊嚴佛像，楊貴妃見了，不由得上去參拜，口中默默祝禱著：「早平賊難，早回京師。」拜罷起身，向院中看時，只見一樹梨花，狼藉滿地；楊貴妃不禁嘆道：「一樹好花，在風雨中自開自落，甚覺可憐！」說著，又從夾巷中回至驛店。

玄宗傳諭，命六軍齊發，今夜須趕至陳倉官店投宿；高力士便傳旨出去，右龍武將軍陳元禮奉了聖旨，便發下號令去，令六軍齊起。誰知連發三次號令，那軍士們非但不肯奉令，卻反而大聲鼓噪起來；

陳元禮全兵披甲出至門外，喝問：「眾軍為何吶喊？」

那三千軍士齊聲說道：「祿山造反，聖駕播遷，都是楊國忠弄權，激成變亂；若不斬此賊臣，我等死不護駕！」

那聲音愈喊愈響，震動山谷；陳元禮卻正顏厲聲的喝道：「眾兵何得如此無禮！楊丞相是國家大臣、天子國舅，誰敢輕侮？」

誰知陳元禮這句話不曾說完，只見那三千桿長槍一齊舉起，槍尖兒映著月光，照耀得人眼花；便有隨營參軍上去悄悄的拉著陳元禮的袍袖，陳元禮才改著口氣，大聲道：「眾軍不必鼓噪，暫且安營，待我奏過聖上，自有定奪。」

眾兵士正要散去，只見那楊國忠騎著高頭大馬，後隨著一個吐蕃使臣，遠遠的向驛店中行來；這來的原是吐蕃和好使，國忠正要帶他去朝見天子，給眾軍士瞥見了，便齊聲喊道：「楊國忠專權誤國，今又欲與蕃人謀反。我等誓不與此賊俱生！要殺楊國忠的，快隨我等前來！」說著，三千軍士把槍一舉，拍馬向楊國忠趕去。

楊國忠見勢不佳，便撥轉馬頭，向坡下逃去；誰知山坡下早已埋伏下一隊軍士，一聲吶喊，跳出來攔住去路，楊國忠見不是路，便又向西繞過驛店後面逃去。兩路兵飛也似的追趕上去，看看追近，眾兵

士齊聲大喊起來，楊國忠的坐騎吃了一驚，把後蹄兒向天一頓，把個楊國忠直掀下馬來；眾兵趕上，刀槍齊舉，把個楊丞相立時砍成肉泥，那吐蕃使臣也死在亂兵之中。

眾軍士恨楊國忠深入骨髓，便搶著去吃楊國忠的肉，頃刻肉盡，便把腦袋割下來，正要去見天子；只見御史大夫魏方進，從驛店中出來，喝問眾兵道：「何故殺丞相？」

一句話未畢，眾兵大怒，只喊得一聲：「殺！」魏方進便也被眾人殺死；又從驛店中搜出楊國忠的兩個兒子來，楊暄身中百箭而死，楊朏亦被亂刀殺死。

驛店門外，喊殺聲、號哭聲嚷成一片；玄宗在行宮中，只聽得圍牆外喊聲震天，把個楊貴妃嚇得玉貌失色，玄宗也不覺慌張起來，忙問：「高力士，外面為何喧嚷？快宣陳元禮進見！」

高力士急急傳諭出去，只見陳元禮跟著進來，拜倒在地；口稱：「臣陳元禮見駕。」

玄宗問：「眾軍為何吶喊？」

陳元禮奏道：「臣啟陛下：楊國忠專權召亂，又與吐蕃私通，激怒六軍，竟將國忠殺了。」

玄宗聽了，不覺大驚失色；楊貴妃聽說哥哥被亂兵殺死，忍不住「哇」的哭了出來。玄宗睜大了雙眼，半天，說道：「呀，有這等事！」說著，又低下頭去，沈思了半晌，說道：「這也罷了，快傳旨啟駕！」

陳元禮叩了頭，起來，急急出去，對眾兵高叫道：「聖旨道來，赦汝等擅殺之罪，作速起行。」

誰知眾軍士聽了，還是把個驛店團團圍住，三千軍士直挺挺站著不動；陳元禮看了詫異，忙問：「眾軍士為何還不肯行？」

接著又聽那軍士齊聲叫道：「國忠雖誅，貴妃尚在；不殺貴妃，誓不護駕！」

陳元禮聽了，也不禁嚇了一跳，只喝得一聲：「無禮！」

那軍士個個拔出腰刀來，竟要搶進驛店來了；慌得陳元禮忙轉身進去，見了萬歲，便哭拜在地，口中奏道：「臣治軍無方，罪該萬死！」

玄宗忙問：「眾兵為何不肯起行？」

陳元禮只得奏道：「眾軍士道來：『國忠雖誅，貴妃尚在，不殺貴妃，誓不起行。』望陛下念大局為重，割愛將貴妃正法。」

接著，只聽得噗通一聲，那楊貴妃聽了此言，早已暈倒在地；玄宗慌去扶起，摟在懷中。

第六十六回　香消玉殞

玄宗懷中摟著貴妃，不禁流下淚來；回頭對陳元禮說道：「將軍！楊國忠縱說有罪當誅，如今已被眾兵殺了。妃子日處深宮，不問外事，國忠之事，於她何干？」

陳元禮只是叩著頭道：「聖諭極明，只是軍心已變，如之奈何！」

玄宗面有怒容，說道：「如何將軍也說此話，快去曉諭眾軍士，莫再不知高低，出此狂言。」

陳元禮嚇得低下頭去，喏喏連聲；正要退去，只聽得驛門外軍士們又是一陣鼓噪，喊聲震天，口口聲聲說：「快殺下楊貴妃的頭來！」

陳元禮急跪倒在地，叩著頭道：「聽軍士們如此喧嘩，教小臣如何去傳旨！」

楊貴妃也跪倒在一旁，嗚咽著說道：「萬歲啊！事出非常，教臣妾驚嚇死也！妾兄既遭亂兵殺死，如今又波累臣妾；這是妾身和眾軍士前生注定的冤孽，看眾兵如此兇橫，諒來也躲避不得。萬歲爺龍體為重，事到如今，也說不得了，望吾皇拋捨了奴吧！」楊貴妃話不曾說完，止不住嚶嚶啜泣；玄宗看

了，心如刀割，一手拉住貴妃的手，只是頓足嘆氣。

猛的見有七八個兵士衝進驛門來，大喊道：「不殺貴妃，死不護駕！」陳元禮急拔佩劍上去砍倒了一個，其餘的兵士才退出去。

楊貴妃看了，只喊得一聲：「萬歲！」早又暈絕過去。

陳元禮又說道：「臣啟陛下，貴妃雖說無罪，國忠實其親兄；今在陛下左右，軍心難安，若軍心安，則陛下安矣。願陛下三思。」

玄宗也不及聽陳元禮的話，只是摟抱著楊貴妃，一聲一聲妃子喚著；楊貴妃「哇」的一聲哭著，醒來又止不住悲悲切切的嗚咽著。忽見高力士慌慌張張的進來，說道：「啟萬歲爺，外廂軍士已把守門武士打死；若再遲延，恐有他變，這怎麼處！」

玄宗道：「陳元禮快去安撫六軍，朕自有道理。」

陳元禮應了一聲：「領旨！」急急回身出去。

玄宗只聽那驛門外，又起了一片吶喊之聲；高力士又急忙進來，奏道：「萬歲爺，不好了！那陳將軍奉旨出去，不曾說得半句話，軍士們鼓噪起來，齊說快拿貴妃頭來，不必囉嗦！竟有一隊軍士要衝進門來，陳將軍沒奈何，拔刀親自殺死了幾個；誰知軍士們大怒，三千人一齊向陳將軍擁來，陳將軍力難招架。萬歲爺快傳諭去禁止！」

玄宗聽了，忙把貴妃交給永新、念奴扶持著，大踏步親自向驛門外走去；一眼見陳將軍滿面流血，頭盔倒掛，一手拿劍，向眾兵士招架著。那軍士們來勢甚兇，陳元禮且戰且退，看看退進驛門來；一眼見玄宗皇帝直立在門中，眾軍士立刻如潮水似一般，直向門外退去，口稱萬歲，一齊拜倒在地，口稱：「萬歲爺快打發貴妃登天！」

陳元禮也高叫道：「萬歲爺自有道理，眾軍士不得喧嘩。」說著，兩眼不住的望著玄宗。

當有京兆司錄韋鍔隨駕在側，低聲奏道：「乞陛下割恩忍愛，以寧國家。」那軍士們不見皇帝下旨，人人變了臉色，大家拿手去摸著刀槍；陳元禮看了，急站在當門高叫道：「眾兵不得無禮，萬歲爺快要降旨了！」說著，保護著玄宗，退進院子去。

玄宗走至馬道北牆口，便站住腳，嘆道：「堂堂天子，不能庇一婦人，教朕有何面目去見妃子！」說著，那永新、念奴扶著楊貴妃，從馬道迎接出來，跪下地去，奏道：「臣妾受皇上深恩，殺身難報；今事勢危急，望賜臣妾自盡，以定軍心。陛下得安穩至蜀，妾魂魄當隨陛下，雖死猶生也！」

玄宗一見楊貴妃這可憐的樣子，心中又不忍起來；扶住貴妃，說道：「妃子，說那裏話，妳若死了，朕雖有九重之尊，四海之富，要它做甚？寧可國破家亡，絕不願拋棄妳也！」說著，把靴尖兒一頓，扶住了貴妃，轉身欲進屋子去。

正在這時候，忽聽得門外震天價忽喇喇的一聲響，接著地面也震動起來；玄宗和楊貴妃臉上都變了色，高力士奔進來，氣喘吁吁的說道：「外面兵士不見聖旨，便耐不住一擁擠，把門外照牆推倒了；情勢萬分危急，望萬歲爺快傳諭旨，立賜娘娘自盡，實國家之福也！」

接著，左右大臣及陳元禮也齊身跪倒，口稱：「萬歲爺聰明神智，當機立斷，不可再緩。」楊貴妃也哭著說道：「事已至此，無路求生；若再留戀，倘玉石俱焚，益增妾罪。望陛下捨妾之身，以保國家。」

接著，眾大臣也說道：「娘娘既慷慨捐生，望萬歲爺以社稷為重，勉強割恩吧！」

玄宗到此時，弄得左右為難；眼向左右看著，半晌，一頓足說道：「罷罷！妃子既執意如此，眾臣工又相逼而來，朕也做不得主了。高力士，只得但憑娘娘吧！」說著，舉手把袍袖遮著臉，那淚珠直向衣襟上灑下來。

玄宗一放手，貴妃倒在地下，捧住玄宗的靴尖，嗚咽痛哭；那左右大臣見皇帝下了旨，便齊呼：「萬歲！」

陳元禮便急急走出驛門去，對眾軍士大聲說道：「眾軍聽著，萬歲爺已有旨，賜楊娘娘自盡了。」

那三千軍士又齊聲高呼：「萬歲萬歲萬萬歲！」

裏面高力士去把楊貴妃扶起；貴妃向眾大臣說道：「願大家好生善護陛下；妾誠負國恩，死無恨矣！」高力士遞過一幅白羅巾去，楊貴妃接在手中。

玄宗嗚咽著說道：「願妃子善地受生！」

楊貴妃也說道：「望萬歲爺勿忘七夕之誓。」永新、念奴扶著拜謝過聖恩，高力士上去扶過來，說道：「那邊有一座佛堂，正是娘娘的善地。」

楊貴妃也說道：「待我先去禮拜過佛爺。」回過臉兒去，對玄宗說了一句：「萬歲珍重！」便依著高力士的肩頭，向佛堂行去。

玄宗眼眶中滿包著淚珠，望著貴妃走遠，不見影兒子；永新、念奴二人上去扶住，回進屋子去。那高力士扶著楊貴妃進了佛堂，貴妃跪倒在蒲團上，口中祝禱著，道：「佛爺，佛爺！念我楊玉環罪孽深重，望賜度脫！」

高力士也在一旁跪下，祝禱著道：「願佛爺保佑我娘娘，好處生天。」禱畢，去把貴妃扶起；自己跪下，說道：「娘娘有甚話兒，快吩咐奴婢幾句？」

楊貴妃道：「高力士！聖上春秋已高，我死之後，只有你是舊人，能體聖意；須要小心奉侍，再為

我轉奏聖上，今後休要念我這薄命人了！」說著，不禁又嗚咽起來。

高力士道：「奴婢把娘娘的話切記在心。」

楊貴妃住了悲聲，又說道：「高力士！我還有一言。」說著，從懷中拿出鈿盒來，從髻上除下金釵來，交與高力士道：「這金釵一對、鈿盒一枚，是聖上定情時所賜，你可將來與我殉葬，萬萬不可遺忘！」

高力士接過釵盒，口稱：「奴婢曉得。」

貴妃還想囑咐幾句話，忽聽那佛堂門外，又有一群軍士高叫道：「楊妃既奉旨賜死，何得停留，稽遲聖駕！」接著忽榔榔一聲，眾軍士把廟門打開，蜂湧進來。

高力士急上前攔住，大聲說道：「眾軍士不得近前，楊娘娘即刻歸天了！」

楊貴妃在佛堂上，聽得眾軍士鼓噪，便也不敢延挨，急急走出院子來，向四處尋找；一眼見院中一株梨花樹，便嘆道：「罷罷，這一枝梨樹，便是我楊玉環結果之處了！」說著，跪下，向空叩謝聖恩，口稱：「臣妾楊玉環，叩謝聖恩！從今再不得相見了！」

高力士上去，只說得一句：「奴婢罪該萬死！」便幫著貴妃，把羅巾套在粉頸之上，向空一吊，便氣絕身死。

那門外的軍士，還是一聲聲的催逼著；高力士解下貴妃頸上的羅巾來，拿在手中，出去給軍士們看，說道：「楊妃已死，來軍速退！」

那軍士們卻仍是兀立著不動，高力士去把陳元禮請來；陳元禮問眾軍士道：「眾軍為何不退？」

那軍士們齊聲說：「未見楊妃屍體，軍心未安。」

陳元禮便率領數十名軍士走進院子來，高力士把楊貴妃的屍身，陳設在庭心裏，上用錦被覆著；那軍士們繞成一個圈兒，圍住了楊妃的屍體，陳元禮上去，用手臂挽起楊妃的頸子來，軍士們見楊妃果然死了，便齊喊一聲萬歲！退出門去，立刻解了圍。

那高力士拿了那幅白羅巾和金釵鈿盒去見皇帝，跪奏道：「啟萬歲爺，楊娘娘歸天了！」

那玄宗靠定在案頭，怔怔的出神，高力士跪在一旁候了半天，玄宗好似不曾看見；高力士又奏道：「楊娘娘歸天了！有自縊的白羅巾在此，還有金釵鈿盒在此。」

玄宗才跳起身來，接過羅巾去，大哭道：「妃子！妃子！兀的不痛煞寡人也！」

高力士忙勸道：「萬歲且免悲哀，收拾娘娘遺體要緊。」

玄宗道：「倉卒之間，怎生整備棺槨？也罷！權將錦褥包裹，須要埋好、記明，以待日後改葬。這釵盒就與娘娘殉葬吧。」

高力士答應一聲：「領旨！」正要起去，忽見小黃門頭頂冰盤，獻進荔枝來；玄宗見了，又是一場

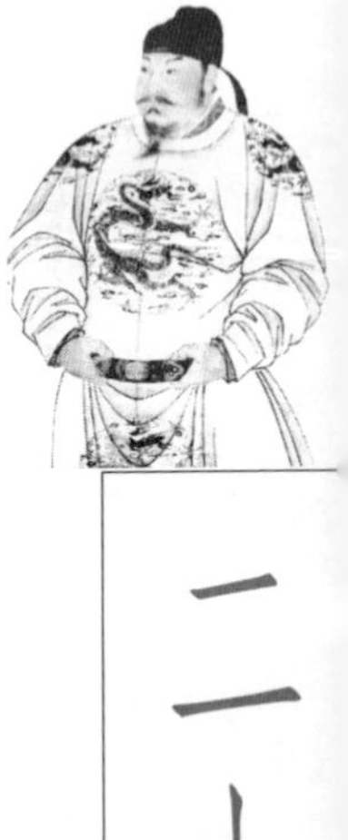

嚎咷大哭，吩咐高力士，拿荔枝去祭著妃子。

高力士祭殮已畢，抱著妃子屍身，走在馬嵬西郊外，一里許道北坎下埋葬下；楊妃死時，年只三十八歲，鑾駕駐紮在馬嵬驛中。

初因軍士要殺貴妃，不肯護駕；如今已殺了貴妃，卻因玄宗皇帝哭念貴妃，也不肯啟駕，一連在驛店中住了五天五夜，陳元禮和高力士二人，天天勸皇上啟駕。玄宗頓足說道：「唉！我不去西川也值甚麼！」

陳元禮與高力士商議，取美酒置在皇帝案頭；皇帝終日兀坐案頭，悶悶的不說一句話，見有美酒，便一杯一杯飲著。直把個皇帝喝得醉醺醺地，高力士便悄悄拉過馬來，扶皇帝上馬；眾軍士一聲吶喊，掌起大旗，浩浩蕩蕩，投奔陳倉大路而來。

這陳倉原是一個熱鬧去處，人民殷富，市煙繁盛；楊國忠在這地方置有田產房屋。如今時局變亂，楊國忠早把一家姬妾、珍寶細軟，搬運在陳倉別業中；不料自己在馬嵬坡被亂兵殺死，丟下心愛的姬妾財帛，都孝敬與陳倉縣令薛景仙一人享用。

那薛景仙，原是楊丞相的心腹，做了十年相府家人；只因楊國忠有產業置在陳倉地方，特把薛景仙放到此處來，做一位縣令，藉此便可以照管楊丞相的財產。這楊丞相何處置有田莊，何處造著房屋，何處藏有銀錢，別人都不甚清楚，只有薛景仙一人知道；又那一位姬人最是年輕，那一位姬人最是美貌，那一位姬人最是風騷，薛景仙在相府中日子伺候得最久，也只有薛景仙一人知道。

楊國忠的正夫人裴氏，名柔，原是蜀中的妓女，長得白淨肌膚，嫵媚容貌；薛景仙久已看在眼中，記在心頭。如今天從人願，楊國忠把一家細弱，都寄託給薛景仙；虢國夫人和裴氏合住著一個院子，那虢國夫人的輕盈姿態、風騷性格，又是叫這薛景仙魂夢顛倒的。到這時候，一聽說楊丞相被亂兵殺死，他便老實不客氣，把楊國忠一生辛苦積蓄下的財帛田屋和姬妾奴婢，一齊霸佔了去；一面打發一隊兵士，來取裴氏和虢國夫人二人。

虢國夫人正在粧樓上淡掃蛾眉，忽見她的幼子名徽的，慌慌張張跑上樓來，哭嚷道：「強盜殺進來了！」那虢國夫人住在這別院，只因自己長得美貌，時時怕有強人來欺侮她；如今聽說果然強盜來了，她便擲下畫眉筆，一手拉著她兒子，一手拉住她女兒，急急奔下樓去。

只聽那前面院子裏的吶喊聲，一陣緊一陣，便知大事不好，急轉身向後花園奔去；走過那西書房，只見夫人裴氏一手扶著小姐，站在書房門口發怔，一見了虢國夫人，兩人便對拉著手，對哭著。虢國夫人說道：「快逃生要緊！這不是啼哭的時候。」

裴氏把兩隻小腳兒連連頓著，哭道：「叫我何處去逃生！」虢國夫人把手指著那後門，拉著裴氏的

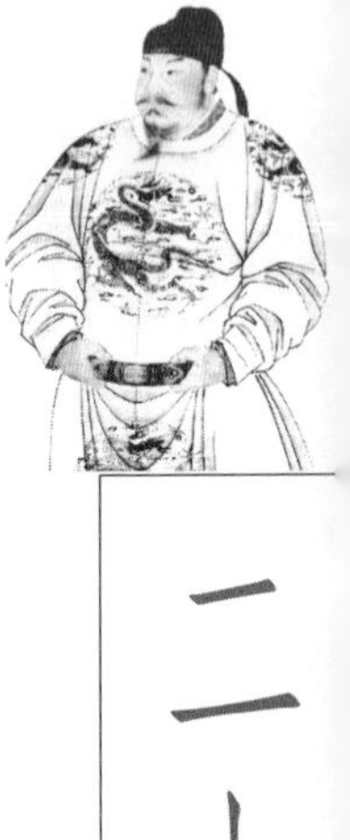

手，走出了書房，向後園門奔去。

這座後門遠隔著一片湖水，湖面上架著九曲長橋，她姑嫂二人向橋上奔去；看看奔到跟前，忽聽得忽喇喇一聲響亮，那兩扇後門一齊倒地，一大群強盜各自手執刀劍殺進門來。虢國夫人喊一聲不好，帶著她的兒女，轉身又向湖對岸逃去。

看看奔進了一座大竹林中，那裴氏一蹲身，坐在地下，只有哭泣的份兒；虢國夫人到此時，也不覺悽然淚下，耳中只聽得一陣陣喊殺，夾著牆坍壁倒的聲音。裴氏說道：「想我們年輕女子，一旦落在賊人手中，還有什麼好事；倒不如我們趁賊人不見，早尋個自盡吧。」

一句話不曾說完，只見虢國夫人從裙帶上解下一柄羊角尖刀來，一閉眼，向粉脖子上抹去；她的兒子女兒眼快，急上去擎住她母親的手臂，哭嚷道：「母親若死了，卻叫孩兒去靠誰？」

一句話，觸動了她的心事，母子三人，抱頭痛哭了一會；忽見虢國夫人含著一眶眼淚，睜大了眼睛，咬一咬牙齒，只把刀尖兒向她兒子胸前一送，又向她女兒咽喉上一抹，接著兩聲啊喲，這一對玉雪也似的兒女，一齊倒下地去死了。

裴氏在一旁，看了這情形，嚇得腿也軟了；一蹲身坐在地上，哭著說道：「夫人慈悲，快把我這薄命的女兒，也送她上天去吧！」一句話未了，虢國夫人竟也搶上去，一刀截在腰眼裏；只見一個脂粉嬌娃倒下地去，只嚷了一聲：「媽！」兩眼一翻，死過去了。裴氏看了心如刀割，一縱身上去，抱住女兒的屍身，嚎咷大哭。

這時，虢國夫人好似害了癲狂病一般，兩眼直射，雲鬢散亂；看著地下倒著的屍身，只是哈哈大笑。笑夠多時，她忽然仰天一聲大叫，拿刀子用力向自己頸上抹去；那鮮紅的血，如泉水似的直湧出來，接著，虢國夫人的嬌軀倒在地下，那泥土也染著一大灘血。裴氏看了，便也不哭，急上去從虢國夫人手中搶得那柄尖刀，回手向自己酥胸口刺去。

只見竹林子外奔進一群強盜來，把她手中的尖刀奪去，一人一條玉臂，拉著便走；可憐裴柔原也是一個絕世美人，竟不能免於強盜之手，送去充作薛景仙的姬妾。那虢國夫人因氣管尚未割斷，一時痛醒過來，血流滿頸，直延挨到第二天，才氣絕身死；薛景仙吩咐，連她子女的屍體，一併抬出東郭十餘里道北白楊樹下埋葬。

第三日，陳元禮御林軍趕到，又從深山中搜尋出楊國忠的第三子楊晞來殺死，又殺了楊國忠的同黨，翰林學士張漸、竇華、中書舍人宋昱、吏部郎中鄭昂，都是逃到深山中，被鄉民搜捉出來的。那楊國忠的四子楊曉，逃到漢中地方，被漢中王瑀捉住，活活打死；楊氏一門俱已殺盡，軍心大快。

獨是玄宗皇帝，心中淒涼萬狀，三千御林軍士簇擁著勉強上道，騎在馬上，長吁短嘆；高力士在一

旁，故意指點著遠山近水，玄宗如何有心賞玩，勉強又行了一程，到了扶風地面，駐蹕在鳳儀宮內。高力士收拾寢枕，玄宗只是怔怔的忘了睡眠；又獻上酒餚，玄宗也是昏沉沉的忘了飲食，整日裏淌眼抹淚，廢寢忘餐。

高力士看了，心中也是愁悶；也曾勸過幾次，玄宗終是念著妃子，少也要喚三百遍，常常自言自語的說道：「空做一朝天子，竟成千古罪人！」一個人不停步的，在屋子裏踱來踱去。

忽然有一個農人，名郭從謹的，煮得一盂麥飯，獻進宮來；高力士見皇上終日愁眉不解，正無可勸慰，今見有野老獻飯，便欲藉此分解萬歲的愁懷，便傳進話去，奏道：「扶風農人郭從謹，特煮得一碗麥飯，特欲進獻萬歲。」

玄宗聽了，不覺歡喜起來，忙傳旨召扶風鄉老郭從謹進宮來；那郭從謹頭頂麥飯，進宮來跪倒在當殿，口稱：「草莽小臣，郭從謹見駕。」

玄宗便問：「你是何處人氏？」

那郭從謹奏道：「小臣生長在扶風地方，如今六十歲年紀了，託聖天子庇宇，年年風調雨順，國泰年豐；如今聽得御駕出巡，來到扶風地面，小臣特備得一盂麥飯，匍匐奉獻。野人一點忠心，望吾君莫嫌粗糲。」

玄宗笑說著：「寡人晏處深宮，從不曾嚐得此味；難得汝一片忠心，如今生受你了！高力士，快取上來。」

玄宗就那瓦盂中吃了幾口麥飯，連稱：「好香甜的飯兒！」

那郭從謹在一旁又奏道：「陛下今日顛簸，可知為誰而起？」

玄宗也問道：「你道為著誰來？」

郭從謹奏道：「陛下若赦臣無罪，臣當冒死直言。」

玄宗命高力士扶此老人起來，又傳諭老人：「從直說來。」

那郭從謹便高聲說道：「都只為楊國忠依勢猖狂，招權納賄；他與安祿山朋比為奸，流毒十年，天怒神怨。」

玄宗嘆道：「國忠弄權，祿山謀反，教寡人如何知道。」

郭從謹奏道：「這安祿山久已包藏禍心，路人皆知；去年有人上書告祿山謀反，誰知陛下反賜誅戮。從此言路盡塞，誰敢冒死上言？」

玄宗嘆著氣道：「此皆朕之不明，以致於此！從來說的，斟量明目達聰，原是為君的當虛心察訪；朕記得姚崇、宋璟為相的時候，屢把直言進諫，使萬里民情如在同堂。不料姚、宋亡後，滿朝臣宰一味

貪位取榮！郭從謹呵！倒不如你草野之臣，心懷忠直，能指出叛臣奸相。」

郭從謹奏道：「若不是朕下巡幸到此，小臣如何得見天顏。如今話已說多了，陛下暫息龍體，小臣告退。」

玄宗便在衣帶上解下一方佩璧，賜與郭從謹，說：「拿去做個紀念吧！」郭從謹得了璧，連連叩頭謝恩。

郭從謹退去，高力士又上去奏稱：「現有成都節度使差遣使臣，解送春綵十萬疋來到行宮，候萬歲爺發落。」

玄宗傳旨道：「春綵照數收明，打發使臣回去。」

玄宗和郭從謹談論一番，心中略覺寬舒；內侍獻上御膳，玄宗也略略進了半盞。起身閒行到宮門口，忽記得那春綵十萬疋，如今嬪嬙散盡、歌舞停息，要這春綵何用？便喚高力士，可召集御林軍將士來宮門口聽朕面諭；高力士便在宮門外高聲叫道：「萬歲爺宣召龍武軍將士聽旨。」

不須一刻工夫，那班將士全身甲冑，齊集在宮門口，口稱：「龍武軍將士叩見萬歲爺！」

玄宗對眾將士道：「將士們聽朕傳諭，如今變出非常，勞爾等宵行露宿，遠涉關山。今日大難已脫，奸相已除，爾等遠離故鄉，誰沒有個父母妻兒之念？此去蜀道難如登天，朕不忍累爾等拋妻撇子，就今日便可各自回家。朕待獨與子孫輩慢慢的捱到蜀中；高力士可將使臣進來的春綵分給將士，以為回鄉盤費。」

眾將士聽了萬歲諭旨，不覺一齊落下淚來，同聲說道：「萬歲爺聖諭及此，臣等寸心如割！自古道，養軍千日，用在一朝；臣等不能預滅奸賊，使陛下有蒙塵之難，已是罪該萬死，如今臣等護從陛下至此，便死也願從行。從來說的，軍聲壯天威，這春綵臣等斷不敢受，請留待他日論功行賞。」

玄宗道：「爾等忠義雖深，但朕心實有不忍，還是各回家鄉去吧。」

當時陳元禮在一旁，便忍不住說道：「呀！萬歲爺如此厭棄臣等，莫不因貴妃娘娘之死，有些疑惑麼？」

玄宗道：「非也。只因朕此次蒙塵，長安父老頗多懸望；你們回去煩為傳說，只道是朕躬無恙。」

眾軍士聽了，齊齊說聲：「萬歲爺休出此言，臣等情願隨駕，誓無二心！」

玄宗點頭嘆息道：「難得眾軍一片忠義，只因今天色已晚，今夜就此權駐，明日早行便了。」眾軍士齊稱領旨，退去。

第二天，高力士依舊扶玄宗上馬，軍士排隊先行；玄宗在馬上，看到四面山色，不住的嘆著氣說道：「對此鳥啼花落，水綠山青，無非助朕悲懷，如何是好！」

高力士奏道：「萬歲爺途路風霜，十分勞頓，請自排遣，勿致過傷。」

玄宗嘆道：「高力士，朕與妃子坐則並几，行則隨肩；今日倉猝西巡，斷送她這般結果，教寡人如何撇得下也！」說著，不禁把袍袖抹著眼淚。

一隊旌旗槍戟，緩緩向山腰棧道行來；玄宗皇帝騎在馬上，好似酒醉一樣，癡癡迷迷，歪歪斜斜，馬蹄兒一腳高、一腳低的走著。高力士見了，忙趕上前去，攏住萬歲的轡頭，奏道：「前面已到棧道了，請萬歲爺挽定絲韁，緩緩前進。」

才走到半山上，忽然一陣風來，挾著雨點，向玄宗皇帝迎面撲來；看那雨勢愈下愈大了，恰巧前面一座高閣，依著山壁造成。高力士看萬歲爺鬚眉上都掛著雨點，淋淋漓漓的濕滿了衣襟，他卻好似毫不覺得，只是愁眉淚眼的冒雨行去；高力士跳下馬來，向前去挽住轡頭，奏道：「雨來了，請萬歲爺暫登劍閣避雨。」

玄宗如夢初醒一般，抬起頭來，向空中一望，几自驚詫著道：「怎麼好好的天，卻下起雨來了？快吩咐軍士們暫且駐紮，雨停再行。」

軍士們聽了，齊呼一聲萬歲，滿山峽上支起篷帳來躲雨。

第六十七回　神思恍惚

玄宗避雨，走上劍閣去，登高一望，只覺山風削面，冷風敲窗，景象十分悽楚；耳中又聽得一陣陣鈴聲嗚咽，便問高力士道：「你聽那壁廂不住的聲響，聒的人好不耐煩，高力士，看看是什麼東西？」

高力士忙奏道：「那是樹林中的雨聲，和著簷前鈴鐸，隨風而響。」

玄宗道：「呀，這鈴聲勾得人心碎，這雨聲打得人腸斷，好不做美也！高力士，拿過玉簫來吹著，待朕歌一曲解悶兒。」

高力士便從靴統中拿出一支玉簫來吹著；玄宗依聲唱道：「裊裊旗旌背，殘日風搖影；匹馬崎嶇怎暫停。只見陰雲黯淡天昏暝，哀猿斷腸，子規叫血，好叫人怕聽。兀的不慘殺人也麼哥！兀的不苦殺人也麼哥！蕭條恁生，峨嵋山下少人行；雨冷斜風撲面迎。」玄宗唱完這一闋，不覺喉中悲哽，略停了一停。

高力士簫聲又吹著第二折，玄宗接著唱道：「淅淅零零，一片悽然心暗驚，遙聽隔山隔樹戰，合風雨高響低鳴。一點一滴又一聲，一點一滴又一聲；和愁人血淚交相迸！對這傷情處，轉自憶荒塋；白楊蕭瑟雨縱橫，此際孤魂淒冷，鬼火光寒，草間濕亂螢。只悔倉皇負了卿！負了卿，我獨在人間，委實的不願生。語娉婷，相將早晚伴幽冥。一慟空山寂，鈴聲相應，閣道崚嶒，似我迴腸恨怎平！」

玄宗唱到末一句，心中萬分淒涼，便止不住掩面嗚咽起來；高力士拋下玉簫，急上前去勸慰。玄宗一時勾起了傷心，如何止得住；慌得那文武百官都上閣來，跪求萬歲爺暫免悲哀，好不容易勸住了玄宗的傷心。

忽見遞到太子的奏本，說太子率領諸親貴，避難在靈武關；反賊安祿山攻破京師，大掠宮廷，建設偽都於洛陽，自稱天子。現由靈武郡太守郭子儀，統帶十萬雄兵收復京師，進逼洛陽，殺平賊寇，在指顧間事；請父皇回鑾，早視朝政。

玄宗看了這道奏章，略略開顏，便把太子的奏本遞與群臣觀看，百官齊呼萬歲；玄宗便與眾大臣商議，京師不可一日無君，如今朕決意傳位與太子，先在靈武設朝，俟郭子儀殺平賊寇，再回京師。文武官員聽說玄宗欲退位，便齊聲勸諫；無奈玄宗因死了貴妃，萬事灰心，他看這天子之位有如敝屣，一任百官如何勸說，玄宗只親自寫下詔書。

當日遣發使臣，捧了傳國璽冊令，文武官員一齊隨同使臣回靈武關去，侍奉新天子登位；一面又下詔，拜郭子儀為朔方節度使，即率本軍人馬火速進剿。眾文武見勸不轉玄宗的心意，只得辭別太上皇，回靈武去；玄宗親自下閣，送眾文武登程。

這時風息雨止，高力士傳諭軍士們前面起駕，一隊人馬簇擁著玄宗皇帝，依舊向萬山叢沓中行去；不多幾天，便到了成都。玄宗太上皇在行宮中住下，依舊朝朝暮暮想著楊貴妃；淌眼抹淚，長吁短嘆的過著日子。

這晚，玄宗在行宮中哭念貴妃，耳中聽那風吹鐵馬，雨打梧桐，哭倦了，不覺伏案睡去；恍恍惚惚，又到了那馬嵬坡下。只見那楊貴妃頸子上掛著白色羅巾，飄飄蕩蕩的從那座佛堂中出來；玄宗急搶上去，跟在後面，聽楊貴妃一邊走著，一邊說道：「我楊玉環隨駕西行，剛到馬嵬驛內，不料六軍變亂，立逼投繯。」說著，止不住嚶嚶啜泣。

玄宗看了，心中萬分憐惜，欲上去拉住妃子的衣袖勸慰一番；說也奇怪，任你如何奔跑，只見楊貴妃飄飄盪盪的走在前面，總是趕不上。看楊貴妃哭泣一回，又追趕一回；走到一片荒野地方，她便站住了，望著前面煙樹蒼茫，貴妃又不禁悽苦起來，哭道：「不知聖駕此時到何處了！我一靈渺渺，飛出驛中，不免望著塵頭，追隨前去。」

看楊貴妃在一條崎嶇山路上，正一顛一蹶的趕著；轉過山坡，前面樹梢上，露出一簇翠旗尖兒來。楊貴妃口中說道：「呀，好了，望見大駕，就在前面了！」不免疾忙趕上去。看貴妃拽著翠裙兒，又趕了一陣；忽見迎面起了一陣黑風，風過處，把眼前的道路遮斷了，那翠蓋旌旗都不見了。楊貴妃不由的大哭一聲，坐倒在地，喊一聲：「好苦啊！」便一聲天、一聲萬歲的哭嚷著。

玄宗在一旁看著，好似萬箭穿心，只苦得不能近身去勸慰，只能遠遠的站著，高聲喊道：「妃子，莫苦壞了身兒，有朕在此看管著妳。」

一任玄宗如何叫喊，那貴妃兀自不曾聽得；一轉眼，見那邊愁雲苦霧之中，又有個女子躲躲閃閃的行來。待走近身旁看時，原來便是虢國夫人；只見她滿臉血污，後面追上兩個鬼卒來，喝道：「那裏去！」便上去一把揪住。

那虢國夫人便哀聲求告道：「奴家便是虢國夫人，當年萬歲爺的阿姨。」

那鬼卒大笑道：「原來就是妳，妳生前也忒受用了，如今且隨我到枉死城中去！」說著，便不由分說，上去揪住一把雲鬢。

玄宗看了，想起從前在曲江召幸的恩情，便撲身上前去救護，口中高喊：「大唐天子在此，不得無禮！」一轉眼，那虢國夫人和二鬼卒都失去了形跡；急向四面看時，那邊又來了一個男子，滿身鮮血，飛奔前來。後面一群鬼卒追打著那男子，跑到玄宗跟前，跪翻在地，不住的磕頭求救，道：「萬歲爺，快救臣性命！」

玄宗看時，原來便是楊國忠！正慌張的時候，那鬼卒趕上來，一把揪住楊國忠的衣領，大聲喝道：「楊國忠，那裏走！」

楊國忠用手抵抗著道：「呀，我是當朝宰相，方才被亂兵所害，你們做甚又來攔我？」

那鬼卒罵道：「奸賊！我奉閻王之命，特來拿你。還不快走。」

楊國忠道：「你們趕我到那裏去？」

那鬼卒冷笑著道：「向酆都城，叫你劍樹刀山上尋快活去！」

正紛爭著，那楊貴妃也到了跟前，一見了楊國忠，便嚷道：「這不是我的哥哥，好可憐人也！」

楊國忠見了自家妹子，正要撲上前去招呼，那鬼卒如何容得，早用槌打著、腳踢著，推推攘攘的去了。

那楊貴妃見捉了國忠去，便自言自語的道：「想我哥哥如此，奴家豈能無罪。雖承聖上隆恩，賜我自盡，怕也不能消滅我的罪孽。且住，前途茫茫，一望無路，不如仍舊回馬嵬驛中去，暫避幾時。」說著，便轉身找舊路行去。

玄宗見貴妃在前面獨自行著，便在後面追趕著，口中高叫道：「妃子，快隨朕回行宮去。」

那楊妃卻不曾聽得，兀自在前面走著；玄宗如何肯捨，便一步一步的在後面跟著。看看走到馬嵬西郊道北坎下的白楊樹上，用刀尖兒挖著一行字道：「貴妃娘娘葬此。」玄宗看了，也止不住眼淚如潮水似一樣直湧出來。

那楊貴妃的魂兒，見了樹下一堆新土，也不禁悲悲切切的說道：「原來把我就埋在此處了！唉，玉環，玉環！這冷土荒塋，便是妳的下場頭了！且慢，我記得臨死之時，曾吩咐高力士將金釵鈿盒與我殉葬，不知曾埋下否？就是果然埋下呵，還只怕這殘屍敗蛻，抱不牢這同心結兒！待我來對她叫喚一聲，看是如何？楊玉環！楊玉環！妳的魂靈兒在此，我如今叫喚著妳，妳知也不知？可知道在世的時候，妳原是我，我原是妳。呀，妳如今直怎地這般推眠妝臥！」

玄宗站在楊貴妃身後，也忍不住頻頻把袍袖兒搵著淚珠；正悽惶的時候，只見一個白髮老者，拄著拐杖兒行來。玄宗上去拉住問道：「你是何人？敢近我妃子的葬地。」

那老人見問，便道：「小神是此間馬嵬坡土地公，因奉西嶽帝君之命，道貴妃楊玉環，原係蓬萊仙子，今死在吾神界內，特命將她肉身保護，魂魄安頓，以候玉旨。」說著，便上去拿著手中的拂塵帚，向楊貴妃肩上一拂，道：「兀那啼哭的，可是貴妃楊玉環的鬼魂麼？」

楊貴妃答道：「奴家正是，老丈是何尊神？」
那土地神說道：「吾神乃馬嵬坡土地公。」
楊貴妃撿衽說道：「望尊神與奴作主。」
土地神點著頭道：「貴妃聽我道來，妳本是蓬萊一仙子，因微過謫落凡塵；今雖限滿，但因生前罪孽深重，一時不得升仙。吾今奉嶽帝敕旨，一來保護貴妃肉身，二來與貴妃解去冤結。」那土地神說著，伸手把楊貴妃頸子上的白羅巾解去。
楊貴妃又向土地神道著萬福，說：「多謝尊神！只不知奴與皇上，還有相見之日麼？」
土地神搖頭道：「此事非小神所知，貴妃且在馬嵬驛佛堂中暫住幽魂，待小神覆旨去也。」那土地神一轉身，便不見了。
玄宗看楊貴妃一人獨自在白楊樹下，便趕上前去，向她招手兒，口稱：「妃子快隨朕回行宮去，莫再在此淒涼驛店中棲身。」
那楊妃卻睬也不睬，一低頭，向馬嵬驛佛堂中走去；玄宗也跟進佛堂去，一閃眼，卻失了妃子所在，抬頭看時，只見滿天星斗，寒月十分光輝。
那楊貴妃又從屋子裏轉出來，走到庭心裏，抬頭望著，自言自語的說道：「你看月淡星寒，又到黃

昏時分，好不淒涼煞人！我想：生前與皇上在西宮行樂，何等榮寵；今日一旦紅顏斷送，白骨冤沉，冷驛荒垣，孤魂淹滯，有誰來憐惜奴身！」說著，便從袖中拿出金釵鈿盒來，在月光下把玩一回。

只聽楊貴妃悽悽切切的唱著涼州曲調，道：「看了這金釵兒雙頭比並，更鈿盒同心相映；只指望兩情堅，如金似鈿，又怎知翻做斷綆。若早知為斷綆，枉自去將他留下這傷心把柄。記得盒底夜香清，釵邊曉鏡明，有多少歡承愛領；但提起那恩情，怎教我重泉目瞑？苦只為釵和盒那夕的綢繆，翻成做楊玉環這些時的悲哽！」

玄宗聽了，點頭嘆息道：「想朕在長生殿中，最愛聽宮女們唱涼州曲調；不想，如今聽妃子唱出這淒涼聲音來。」

接著，又聽楊貴妃嘆道：「唉，我楊玉環生遭慘毒，死抱沉冤，或者能悔前愆，得有超拔之日，也未可知。且住，只想我在生所為，那一樁不是罪案？況且兄弟姊妹挾勢弄權，罪惡滔天，總皆由我，如何懺悔得盡！不免趁此星月之下，對天哀禱一番。」

說著，她便在當庭噗的跪倒，對著那星月深深下拜；口中祝告著道：「皇天皇天！念我楊玉環呵，生前重重罪孽，責罰我遭白綾之難；今夜我對天懺悔，自知罪戾，望皇天宥我。只有那一點痴情，做鬼也未曾醒悟；想生前那萬歲爺待我的一番恩愛，到如今，縱令白骨不能重生，也拚著不願投生。在九泉之下，等待我萬歲到來，重證前盟。那土地神說我原是蓬萊仙子謫謫人間，天啊，只是奴家如何這般業重；不敢望重列仙班，只願還我楊玉環舊日的婚姻。」

玄宗聽貴妃聲聲念記著萬歲爺舊日的恩情，心中起了無限的感慨；又見楊貴妃一個人，冷冷清清的跪在庭心裏，左右不見一個宮女伺候她，心中萬分的不捨，便撲向庭心去，想把楊貴妃抱在懷中安慰一番。忽見那土地神又從門外進來，向楊玉環說道：「貴妃，吾神在此！」

楊貴妃便道：「尊神命吾守在馬嵬驛中，但此寂寞荒亭，又不見我那萬歲爺；卻叫我冷清的一人守著，好怕煞人！」

土地神說道：「貴妃不必悲傷，我今給發路引一紙，千里之內，任妳魂遊罷了。」貴妃接了路引，道聲萬福；土地神轉身別去。

楊貴妃得了路引，不覺喜道：「今番我得了路引，千里之內任我遊行，好不喜也！且住，我得了路引，此去成都不遠，待我看萬歲爺去。」說著，便提著裙幅兒，向門外行去。

玄宗見楊貴妃在前面走著，便急急追趕上去，口中高喊道：「妃子且慢走，待朕扶著妳同行。」腳下愈跑愈快，口中愈喊愈高，那楊貴妃卻終是不能聽得，獨自一人，看她一顛一蹶的向荒山野路中行去；玄宗如何肯捨，便飛也似的趕去，忽被腳下石塊一絆，一個倒栽蔥，啊喲一聲，睜開眼來一看，原

來是一場大夢。

那高力士正拿手拍著自己肩頭，一聲一聲萬歲、萬歲的喚著；玄宗也不去睬他，只吩咐快開門兒，快迎接妃子去，說著，從被窩裏直跳起來。高力士拿一襲龍袍，替萬歲爺披在身上，扶著，急急去開著房門看時，只見一片涼月，萬籟無聲；那一陣一陣冷風吹在身上，令人打顫。

玄宗痴痴的望了半天，不覺哭道：「我那可憐的妃子！」高力士扶著，回至床上去睡倒，又是一番搗枕搥床的痛哭；高力士百般勸慰著，玄宗說：「妃子的魂兒，一定來到朕身旁了。」

第二天下敕成都府，在行宮旁建造貴妃廟一座，招募高手匠人，用檀香木雕成楊貴妃生像一座；完工之日，先把生像送進宮去，由玄宗親自送入廟來。

如今再說安祿山破了京師，得了許多美女財帛；便遷都到洛陽城中，大興土木，建造宮殿。這一日，新宮落成，便大集文武、百官在新宮中，大開筵宴；那官員大半都是唐室的舊臣，如今見了安祿山，一樣的也齊聲呼著皇上萬歲萬萬歲。

安祿山高坐殿上，見了眾官員，不覺哈哈大笑，說一聲：「眾卿平身！想孤家安祿山，自從范陽起兵，所向無敵，長驅直入；到了長安，那唐家皇帝已逃入蜀中去了。眼看這錦繡江山，歸吾掌握，好不快活！今日新宮落成，特設宴殿上，與來卿共樂太平。」

接著，殿下轟雷似一聲喚著：「萬歲！」各自就坐，吃喝起來。

酒至半酣，安祿山便傳諭喚梨園子弟奏樂；那班梨園子弟，當殿奏著樂器，齊聲唱道：「當筵眾樂奏鈞天，舊日霓裳重按；歌遍，半入雲中，半吹落風前。希見，除卻了清虛洞府，只有那沉香亭院；今日個仙音法曲，不數大唐年！」

安祿山聽罷曲子，不禁讚道：「奏得好！」

便有張通儒出席奏道：「臣想天寶皇帝，不知費了多少心力，教成此曲；今日卻留與主上受用，真乃齊天之福也！」

安祿山聽了，又不禁哈哈大笑道：「卿真言之有理，再上酒來。」

殿上殿下正在歡飲的時候，忽聽得殿角上發出一縷冷冷的琵琶聲音來，接著帶哭的聲兒唱道：「幽州鼙鼓喧，萬戶蓬蒿，四野烽煙；葉墮空宮，忽驚聞歌絃。奇變，真個是天翻地覆，真個是人愁鬼怨。」接著又大聲哭唱道：「我那天寶皇帝啊，金鑾上百官拜舞，何日再朝天！」這一聲齊唱，把全殿的人都聽了停杯垂淚。

安祿山不覺大怒，道：「呀，什麼人啼哭？好奇怪！」

孫孝哲出立當殿，道：「是樂工李龜年。」

安祿山喝一聲：「帶上來！」當有值殿禁軍，把李家龜年、彭年、鶴年弟兄三人，一齊揪在當殿。

安祿山大聲喝問道：「李龜年，孤家在此飲太平筵宴，你竟敢擅自啼哭，好生可惡！」

李龜年到此時卻也面無懼色，厲聲說道：「唉，安祿山，你本是失機邊將，罪應斬首；幸蒙聖恩不殺，拜將封王。你不思報效朝廷，反敢稱兵作亂，穢污神京，逼走聖駕；這罪惡貫盈，指日天兵到來，看你死無葬身之地！還說什麼太平筵宴。」

安祿山被李龜年罵得拍案大怒，大聲說道：「有這等事！這狗賊，罵得孤家如此兇惡，好惱好惱！孤家入登大位，臣下無不順從；量你這狗樂工怎敢如此無禮。」說著，在殿上不停的拍案頓足。

慌得左右大臣齊跪在當殿，奏道：「主上息怒，無知樂工，何足介意。如今命他重唱一折好的涼州曲子，贖過罪來。」

李龜年也稱，願唱一折新詞兒，為諸位新貴人勸酒。全殿的官員聽李龜年說願唱新曲，便大家替他求著，說：「看李龜年的新詞唱得如何，倘再有冒犯，便當重罰。」

安祿山被眾官面求著，緩下氣來，當對李龜年說道：「孤家念你是先朝的舊臣，寬恕你一二；如今眾文武既替你求饒，看在眾文武面上，這一個死罪且寄在你身上。倘有不是，定當殺卻！你可知道朕殺死雷海青之事麼？那便是不敬孤家的榜樣。」

李龜年聽了，也不說話，便有值殿太監替他送過琵琶來；李龜年接在手裏，琤琤瑽瑽的彈了一套，聽他提高著嗓子，唱道：「怪伊忒負恩，獸心假人面，怒髮上衝冠！我雖是伶工微賤，也不似他朝臣靦腆！安祿山，你竊神器上逆皇天，少不得頃刻間屍橫血濺。我擲琵琶，將賊臣碎首報開元！」他唱到這一句，猛不防拿起琵琶，向孫孝哲夾臉的打將過去；只聽得一聲慘叫，孫孝哲頭也打破了，死在地下，那琵琶也打得粉也似碎。滿殿的人齊聲喝道：「這狗奴才該死該死，他辱罵我們聖君賢臣不算，還敢當殿打死萬歲爺的寵臣。」

安祿山也高叫：「武士何在，快拉這賤奴出去看刀！」便有一隊武士應聲上殿來，把這李龜年、彭年、鶴年三弟兄，橫拽著拖下殿去。

安祿山被李龜年罵了一場，酒也罵醒了，興致也沒有了；便站起身來說道：「孤家心上不快，眾卿且退。」

眾官員齊聲答道：「領旨！臣等恭送主上回宮。」全殿的人一齊跪倒，安祿山便氣憤憤的退進宮去。

那孫孝哲的屍身，便有太監領去棺殮；眾官員乘興而來，敗興而返，紛紛退出殿去，一路上議論著，道：「真是好笑，一個樂工，居然思量做起忠臣來了！難道我們吃太平筵宴的，倒吃差了不成。李

龜年！李龜年！你畢竟是一個樂工，見識尚淺。」

誰知這李龜年弟兄三人，雖被武士揪出午門去，正要斬首；忽見那李豬兒手捧小黃旗，飛也似的趕出午門來，高叫：「刀下留人！主上吩咐，暫把李氏弟兄寄在監中，好好看守著。」

那武士們見李豬兒有小黃旗在手，便信以為真；又把龜年、彭年、鶴年三人，推入刑部大牢中去關著。到半夜時分，便有一個短小身材的人，從屋簷上跳進大牢去，把李氏弟兄三人一齊救出，拿繩子綑住身子，一一縋出城外去；龜年、彭年、鶴年三人得了性命，便星夜向江南一路逃去。

這救李龜年性命的人，便是李豬兒。李龜年原與李豬兒不認識的，但李豬兒為什麼卻要一力救龜年三人的性命呢？這其中卻另有一層緣故；李龜年雖得了性命，卻做夢也想不到，這救命恩人究竟為的是什麼！

原來，這孫孝哲的母親孫氏，在安祿山後宮多年，只因生性淫蕩，深得安祿山寵愛；後來安祿山返進潼關，又得了一個民間婦人李氏。那天，安祿山在行營中，左右不曾帶得婦人，十分寂寞；便有手下軍士，在民間搜得這婦人李氏獻進來。

李氏長得嬌艷面貌，白淨身體，安祿山得了滋味，也十分寵愛起來；李氏與前夫生有一子，便是這李豬兒，安祿山因寵愛他母親，便也收豬兒為義子，見他人材俊美，性格聰明，便與自己兒子一般看待。一日，祿山酒醉，忽然現出豬頭龍身；自道是個豬龍，必有天子之分，因把李氏兒子的名字，順口喚作豬兒，現在果然做了皇帝。

那孫孝哲的母親，早已替安祿山生了兒子，取名慶恩；這慶恩卻長成聰明秀美，安祿山歡喜得如得稀世活寶一般。從來說的，母以子貴；這安祿山既寵愛幼子，便把孫氏立做皇后，李氏立做貴妃。

李豬兒見自己母親只做了一位貴妃，心中不甘；又加那孫孝哲因母親做了皇后，便十分驕傲起來，二人常在宮中出入，大家不肯服氣，見了面不是冷嘲熱諷，便是相扭相打。安祿山雖立孫氏做了皇后，但心中卻甚是寵愛李氏；見孫孝哲和李豬兒兩個拖油瓶，時常打吵，卻也無法可治。李豬兒把這孫孝哲恨入骨髓，便暗暗的去與安祿山的長子慶緒勾通一氣。

那慶緒現拜為大將軍，手下有十萬雄兵，幫著父親東征西殺，功勞實是不小；滿心以為此次父親稱帝，這太子的位份總穩穩是自己的了，誰知安祿山因寵愛慶恩，頗有立慶恩為太子之意。那孫孝哲見主上欲立慶恩為太子，這慶恩和自己原是同母弟兄，將來弟弟做了皇帝，那哥哥總也逃不了封王進爵；因此極力替慶恩在外面拉攏一班大臣，要他們幫著慶恩，在安祿山跟前進言，早早立慶恩為太子。

這大將軍慶緒打聽得這消息，心中如何不恨？李豬兒正也恨著孫孝哲，便與慶緒勾通一氣，一面也替慶緒在外面拉攏諸大臣，要他們幫著慶緒說話，勸安祿山立慶緒為太子；一來因慶緒年長，二來因慶

緒有功。

他們兩家結黨營私，正在相持不下的時候，忽然見這不共戴天的仇家孫孝哲，被李龜年打死了；慶緒心中如何不喜，李豬兒見無意中報了此仇，便一心要救李龜年弟兄三人的性命。他母親正在後宮得寵，便由李氏偷得這小黃旗出來，救了李龜年的性命；李豬兒又自幼學得一身縱跳的本領，飛簷走壁，如履平地，當夜，李豬兒便親自跳進刑部大牢去，把龜年、彭年、鶴年三人劫出牢來，偷偷的放他們出城逃命去。

第六十八回　長恨歌

李龜年、李彭年、李鶴年弟兄三人，在玄宗宮中充當樂工；不獨俸給富厚，又因妙製渭州樂曲，深得天子的寵愛。在開元年中，李氏弟兄三人，在東都地方大起第宅；廣大崇隆，與當時公侯的府第相彷彿，玄宗特賜名「通遠里」。龜年感激皇上的恩德，深入骨髓；只因安祿山也愛好音樂，便把梨園子弟和李氏弟兄，都抓去洛陽宮中聽候召宣。

那日，龜年在當殿辱罵安祿山，自問必死，不料被那李豬兒救出大牢，放他弟兄三人出城逃命；龜年沿路乞食，流落在江南地方，每見良辰美景，士人遊宴，他便手抱琵琶，為人歌一曲涼州。聽他歌曲的人，都不禁掩面流淚；打聽得他是宮中樂工，便大家賞他些錢米。

當時有一位詩人，名叫杜甫的，贈李龜年一首詩，道：

「岐王宅裏尋常見，崔九堂前幾度聞；正是江南好風景，落花時節又逢君。」

江南士人看著可憐，便大家湊集了些束脩，請他傳授琵琶；這李龜年弟兄三人，也只得暫時在江南地方安身。

如今再說楊貴妃，當日倉皇自縊在馬嵬驛佛堂梨樹下，遺落下錦襪一隻；聖駕過去，有一王媽媽去掃佛堂，便拾得這錦襪收藏著，當作寶貝一般。這王媽媽，原在馬嵬坡下開一間冷酒鋪兒度日；自從她拾得錦襪，被遠近的住戶知道了，都來鋪中沽飲，兼著看錦襪。那王媽媽收了人家酒錢，還要收看襪錢，生意頓時熱鬧起來。

當時有一位書生，名李暮的，因被兵馬攔阻，留住在馬嵬坡下；打聽得王媽媽酒店中，藏有楊妃錦襪，便也趕來看襪。這李暮是富家子弟，打扮得甚是整齊；王媽媽見了，急捧出一個錦盒來，送與李暮觀看。李暮才打開盒兒，便覺異香撲鼻，拿在手中，又覺滑膩溫柔；由不得連聲讚道：「妙呀！」

只見那一彎羅襪，四周繡著雲鳳，翻過襪底來看時，又繡著「臣李林甫恭獻」一行小字；李暮拿在手中，翻來覆去的看著，愛不忍釋。這時，一旁走過一個道姑來，看著讚道：「好香艷的襪兒！」

李暮道：「妳看錦紋縝緻，製作精工，光艷猶存，異香未散，真非人間之物也！」他說著，便向酒家要過一副筆硯來，就壁上題著一首詞兒，道：「你看薄襯香綿，似一朵仙雲輕又軟；昔在黃金殿，小步無人見憐。今日酒壚邊，等閒攜展。只見絕跡針痕，都砌就傷心怨，可惜了絕代佳人絕代冤！空留得千古芳蹤千古傳！」

那道姑接過錦襪去，也細細的看著，不覺嘆著氣，說道：「我想太真娘娘絕代紅顏，風流頓歇；今日此襪雖存，佳人難再，真可嘆也！」

說著，也提起筆來，在李暮寫的詞兒後面，接著也寫道：「你看璅翠鉤紅，葉子花兒猶自工，不見雙趺瑩，一隻留孤鳳。空留落，恨何窮？馬嵬殘夢，傾國傾城，幻影成何用！莫對殘絲憶舊蹤，須信繁華逐曉風。」

李暮一邊看那道姑在壁上題詞，一面手中把玩著那隻錦襪不釋；忽見走過一個老人來，說道：「唉，官人看它則甚！我想天寶皇帝，只為寵愛了貴妃娘娘，朝歡暮樂，弄壞朝綱；致使干戈四起，生民塗炭。老漢殘年向盡，遭此亂離；今日見那隻錦襪，好痛恨也！」

他說著，奪過道姑手中的筆來，也在壁上寫著一首詞兒，道：「想當日一捻新裁，緊貼紅蓮著地開。六幅香裙蓋。行動君先愛。唉！樂極惹非災，萬民遭害。今日裏事去人亡，一物空留在。我驀睹香袎重痛哀，回想顛危淚亂揩！」那老漢寫畢，擲下筆來，兀自的跌足嘆氣。

那王媽媽在一旁說道：「呀，這客官見了錦襪，為何著惱？敢是不肯出看錢麼？」

老漢聽了，跳起來喝道：「什麼看錢？」

王媽媽冷笑道：「原來是一個村老兒，看錢也不曉得。」

那老漢聽說他是村老兒，不禁咆哮起來，大聲嚷道：「什麼村老兒，我萬歲也見過，卻不曾見過妳這老淫婦！」

王媽媽聽他罵自己老淫婦，便頓時兩眼直瞪，紅筋直綻，趕上前去，一把揪住老漢的胸襟，要廝打起來；李暮忙上去勸住，說道：「些須小事，不必鬥口，待小生一併算錢與你罷了。」說著，便拉著老漢，又邀著那道姑去同桌飲酒。

李暮動問名姓，那老漢便說叫郭從謹，原是扶風野老，萬歲駐蹕鳳儀宮中時，曾進宮去獻過飯來；如今要往華山訪友，經過此馬嵬坡下，走得乏了，特來沽飲三杯。

那道姑則說：「我是金陵女貞觀主。」彼此對飲著酒。

那王媽媽來索回錦襪，道姑說道：「媽媽，我想太真娘娘，原是神仙轉世；欲求喜捨此襪，帶到金陵女貞觀中供養仙真。未知許否？」

那王媽媽笑道：「老身無兒無女，下半世的過活，都在這襪兒上，實難從命。」

李暮接著說道：「小生願出重價買去如何？」

那王媽媽不曾答話，郭從謹卻攔著說道：「這樣遺臭之物，要它何用？」

大家正在說話的時候，忽見一個半老婦人，後面跟了一個十六、七歲的女娃子，懷中抱著琵琶，走進酒店來；向眾酒客道了個萬神，坐下來，把琵琶彈得忒楞楞響，頓開嬌喉唱道：「唉！想起我那妃子呵，是寡人昧了她誓盟深，負了她恩情廣；生拆開比翼鸞凰！說什麼生生世世無拋漾，早不道半路裏遭魔障。」

唱完一段，琵琶又忒楞楞的彈了一段過門，接著唱道：「恨寇逼的慌，促駕起的忙！點三千羽林兵將，出延秋，便沸沸揚揚。甫傷心第一程，到馬嵬驛舍旁，猛地裏炮雷般齊吶起一聲的喊響，早只見鐵桶似密圍住，四下裏刀鎗。惡噷噷單施逞著他領軍元帥威能大，眼睜睜只逼拶得俺失勢官家氣不長，落可便手腳慌張。

恨只恨陳元禮呵，不催他車兒馬兒一謎家延延挨挨的望，硬執著言兒語兒一會裏喧喧騰騰的謗。更排些戈兒戟兒一哄中重重疊疊的上，生逼個生兒命兒一霎時驚驚惶惶的喪，兀的不痛殺人也麼哥！兀的不痛殺人也麼哥！閃的我形兒影兒這一個孤孤悽悽的樣。

寡人如今好不悔恨也，羞殺咱掩面悲傷，救不得月貌花龐，是寡人全無主張。不合呵，將她輕放；

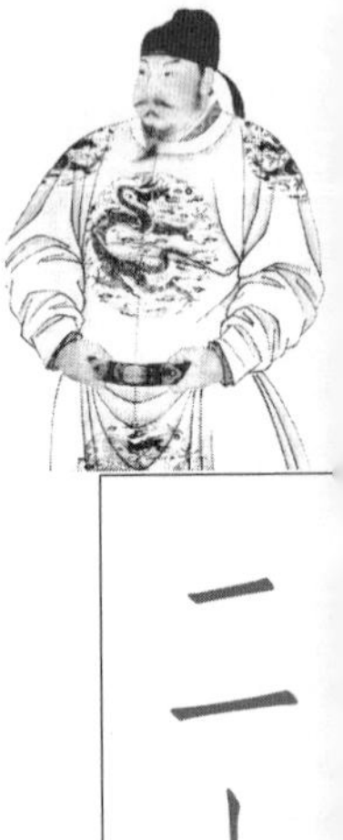

我當時若肯將身去抵擋，未必她直犯君王。縱然犯了又何妨？泉臺上，倒博得個永成雙。如今獨自雖無恙，問餘生有甚風光，只落得淚萬行，愁千狀。我那妃子呵！人間天上，此恨怎能償！」

這一段曲子真唱得一字一咽，聲淚俱下；把滿店堂的酒客，聽得個個停杯搵淚。

李暮看那姑娘，一雙瘦稜稜的腳兒，蔥綠色的散腳褲兒，上身配著桃紅襖兒；身材苗條，腰肢瘦小，鬅髮覆額，雲鬢半偏，越發顯得面龐圓潤，眉樣入時。李暮把這姑娘從下打量到上，心中不覺暗暗的動了憐惜；聽她唱完了曲子，便拍著桌兒讚嘆道：「好哀艷的詞兒！」

那半老婦人向眾酒客一個一個道過萬福，說：「可憐見，我娘兒孤苦零丁，請諸位客官破費幾文錢鈔。」

誰知向各酒客哀求過來，竟沒有一個肯給錢鈔的；那婦人愁眉淚眼的走到李暮跟前，李暮隨手從懷中掏出一把散銀來，估量有三兩左右，那婦人千歡萬喜的收了銀子，又喚女兒過來道過萬福。李暮命她母女二人坐下，動問：「何處人氏？」

那婦人回說：「梁氏，女兒紫雲，原是京師士人的妻小，只因安祿山造反，丈夫帶了妻兒逃難出來；到了成都，身染重病，死在客店中，所帶旅費都作了醫藥棺殮之用。如今聽說京師已定，咱娘兒二人飄流在外，終不是事；離家千里，欲回家去，又無盤纏。幸得近日成都地方，流行得這『上皇哭妃』

的曲子；我女兒便拿它譜在琵琶上，一路賣唱而來。」

那李暮聽了這婦人的身世，愈覺可憐，不覺動了俠義之念；當時對那婦人說道：「女孩兒家廉恥為重，好好士人的妻女，便不應當在外拋頭露面賣唱維生；如今，恰巧小生也是要到京師去的，妳母女二人的盤纏，都有小生照顧。紫雲小姐，從此可不須賣唱了。」

這幾句話，說得她母女二人真是感恩知己；當下那婦人急急趴在地下拜謝著。便是那紫雲小姐，也抱著琵琶，遮住半邊粉臉兒，露出一隻眼睛，暗暗的向李暮遞過眼光去，表露著無限感謝的神色；李暮給了酒錢和看襪錢，站起身來，帶著她母女二人離了酒店，向長安大路走去。

如今再說這「上皇哭妃」的曲子，原是成都地方一個詞人編製出來的；一時因為他詞句兒哀艷，便大家小戶的傳授著、唱著。

那玄宗太上皇在成都行宮旁，為楊貴妃建造一座廟宇；又傳高手匠人，用檀香木雕成貴妃的生像。這一天，用一隊宮女，由高力士領導著，幢旛寶蓋，笙簫鼓樂，把楊貴妃的生像送進行宮來；玄宗已早站在臺階上候著。那宮女們把木像抬至萬歲跟前，扶著，把木像的頭略略低著，高聲說道：「楊娘娘見駕。」高力士在一旁，也高聲宣旨道：「愛卿平身。」

那玄宗見這楊貴妃的雕像，真似活的一樣般，不覺流下淚來；喚道：「妃子！妃子！朕和妳離別一

向，待與妳敘述冤情，訴說驚魂，話我愁腸。妃子，妃子！怎不見妳回過臉兒來，近過身兒來，轉過笑容來？」說著，不禁伸手去摸著那木像的臉兒，嘆著道：「呀！原來是檀香木雕成的神像。」

玄宗自言自語的說著；高力士在一旁跪奏道：「鑾輿已備，請萬歲爺上馬，送娘娘進廟。」

玄宗傳旨：「馬兒在左，車兒在右，朕與娘娘並行。」

殿下齊呼一聲：「領旨！」玄宗踱出宮去，高力士扶上馬，一隊隊金瓜傘扇，簇擁著車馬行去，直走進廟來。

只見那廟宇建造得金碧輝煌，中間寶座配著繡幕錦帳，兩旁泥塑的宮娥太監，雙雙分立著；宮女們服侍楊娘娘木像升座，玄宗親自焚香奠酒，便命宮女太監由高力士帶領著，暫退出殿外。玄宗端過椅子來，與那貴妃的木像對坐著，哭著訴說著；直到天色昏黑，高力士幾次進去請駕，可憐這玄宗兀自迷戀著楊貴妃的生像，不肯走開。

後來宮女太監們，一齊進殿去跪求；玄宗看著宮女放下神帳，才一步一回頭的走出殿去。直到臨走時候，還回過臉去，對神像說道：「寡人今夜，把哭不盡的衷情，和妃子在夢兒裏，再細細的談講。」一句話，引得那左右的宮女太監們一齊落下淚來；因此外邊便編出這「上皇哭妃」的曲子來唱著。

玄宗太上皇在成都過了幾時，又接得郭子儀的奏本，說安祿山在洛陽被刺，逆子安慶緒亡命在外；

洛陽業已收復，天下大定，便請上皇回鑾。玄宗看了這奏本，不覺心中一喜。

原來安祿山左右的謀臣，是高尚、嚴莊二人；心腹是孫孝哲、李豬兒二人，戰將是次子安慶緒一人。在安祿山起兵之初，統帶大兵二十萬，日行六十里，直撲潼關，打先鋒的，便是他的次子慶緒；這安慶緒，非但驍勇善戰，且是足智多謀。他起兵的前三日，便召集將士置酒高會，細觀地圖，從燕州到洛陽一帶，山川險要，都畫得詳詳細細；便把這地圖分給眾兵士，又遍賞金帛，傳令不得誤期，違令者斬。

安祿山卻率領牙將部曲，一百餘騎先至城北，祭祀祖先的墳地；行至燕州，有老人攔住祿山的馬頭，勸說不可以臣叛君。祿山命嚴莊用好言辭退老人，說安祿山是憂國之危，非有爭國家的私意；並賞老人無數金帛，送回鄉里，從此下令，有敢來勸阻的，便滅三族。

祿山得了潼關，直至七日以後，這消息傳至京師；玄宗大怒，祿山第四子慶宗，為駙馬在京師，玄宗命禁軍去搜捕慶宗全家老小，送至西城外斬首，那榮義郡主亦賜死。天子下詔，切責祿山不忠不義，許他自新，來京請罪；祿山答書卻十分傲慢，一面遣賊將高邈、臧均，率領番兵打入太原，又令張獻誠守定州。

安祿山謀反十餘年，凡有番人投降，他都用恩惠收服他，有才學的士人，他便厚給財帛；因此蓄中

的情形，他十分明瞭。他起兵的時候，又把俘虜的番人釋放為戰士；因此人人敢死，所向無敵。

玄宗見時勢危急，便發左藏庫金，大募兵士，拜封常清為范陽平盧節度使，郭子儀為朔方節度關內支度副大使、右羽林大將軍，王承業為太原尹衛尉卿，張介然為汴州刺史、金吾將軍，程千里為潞州長史，以榮王為元帥，高仙芝為副元帥，四路出兵討賊。

安祿山行軍至鉅鹿城，便停兵不進，說鹿是吾名，便改道從沙河進兵；把山上樹木砍下來，用長繩穿住，拋在河中，一夜水木冰結，如天然浮橋，便渡河攻入靈昌郡。又三日，攻下陳留、滎陽一帶地方；在罌子谷遇將軍守瑜，殺死數百人，流矢射中祿山乘輿，便不敢前進，從谷南偷進。守瑜軍士矢盡力竭，將軍守瑜躍入河中自盡；封常清兵敗，失去東部，常清逃至陝州，留守李愷被殺，御史中丞盧奕、河南尹達奚珣，都投降祿山。這時，高仙芝屯兵在陝州，聞常清戰敗，便棄甲夜逃至河東；常山太守顏杲卿，殺死安祿山部將李欽湊，生擒高邈、何千年，但這時，趙郡、鉅鹿、廣平、清河、河間、景城六郡，都被安祿山佔有。

講到顏杲卿這人，真是唐朝數一數二的忠義之士；他原是安祿山識拔的，表奏為常山太守。待到安祿山起兵謀反，軍馬過處，顏杲卿與長史袁履謙出迎道左；祿山賜杲卿紫色袍，賜履謙紅色袍，令與假子李欽湊，領兵七千，屯紮在土門地方。杲卿退，指所賜衣，對履謙說道：「吾與公何為著此？」履謙大感悟，便私與真定令賈深、內邱令張通幽定計殺賊。

杲卿推病，不為賊任事；暗遣長子泉明，奔走四處，結合太原尹王承業為內應，使平盧節度副使賈循攻取幽州。早有細作報與安祿山知道，祿山便殺死賈循；杲卿日與處士權渙、郭仲邕定計。這時，杲卿同五世祖兄真卿，在平原暗養死士；守臣李愷被賊兵殺死，祿山使段子光割下李愷首級，傳示諸郡。到平原，真卿命死士刺殺子光，遣甥盧逖至常山，約期起兵，斷賊北路。

杲卿大喜，便假用安祿山命令，召李欽湊回常山議事；欽湊連夜回城，杲卿推說城門不可夜開，便令宿城外客舍，又使履謙和參軍馮虔、郡豪虔萬德一輩人，在客舍中陪欽湊夜飲。酒醉，殺死欽湊，又殺賊將潘惟慎；用大兵圍困旅舍，欽湊領兵數百人，俱被履謙兵殺死，投屍在滹沱河中。履謙拿欽湊首級送與顏杲卿，杲卿又喜又泣。

前幾日，祿山遣將部將高邈，到范陽去招兵未回；顏杲卿便令藁城尉崔安石，用計殺邈。高邈行至蒲城，與虔萬德同住在客店裏，崔安石推說送酒到客店中，便預先埋伏武士在客店中；安石喝一聲：「武士何在！」那高邈便立刻被擒。

又有祿山大將何千年，從趙州來，亦被虔萬德捉住；杲卿便把欽湊首領和二賊將，令子泉明送至太原。王承業欲據為己功，便厚給金帛，令泉明自回常山；又暗令刺客翟喬候在半路上，欲刺死泉明。那

翟喬見王承業行為奸險，心中不平；便去見泉明，告以王承業的陰謀。玄宗見王承業立功，便陞他為大將軍；後因袁履謙上奏，始知全是杲卿功勞，便拜杲卿為衛尉卿兼御史中丞，袁履謙為常山太守。

杲卿用計，使先鋒百餘騎，馬尾縛著柴草，在樹林中往來馳驟；遠望塵頭蔽天，使人傳稱王師二十萬南下。祿山部將張獻城，圍攻饒陽正急，見顏軍大至，便棄甲而走；一日之間，奪回趙州、鉅鹿、廣平、河間一帶地方，殺各地賊官首級，送至常山。

從此杲卿兄弟兵威大振，祿山大懼，使史思明等率平盧兵渡河，攻常山；這時顏杲卿坐守城中，遣兵四出，城中兵力單薄，賊兵圍攻甚急，杲卿無奈何，便派人至河東，向王承業求救。那王承業，因從前有奪功的仇恨，便不肯發兵。

杲卿晝夜督戰，親自登城禦敵，力戰六晝夜，箭盡糧絕；城破，杲卿率子侄猶自巷戰，血流蔽面，刀折被擒，送至敵營，袁履謙也同時被捉。敵將勸杲卿降，杲卿昂頭不應；又取杲卿幼子季明，送到杲卿前，以白刃放在季明頸上，大聲道：「杲卿若降，我當赦爾子！」杲卿閉目不答。敵將怒，便將幼子季明與杲卿的甥兒盧逖一併殺死；將杲卿打入囚籠，送至洛陽。

安祿山見了，拍案大怒道：「吾拔爾為太守，有何負爾之處，卻如此反吾？」

杲卿怒目大罵，道：「汝本營州一牧羊奴耳！天子洪恩，使汝大富極貴，有何負汝之處，卻如此反天子耶？顏杲卿世為唐臣，力守忠義，恨不能殺汝叛逆，以謝皇上！豈肯從汝反耶？」

祿山急以兩手掩耳，喝令武士拽杲卿出宮，綁在天津橋柱上，用刀碎割，令杲卿自食其肉；杲卿且食且罵，武士以刀鉤斷其舌，猶狂吼而死，其時年已六十五歲。袁履謙亦被武士砍去手足，何千年弟適在旁，履謙嚼舌出血，噴何弟面；何弟大怒，執刀細割履謙之身而死。一時杲卿的宗子近屬，都被祿山搜捉殺死，屍橫遍地，卻無人來收殮；所有杲卿生前收復的各郡縣，此時又一齊投降了祿山。

當時，還有一位守城的勇將，名喚張巡的，為真源令；有譙郡太守楊萬石降安祿山，逼巡為長史，使起兵接應。張巡便率領部屬，哭於玄元皇帝祠，起兵討賊，有兵二千人。那時宋州、曹州一帶，都已投降祿山；祿山自稱雄武皇帝，改國號為燕。

雍邱令令狐潮，為祿山統兵，殺至淮陽；城破，淮陽將吏俱被縛在庭中，將殺之。忽報城外有一路人馬到來，令狐潮便急急出城去察看；淮陽城中囚犯反牢出，解諸將吏縛，殺死守衛的賊兵，迎單父尉賈賁與張巡二人入城。張巡乃盡殺令狐潮的妻兒，把屍身高懸在城上；令狐潮不得歸城，又見自己妻小被人殺死，心中萬分悲憤，便出死力攻打淮陽城。

賈賁首先出城應敵，兩員勇將戰鬥足足有三個時辰；賈賁力弱，漸漸有些不支，急揮戈退回城來。那部下的兵士，見敵軍來勢兇狠，便個個向淮陽城中逃性命；一時勢如潮湧，門小人多，賈賁喝止不

住，便勒馬回頭，站住在城門口，高喊：「軍士們慢進！」

誰知那頭馬被眾人擠得立腳不住，一個翻身倒在地下；那賈賁一條右腿壓在馬腹底下，一時不能掙脫，竟被眾人踐踏如泥。張巡看自己兵士已不能支撐，那敵兵卻如猛虎一般的撲來，便大吼一聲，拿著大刀，從城樓上飛奔下來；他在馬上往來馳驟，刀尖所過，人頭落地。那敵兵見張巡刀法如神，便也不敢追撲，紛紛向後退去；城中兵士見主帥得了勝仗，頓時膽氣粗壯起來，重又殺出城來。

張巡在前面領路，著地捲起一陣塵土，追殺敵兵三十餘里；張巡也身受槍傷，血流鎧甲。但他毫不畏縮，兀自橫刀躍馬，殺人如搗蒜；部下兵士見了齊呼：「將軍天人！」

當年淮陽城外這一戰，轉敗為勝，張巡的威名從此大震；郭子儀便舉張巡為兗東經略使，坐守淮陽。

令狐潮經此大敗，便調集兵馬四萬人，再來圍城，城中兵士大恐；張巡諭諸將士毋得驚惶，賊知城中虛實，有輕我之心，今出其不意，可驚而使走也，若與鬥力，勢必至敗。諸將齊稱將軍高見，張巡便分一千人在城樓上吶喊，另分十數小隊出城，埋伏在四處荒山野谷裏；東面打鼓，西面吶喊，四處八方，都打著張字的旗號。

那敵兵見此情形，心中不由的疑惑起來；正要退去，城門開處，殺出一支人馬來。當先一員大將，便是張巡！看他手舉大刀，見人便殺，近他身的，已經殺翻了數十個；那四山喊聲震地，敵兵便棄甲而走，不敢戀戰，張巡追過四十里，便鳴金收軍。

到第二日，令狐潮到底仗著人眾，又來攻城，用四百架百尺雲梯攻打著；張巡便命兵士在城牆上趕造木柵，和雲梯一般高低；令數百箭手爬上木柵去，箭頭上綁著乾草，灌透油質，用火燒著，一齊射將過去。那雲梯見火便著，一時轟轟烈烈，把數百座雲梯一齊燒去；趴在雲梯上的兵士，燒死的燒死，跌死的跌死。

張巡趁著敵兵慌亂的時候，一陣鼓響，便帶領千名勇士，箭也似的衝殺出去；又得了一個全勝，殺得敵兵不敢近城。張巡死守在城中，前後六十日，經過大小戰爭數百次，城中兵士人人帶甲而睡，裹傷而戰，精神十分勇猛；令狐潮的兵士，每天被張巡殺死數百人千餘人，看看四萬人馬，逃的逃，死的死。

第六十九回　孤城傳奇

令狐潮奉了安祿山之命，攻打淮陽城，相持六十日，死亡日多；令狐潮沒奈何，只得暫且退兵，一面打發人投書給張巡，勸張巡投降。那書上說道：「本朝危蹙，兵不能出關，天下勢去矣。足下以羸兵守危堞，忠無所立，盍相從以苟富貴乎？」

張巡立刻答書道：「古者，父死於君義不報，子乃銜妻孥怨，假力於賊以相圖；吾見君頭懸於通衢，為百世笑，奈何！」令狐潮得了張巡覆書，心中也覺慚愧，便也不出力攻城。

張巡守此孤城，與京師不通消息，道路謠傳說天子已遭弒；當有大將六人，從各處郡縣中來，勸張巡不如降祿山，可得富貴。這六員大將，手下各有兵士，多則數千，少亦數百；他們吃了國家的俸祿，一旦有事，便令軍士逃散。大家合夥兒商量停妥，來勸張巡做降將軍去；張巡聽了他們一番說話，心中萬分氣憤，便推說此事須與部下將士商議。

到了第二日，便在公堂上設著香案，上面高高的掛著一軸天子畫像；張巡全身披掛，率領全城將士

走上堂去，哭拜在地。引得兩廊下將士高舉劍戟，齊呼萬歲；那六位大將也分立在堂下，看這情形，知道不妙，正要拔腳逃走，張巡喝一聲：「跪下！」那六人便齊齊的向上跪倒。張巡便把這六人來勸降的話，對眾軍士說了；只聽得幾千人轟雷也似齊喊一聲殺，這六顆人頭，便在這喊聲裏一齊落地。

正在這時候，外面敵兵又來攻城，張巡便帶領眾兵登城禦敵；那軍士們自殺了這六員大將以後，人人都覺精神抖擻，莫不以一當十，以十當百。張巡親冒矢石，在城上督戰，一連六晝夜不曾合眼；正在吃緊的時候，忽管糧官來報告，說：「城中鹽米俱無。」張巡聽了，頓時氣餒了下去。

這一夜，他獨坐在大堂上，愁容滿面，正無可設法的時候，忽然探子報到說：「敵軍有鹽米船數百艘，正沿西河而下。」

張巡聽了，不覺拍案大呼，道：「此天與吾也！」當下便傳集眾將，上堂來聽令；來朝調三千兵士，在城東挑戰；只須搖旗吶喊，多放火箭，一面由張巡親自率領勇士五百人，偷偷的出了西城，到河邊去劫糧。

第二天，令狐潮在中軍帳中，正進早膳，忽聽得城東面喊聲大起，說是張巡兵欲出城衝陣；令狐潮便調右路兵去，包圍東城。城上見敵兵走進，千萬道火箭齊下；夾著風勢，那令狐潮軍中的旗幟車輛，一齊著了火。

火愈燒愈旺，不可撲滅；令狐潮見此情行，便傾全部兵馬，上去攻打東城。那城中兵士，忽然火箭不放了，只躲在城垛裏搖旗吶喊；城外兵士爬上城去，忽然城頭上木石齊下，打死了許多兵士。從早到晚，足足廝殺了一天；城中兵士絲毫不受損傷，城外兵士卻又死了許多。

看看天色已晚，令狐潮沒奈何，只得鳴金收兵；回到帳中，忽見一個解糧官垂頭喪氣的跑來。看他身上狼狽不堪，問時，原來這解糧官從洛陽運糧到此；看看已近西河，忽然水底裏攢出數百個黑衣兵來，一擁上船，個個拔出佩刀，把船上兵丁殺死。那四百艘糧船盡被黑衣兵劫去，解糧官跳入河中，才得逃了性命；不用說，這黑衣兵便是張巡的軍士了。

當時，張巡趁城東廝殺得熱鬧的時候，令狐潮全副精神注定在東城，這城西地方卻毫無設備；張巡親自帶了這五百名黑水兵，偷偷的出了東城。這五百名兵士，個個認得水性，趕到西河，便一齊跳下水底去躲著；看看糧船到來，那五百名黑衣兵一擁而上，不費力氣，便把五百號大糧船劫奪過來。

果然鹽米十分充足，只可惜張巡手下只有五百個人，他們用盡氣力，只取得一千斛鹽米；拋在船上的鹽米正多呢。張巡無法可想，只得把剩下的鹽米，放一把火，連船連米燒得乾乾淨淨；城中得了這一大批糧食，頓時全軍歡騰起來。

正高興的時候，忽見那管軍火的倉官上來報說：「因日間兵士們放火箭過多，如今武庫中已不留一

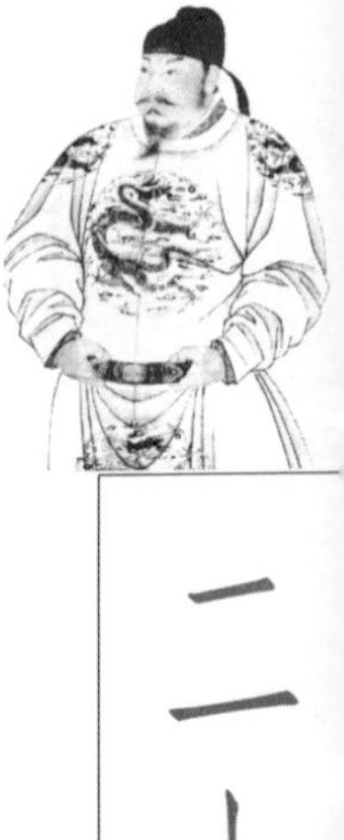

箭。」張巡聽了，頓時又吃了一大驚，心想：兵士們沒了箭，叫他明日如何應敵；抬頭向天上一望，忽見月暗星稀，滿空中佈著雲霧，立時心生一計，即傳令軍中，限二鼓以前，紮齊草人一千個候用。

此時正是初更時分，眾軍士得了軍令，便一齊動起手來；到二更時分，果然紮成一千個草人前來交納。張巡便命把草人一齊穿起黑衣來，在頭子上各繫著一條繩子；看看三鼓時候，一千名軍士抱著一千個草人，走上城頭去。一聲吶喊，把這手中草人一齊向城牆外面拋去；那軍士們卻躲身在城牆裏面，手中個個把繩子牽動著。

令狐潮的兵士正在睡夢中，被吶喊聲驚起；這時夜深霧重，遠遠望去，只見城中兵士沿著城牆，用繩子縋下城來，滿城牆蠢動著，也不知有多少兵士。急急去報與令狐潮，令狐潮親自來察看，果見無數黑衣兵，在城腰上縋下城來；令狐潮便傳令箭手放箭，頓時箭如飛蝗，萬弩齊發。

射了半夜，看看那城上的兵士，只有半空中縋著，也不下來，也不上去，也不聽得城頭上有半點聲息；令狐潮令住了箭，到天明看時，原來城牆上掛著的齊是草人，那草人渾身上下密密插滿了箭，正與刺蝟相似。

令狐潮到此時，才恍然城中用計借箭的，氣得他命眾軍士一擁上去搶那草人時，城中兵士把繩子一牽動，把草人一齊提進城去了；張巡點了一點，足足得了三十萬枝利箭，便令軍士登城高呼道：「謝令

狐將軍賜箭！」那令狐潮聽了，又是好氣又好笑，便鳴金回營去了。

不料第二夜，城中又鼓噪起來；令狐潮出帳看時，依舊見許多草人披著黑衣，縋在城牆外，半空中隨風飄蕩著。令狐潮在馬上看了，不覺哈哈大笑；令眾軍士莫去睬他，依舊回帳安睡。令狐潮的兵士睡在枕上，遠遠的聽城中的兵士，越鼓噪得厲害，他們也越笑得厲害；睡至三鼓，忽然帳外一聲喊起，那城中兵士如潮湧而至，令狐軍從夢中驚醒，人不及甲，馬不及鞍，個個赤腳飛逃。

城中兵士就帳前放一把火，殺入中軍帳去，一眼見令狐潮把臥被裹在身上，向帳後逃去；眾軍士看看趕上，舉刀砍去。忽見一個鬍子大漢，一伸手，把令狐潮搶在背上，大腳步從後營門出去；營門外吊著一匹馬，那大漢把令狐潮扶上馬背，一鞭打去，那馬便如飛的逃去，城中兵士見捉不得賊帥，便回身撲入敵兵帳中，混殺一陣。

這一戰，令狐潮傷失了無數人馬，又燒去了許多營壘，帶著敗殘兵士，直奔了八十餘里，才住了腳；檢點兵士，已死了一萬餘人。令狐潮發個狠，便向雍邱重調人馬，前來圍城；這一次卻不比從前，把個淮陽城圍得水洩不通，從早到晚，不停的攻打。

張巡在城上晝夜督戰，一連攻打了八日八夜，城中柴草皆用盡了；張巡心中不覺愁悶起來，便與諸將士商議。其中有一位行軍參軍，便獻計道：「如此如此，包管得了柴草。」張巡連稱妙計。

到了次日，張巡站在城樓上豎起黃旗，令兩軍停戰，高叫：「令狐將軍出陣答話。」

過了一會，果然見敵軍中，陣門開處，令狐潮全身披掛，騎在馬上，左右武士隨著，直至城下；張巡滿臉裝著笑容，在城樓上欠身說道：「將軍請了，我二人相持日久，勞師靡眾；如今我這城中糧盡援絕，急欲領眾出走，請將軍領兵，退去二舍之地，使我得從容讓城。」

令狐潮多日攻城不下，心中正是焦急；今聽張巡如此說法，正中下懷，當即傳令眾軍退去二舍之地，放張巡兵出城，不得追殺，不消幾個時辰，那令狐軍士果然拔寨退盡。張巡先打發巡哨兵出城去打聽虛實，果然四門不見敵兵；張巡便傳令眾軍士，午時出城去砍柴，限申時回城。

頓時四門大開，那軍士們個個腰插利斧，奔出城去，先把四郊的民房拆去，又上山去砍倒許多樹木，綑載著回來；張巡看看柴草十分充足，那近城三十里的樹木房屋都已搬盡，便吩咐依舊把四門嚴閉起來，日夜用兵看守著。

那令狐潮兵退至二舍之地，看看過了三日，還不見張巡讓城；便立刻修書一封，打發差官送進城去。誰知那差官也被張巡扣住在城中不放，令狐潮不覺大怒，又帶領人馬前來攻城；張巡親自在城樓上，對令狐潮說話。

令狐潮責問：「為何失信？」

張巡不慌不忙的說道：「並非咱家失信，只因城中缺馬，我將士深恐汝軍追殺，不得乘騎，不能速走；願將軍賜馬三十匹，即當讓城。」令狐潮便信以為真，即選良馬三十匹，送進城去。

張巡早與部下約定，選驍勇、有膂力的將士三十人，人各得一騎，衝殺出城去；人各取敵軍一將，敵軍無將，則軍心自亂。

當日，見令狐潮果然把馬送來，張巡令眾將官個個飽餐一頓，開著城門，直衝殺出去；令狐潮的兵士正待城中兵士出走，猛不防那敵將早已衝殺到跟前。那來將如入無人之境，令狐軍將士一個措手不及，有被砍下首級來的，有被活捉過去的，一時陣腳大亂；令狐潮只得帶領眾軍且戰且退，張巡在城中揮動兵士，如山崩海嘯般的掩殺過來。

這一戰，張巡軍砍得敵兵首級千餘個，擄得牛馬器械無數；令狐潮屢次中張巡的計，屢打敗仗，心中又羞又憤，便退回陳留去，堅守不出。直至是年七月，令狐潮又率領將士瞿伯玉生力軍一萬人，前來攻城；另命四人假扮著宮中尉官，手捧聖旨，混進城來。那聖旨命張巡率領本部人馬前赴行在，張巡設宴款待此四人；席間張巡道：「此去行在數千里，道路為梗，教我如何去得？更不知諸公如何來得？」一句話，問得這四人面面相覷；張巡便喝一聲：「拿下！」帳下健兒一擁上去，砍下四人的首級來。

令狐潮見計策不行，又斬了他的來使，便奮力攻城；張巡自令狐潮軍退去以後，便積聚錢糧，訓練士卒，又與河南節度使虢王巨，遙相呼應，心中也覺毫無恐懼。此番令狐潮再來攻城，足足打了四個月，令狐軍愈來愈多，竟有兵士四萬餘人；而張巡手下的兵士，因戰爭日久，死亡日多，此時只有一千多兵士，但經過大小二百餘戰，每戰必勝，令狐潮也沒法奈何他。

這時，虢王屯兵在彭城地方，拜張巡為先鋒大元帥；接著魯東平地方，被祿山右翼軍隊攻陷，濟陰太守高承義，便獻城投降祿山。虢王不能守彭城，便領兵退守臨淮；張巡困守絕地，外失應援，賊將楊朝宗出兵寧陵，斷張巡運糧之路。張巡大恐，便率領馬三百，兵三千，趁黑夜退出淮陽，投奔睢陽城而來。

睢陽太守許遠，原是一位忠義之士；他部下有大將兩人，一名雷萬春，一名南霽雲。各領兵數千，在寧陵北道，一日之中，斬殺賊將二十，賊兵二萬餘人，投屍在汴河中，河水為之不流，從此軍威大震。如今許遠與張巡合兵，勢力更是雄厚。

這睢陽城是東西往來要道，兵家所必爭之地；安祿山便遣發部將尹子琦，帶領數萬突厥兵，與楊朝宗合兵十餘萬，來攻睢陽城。許遠自知才不及張巡，便讓張巡為主帥，在城中調遣兵士，自己卻專管軍用糧食戰具；張巡分兵守城，自己卻開城出戰，從辰至午，大小二十戰，氣不稍衰。尹子琦大敗；張巡所得車馬牛羊，盡分給士卒，令城中秋毫無犯。

太子即位靈武，下詔拜張巡為御史中丞，許遠為侍御史；張巡以久困孤城，無異束手待斃，欲趁勝進攻陳留；尹子琦又用大兵圍城，張巡、許遠殺牛大饗士卒，統合城兵士五千人出城奮戰。子琦望見城中兵少，鼓掌大笑；許遠登城，親自擊鼓，城中兵士出死力與賊戰，子琦兵大敗，張巡窮追數十里而還。

至五月，子琦又領大兵圍城；張巡命城上遍插旌旗，深夜擊鼓吶喊，賊兵大驚，嚴陣待旦。至天明，見城上寂無聲息，偃旗息鼓；子琦兵士疲倦不堪，便回營休息，張巡便令南霽雲領五百騎士，後隨刀斧手一千人，含枚疾走，趁賊不備，直衝中軍。一聲喊起，騎兵四突，南霽雲在馬上斬將拔旗，一時敵營大亂；尹子琦只領數十兵士，落荒而走。

南霽雲見得親切，急急拍馬趕上；忽橫路裏殺出一員大將來，身披鐵甲，後隨番兵千人，各騎高頭大馬，直向南霽雲殺來。南霽雲見自己兵力單薄，怕遭敵人圍困，只得撥轉馬頭，奔回睢陽城來；張巡在城上，見南霽雲被敵兵追趕得緊，便急放下吊橋，把自家兵士接應進城來，待敵兵趕到，已把吊橋高高吊起，城濠邊預埋著箭手，把敵人陣腳射住。

尹子琦見軍士轉敗為勝，便又揮動大兵，前來接應；那大將帶領兵士，幾次爬城，俱被張巡軍士在

城上射退。南霽雲退進城去，重又登城助戰，見尹子琦在城腳下往來督戰；南霽雲躲在張巡身後，搭箭上弦，颼的一聲，飛出城去，那尹子琦左眼上早中了一箭，應聲倒下馬來。敵兵見傷了主將，便頓時嘩亂起來；許遠奮力打鼓，張巡衝殺出去，又奪得敵人軍器車馬不計其數，子琦兵一時退盡，張巡兵得稍休息。

這睢陽城中，原有稻穀三萬斛，足敷一年之食；在春間，因鄰郡濮陽、濟陰絕糧，虢王命分糧一半，接濟濮陽、濟陰兩郡。許遠當時也竭力勸阻，虢王不許；濟陰太守高承義得了糧米，便即投降祿山去，虢王也懊悔不及。

到七月時候，尹子琦又帶兵來圍城；這時睢陽城中，糧食已盡，每一兵士每日只給米一勺，煮著樹皮破紙，吞下肚去充飢。可憐那兵士終日餓著肚子，奮勇殺賊，漸漸有些不支起來；老弱的先行倒斃，日子久了，那強壯的也都活活的餓死，境狀十分悽慘。但那班兵士到死，也沒有一句怨言；看看城中兵士只剩下了一千多人，便是這一千多人，也個個餓得骨瘦如柴，力不能舉矢。

張巡和許遠二人，心中萬分焦灼，日夜盼望救兵不至；張許二人也商議不出一條好計策來。圍城的兵，打聽得城中糧盡援絕，便死力攻城，用雲梯爬城，四面放箭；那城中兵士，臥地用鉤桿推倒雲梯，又拋下火球去燒斷雲梯。城外兵又用鉤車木馬，往往被張巡用木石打破；賊兵無法可施，便在四城築柵包圍。

那城上守兵日有餓死的，張巡便命城中百姓羅雀掘鼠，以饗士卒；但城中雀鼠有限，又百姓也日有餓斃的，如何顧得兵士。張巡、許遠眼看著守城兵士，一天少似一天，便是不死的，也傷氣乏力，慘無人形；張巡一日退入後堂，與愛妾申氏談論，見申氏肌膚豐潤，便立生一計。

出至堂上，傳集眾將士齊至堂中，大設筵席；眾將士列坐兩旁，只見桌面上排列著空盤空碗；過了一會，抬出一個大行灶來，放在筵前。張巡吩咐到後堂，去請如夫人出來，只聽得一陣環珮聲響，兩個丫鬟扶著一位千嬌百媚的申氏出來；眾將士見是主將的愛妾出來，便一齊把頭低下。

那申氏走至張巡跟前，深深襝衽著，低聲問道：「老爺喚妾身出來，不知有何吩咐？」

張巡看他愛妾，越發打扮得齊整了；便指著身旁一個坐椅，說道：「妳且坐下了，我有話說。」

那申氏半折著纖腰，打偏坐下，眾人見張巡霍地立起身來，一納頭便拜倒在申氏石榴裙下；慌得申氏忙跪下地去，還禮不迭。

張巡站起身來，滿面流著淚，說道：「我今已拚著這條性命，做一個忠臣；也願夫人成全了我的志意，做一個烈婦。妳看堂上眾將士，都為我忍飢耐苦，死守著這座睢陽城；我只因一身關係一城存亡，不能割下肌膚，以饗眾士。夫人身體肥嫩，其味當比我的肌肉美，還求夫人替我殺了自身吧！夫人這一

死，不獨我做丈夫的感恩不盡，便是萬歲爺，也知道夫人的好處呢！」

好個申氏夫人，她聽了張巡的一番話，便毫不遲疑；當下用纖手打開衣襟，露出潔白的酥胸來。兩旁將士看著，其勢不妙，便一齊搶上前去；說時遲，那時快，張巡早已拔下佩劍，只一劍，就聽得嬌聲喊：「我的老爺！」那酥胸上，早已戳了一個窟窿。

申氏倒下地去，眾將士一齊跪倒在地，嚎啕痛哭；張巡喝令把申氏屍身拖下堂去，洗剝了放在大釜中熬煮起來。正悽慘的時候，忽見那許遠又一手揪住一個已殺死的僮婢，滿面淚痕，走上堂，將那僮婢交給左右，一塊兒洗剝熬煮起來；滿堂上的將士齊聲哭喊道：「小人們願隨張大元帥、許大元帥赴湯蹈火，同生共死。」

一刻兒，那大釜中已把人肉煮成羹，一碗一碗的盛著，端在眾將士面前；那將士們如何肯吃，大家喊一聲：「謝二位將軍大恩！」便個個拿著兵器一一擁上城去，依舊和城外的敵人對壘；可憐他們都是四五日不吃飯的人了，如何拿得起槍，射得動箭，只是倒在地下乾號罷了。

張巡一樣的也是腹中飢餓，只扶住城垛子，兩眼不住的向城外望著；見有敵兵爬上城來，便直著嗓子喊起來，放出幾支有氣沒力的箭，把敵人打退了。那許遠坐在西門城樓上，也飢餓得頭昏眼花，打幾下有氣沒力的鼓，逼著眾軍士出戰；那班兵士餓得站也站不住，被風一刮便倒下地去，如何能打得仗？

急得許遠只是抱頭向天，大聲喊道：「皇天有靈，救我一城義士。」

一日，張巡伏在城樓上，見城牆外，尹子琦部下大將李懷忠，匹馬在城下經過；張巡喚住他，問道：「君降賊幾何日？」

李答：「已二期矣。」

巡道：「君祖父亦為唐臣乎？」

答曰：「然。」

巡曰：「君世受官，食天子粟，奈何一旦從賊？」

懷忠答道：「非敢叛也，我數與死戰，今竟被擄，亦天也！」

張巡大聲道：「自古悖逆，終至夷滅；一旦賊敗，君父母妻子俱死，汝何忍為此？」

懷忠無言，掩面拍馬而去。

當夜二鼓將近，忽聞有扣關聲，巡問：「何人？」

答：「李懷忠來降。」

許遠疑有詐，勸巡莫納，巡流淚道：「事已至此；成敗聽天。」

便令開城，懷忠率本部兵二百人負米而入；全城兵士大喜，以米煮粥，飽餐一頓，精神大振。從此

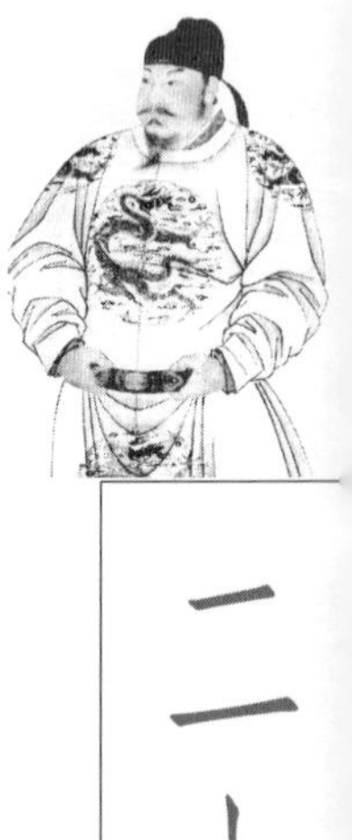

不戰，張巡與許遠二人各據東西城樓，見有敵將經過城下，即苦口勸降；敵將感二人忠義，陸續有進城投降並私贈糧食的，城中兵因得稍延時日。

忽得報，說朝廷已遣大將賀蘭進明，進屯臨淮；又有許叔冀、尚衡，進兵彭城，這兩處地方，都離睢陽地方甚近。張、許二人日夜望救兵到來，但守候了十多日，毫無影響；看看城中又是粒米無存了，張巡與許遠商議，修書一封，令南霽雲率領勇士三十人，各騎快馬，衝出城去。城外兵士數千向霽雲圍來，霽雲令三十人分左右，用強弩射住；一夜趕到彭城，拜見主將許叔冀，把張、許二人求救的書信交上。

叔冀看了信，忙去把賀蘭進明請來；進明素忌張、許二人聲威，恐救之功出己上，便不願救助。又愛南霽雲忠勇，便置酒高會，又盛設音樂；南霽雲登堂問：「賀蘭將軍已發兵救睢陽乎？」

進明微笑道：「睢陽城亡在旦夕，出師亦無益，將軍只飲酒，莫問睢陽事。」

霽雲大哭道：「昨出睢陽城時，將士已不得粒米入腹，不飽食亦一月餘；今將軍不救此數千義士，而廣設聲樂，末將與睢陽城諸義士，有同生死之心，義不獨享！」

進明與叔冀二人再三勸酒，霽雲勃然大怒，起身道：「今末將奉主帥之命，不得達，請留一指以報我諸義士。」

他說罷，急拔下佩刀來砍斷一指，一座大驚；霽雲掉頭不顧，大踏步出門去，躍身上馬，回身抽箭，射於佛寺塔上，箭落塔磚及半。霽雲憤憤道：「吾破賊必殺賀蘭，以此箭為信！」

急至真源郡，得李賁助馬百匹；至寧陵，又得城使廉坦助兵三千。霽雲率兵，星夜奔回睢陽，殺進一條血路；睢陽城外大兵如雲，霽雲且戰且進，四面受敵。追至城下，只得八百人；時值大霧，對面不見人，張巡在城樓上，聽得城外喊殺之聲大震，大喜道：「此南將軍之聲也！」急開城，霽雲入城，已殺得血滿戰袍，面無人色。

第七十回　安史內訌

南霽雲只討得八百個救兵，何濟於事；睢陽城外敵兵越打越兇，到十月癸丑日，許遠正守西城，忽聽得天崩地裂價一聲響亮，睢陽城倒了東北角，敵兵如潮湧而進。張巡見大勢已去，便在城樓上向西哭拜，道：「孤城備竭，弗能全，臣生不報陛下，死為鬼以殺賊。」便與許遠同時被擒。

睢陽城中大小將士，共有三十餘人，一齊被綁著去見尹子琦；那三十餘人見了張巡，不禁失聲大哭。

張巡對眾人道：「安心，不要害怕，死是天命。」

子琦對張巡道：「聽說將軍每次督戰，必大呼眥裂血面，嚼齒皆碎，何至於此？」

巡答：「我欲氣吞逆賊，苦於力不從心耳。」

子琦聽張巡罵他逆賊，不覺大怒！便拔刀直刺張巡嘴口中，齒盡落，只存三四枚。張巡大罵道：「我為君父而死，雖死猶生，汝甘心附賊，是直犬彘耳！決不得久活。」

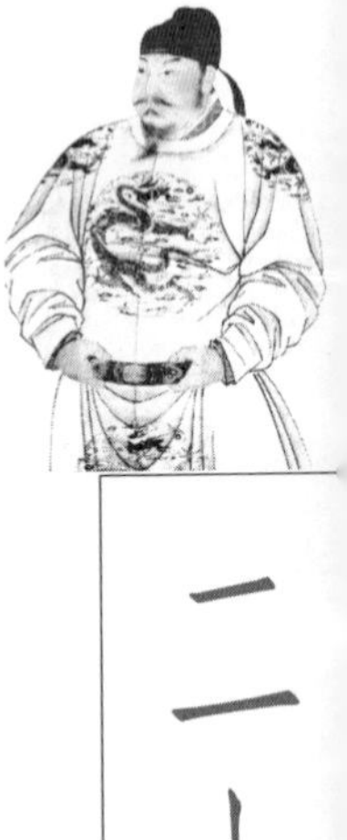

子琦命眾武士，拿快刀架在張巡頸子上，逼他投降；張巡只仰天大笑，又令威逼著南霽雲，霽雲低頭無語。

張巡在旁大聲呼道：「南八男兒死耳，不可為不義屈！」

霽雲笑道：「公知我者，豈敢不死。」

子琦見眾士都不肯降，便令刀斧手押出轅門去；張巡為首，後面南霽雲、姚誾、雷萬春一班三十六人，一齊斬首。張巡死時，年四十九歲。此時許遠被囚在獄中，子琦令與三十六人頭，一齊押送至洛陽；路中經過偃師，許遠對賊大罵，亦被押解的武士殺死。

張巡身長七尺，鬚長過腹，每至怒時，鬚髯盡張；讀書不過三次，便永久不忘。守淮陽城、睢陽城時，經過大小四百餘戰，殺死敵將三百人，敵兵死十餘萬人；他用兵不依古法，調兵遣將，隨機應變。

有人問他：「何以不依兵法？」

張巡答稱：「古時人情樸實，故行軍分左右前後，大將居中，三軍望之，以齊進退；今賊兵乃胡人，胡人烏合之眾，不講兵法，變態百出，故吾人亦須出奇計以應之。只須兵識將意，將識士情；上下相習，人自為戰，便能制勝。」每戰必親自臨陣，有退縮者，巡便進而代之；對兵士道：「我不去此，為我決戰。」軍士們感其誠意，便各以一當百。

張巡又能與眾人共甘苦，大寒大暑，雖見廝養賤卒，亦必整衣正容；與許遠二人困守睢陽城中，初糧盡殺馬而食，馬盡，則殺婦人老弱而食。守城三月，共食人至三萬口；日殺城中百姓，而百姓無一怨恨者。城破之日，城中只有百姓四百人。

後人議論張巡，初守睢陽，有兵六萬人；至糧盡，不知全師而退，另圖再生之路，卒至出於食人，殺人寧若全人？當時朝臣如張澹、李舒、董南史、張建封、樊晃、朱臣川、李翰一班人，都上奏說：「睢陽為江淮咽喉，天下不亡，皆張、許二人守城之功也。」

天子下詔，贈張巡為揚州大都督，許遠為荊州大都督，南霽雲為開府儀同三司；張巡子亞夫，拜為金吾大將軍，許遠子玫，拜為婺州司馬，在睢陽城中，建立雙忠祠。

張巡與許遠同年生，而長巡數月，巡因呼遠為兄；後肅宗皇帝大曆年間，張巡的兒子去疾，上書請褫奪許遠官爵；他奏章上說道：

「孽胡南侵，父巡與睢陽太守許遠，各守一面；城陷，賊從遠所守處入。巡及將校三十餘人，皆割心剖肌，慘毒備嘗；而遠與麾下無傷。巡臨命嘆曰：『嗟乎，賊有可恨者！』賊曰：『公恨我乎？』巡曰：『恨遠心不可得，誤國家事；若死有知，當不赦於地下。』使國威喪失，功業墮敗，則遠之於臣，實不共戴天；請追奪官爵，以洗冤恥。」

皇帝下詔與百官議，當時朝臣都替許遠抱屈，上章辯道：「去疾證狀最明者，城陷而遠獨生也；且遠本守睢陽，凡屠城以生致主將為功，則遠後巡死，實不足惑。若曰，後死者與賊，其先巡死者，謂巡當叛可乎？當此時，去疾尚幼，事未詳知；且祿山之役，忠烈未有若二人者，事載簡書，若日星，不可妄議輕重。」

後世韓愈也說：「二人者，守死成名，先後異耳。二家子弟材下，不能通知其父志，使世疑遠畏死而服賊；遠誠畏死，何苦守尺寸地，食其所愛之肉抗不降乎？且見援不至，人相食而猶守，其愚亦知必死矣，然遠之不畏死甚明。至言賊從遠所守處入，此與兒童之見無異；且人之將死，其臟腑必有先受病引繩而絕之，其絕必有處。今從而罪之，亦不達於理也！」

所以，張、許二人守睢陽城，一樣的有大功；只因他們能出死力守城至三月之久，那郭子儀和李光弼的大兵，才趕得上在江淮一帶，收復十三座郡城，賊勢大衰。

那安祿山住在洛陽宮中，只因慶緒和慶恩二人爭立太子的事，兩下裏明爭暗鬥，十分激烈。這一天，安祿山在孫孝哲母親房中臨幸，那孫母仗著和安祿山多年的恩情，便立逼著安祿山，要他早定了慶恩為太子；安祿山原也愛慶恩的，又念在與孫氏早年患難恩情，便也一口答應了，說：「明日與丞相商定了，下立太子的詔書。」

這消息傳得很快，那孫氏和安祿山在枕上說的話，早已有人去報與大將軍慶緒知道；慶緒聽了大怒，便去喚李豬兒進府來商議。李豬兒說道：「事已至此，大將軍宜從早下手。」

慶緒問：「如何下手？」

李豬兒在慶緒耳邊，只說了一個「刺」字；慶緒怔了半天，說道：「怕於人情上，說不過去吧？」

李豬兒冷笑一聲，說道：「什麼人情不人情！安祿山受大唐天子那樣大恩，尚且興兵謀反，也怪不得我們今日反面無情了！」

慶緒點頭稱是：「但要行此大事，不宜遲緩，趁今夜深更人靜，便去結果了這老昏君吧！」

李豬兒得了慶緒的說話，便回家去，紮縛停當；聽譙樓上打過三鼓，便在黑地裏，沿著宮牆走去。一路裏樹蔭夾道，涼月窺人；正走著，忽見前面巡軍來了，李豬兒便閃身在大樹背面，聽那巡軍走到跟前，嘴裏囉囉嗦嗦說道：「大哥，你看那御河橋樹枝，為何這般亂動？」

一個年老的說道：「莫不有甚麼奸細在內？」

那第一個說話道：「這所在那得有奸細，想是柳樹成精了！」

巡軍頭兒道：「呸！你們不聽得風起麼，不要管，一起巡去就是了。」

待巡軍走遠了，李豬兒又閃身出來，慢慢的行去。看看已到後殿，那一帶矮牆蜿蜒圍繞著，李豬兒

一縱身，便輕輕的跳過牆去；側耳一聽，那後宮中風送出一陣一陣笙歌之聲。李豬兒在安祿山宮中原是熟路，他先悄悄的去爬在寢宮屋簷上候著；直到四鼓向盡，只見兩行宮燈，一簇宮女扶著醉酒的安祿山，東歪西斜的走進寢宮來。

安祿山年老，身體愈是肥笨，那腿彎、腋下都長著濕瘡；又因好色過度，把兩隻眼睛也玩瞎了。每日在宮中出入，須有六個宮女在前後左右扶持著；但祿山還是日夜與孫氏、李氏縱淫不休，且酷好杯中之物，每飲必醉，每醉必怒。

李豬兒和嚴莊二人，終日隨侍在安祿山左右，進出扶脅，又陪侍在床第之間，替他解扣結帶；每值安祿山酒醉，便拿這兩人痛笞，李豬兒和嚴莊二人受了這般折辱，也是敢怒而不敢言。

安祿山每一次怒發，必得李氏來勸慰一番，又陪著在床第間縱樂宣淫；這李氏是夏姬轉世，因要討安祿山的好兒，竟日夜與安祿山糾纏不休。安祿山雖愛好風流，但經不得李氏一索再索，竟漸漸的有些兒精力不濟了；後來安祿山便常常推託酒醉，獨自一人睡在寢宮裏躲避著。這一夜李豬兒跳進宮去行刺，正是安祿山酒醉，安息在便殿中之時。

李豬兒站在屋簷上，看得一清二楚，見眾宮女扶著安祿山，醉醺醺的進宮去安寢；只聽得安祿山喚著宮娥，問道：「李夫人可曾回宮去？」

宮女答稱：「回宮去了。」

安祿山又自言自語的說道：「孤家原不曾醉，只因攻破長安以後，便想席捲中原；不料近日聞得各路兵將，俱被郭子儀殺得大敗，心中好生著急。又因愛戀李夫人太甚，酒色過度，不但弄得孤家身子疲軟，連雙目都不見了；因此今夜假裝酒醉，令她回宮，孤家自在便殿安寢，暫且將息一宵。」

安祿山口中咕嚕著，慢慢的睡熟去了；那在跟前伺候的宮女，一個一個的退出房來，坐在廊下打盹兒。李豬兒看看是時候了，不敢延挨，便把大刀藏在脅下，噗地一聲，落下地來；又蹲身一竄，竄進了殿裏。看繡幔低垂，門兒虛掩著，李豬兒拍一拍胸脯，把膽放一放大，一側身便攢進門去；見窗前紅燭高燒，床上羅帳低垂，一陣一陣的鼾聲如雷。

李豬兒一縱身，輕輕的站在床前，拿刀尖撥開帳門看時，見安祿山高高的疊起肚子睡著；豬兒咬一咬牙，對準了安祿山的肚子，便是一刀直搠下去，刀身進去了一半，接著殺豬般的大喊一聲。安祿山從睡夢中痛醒過來，把兩手捧住刀柄，用力一拔，那腸子跟著刀尖直瀉出來；一個肥大的身體，在床上翻騰了一陣，兩腳一挺，直死過去了。

那廊下守著的宮女，正在好睡時候，被安祿山的喊聲驚醒；再細聽時，安祿山在床上翻騰，直震撼得那窗柱也搖動起來。四個宮女一齊跳起身來，搶進屋子去；才到房門口，那李豬兒正從屋子裏衝出

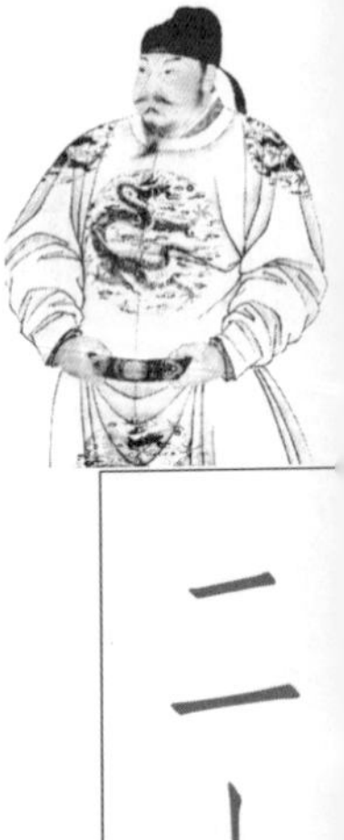

來，只略略一舉手，把四個嬌怯怯的宮女一齊推倒，眼看著他一縱身，跳上屋簷去，逃得無影無蹤。待宮女進屋子去看時，那安祿山死得十分可怕，只喊得一聲：「不好了！外廂值宿軍士快來！」連跑帶跌的逃出房來，正遇到那值宿軍士，問：「為何大驚小怪？」宮女齊聲答道：「皇爺忽然夢中大叫，急起看時，只見鮮血滿地，早已被刺客殺死了。」那軍士進屋去看了，便去報與大將軍慶緒知道；慶緒連夜進宮來料理，把安祿山的屍身，用氈毯包著埋在床下，推說皇上病危，下詔立慶緒為太子。到第二日清早，又傳諭，稱祿山傳位與慶緒，尊安祿山為太上皇；改國號為載初元年，逐孫氏母子出洛陽。

慶緒既做了皇帝，每日與李豬兒母子二人，在宮中飯酒縱樂，朝廷政事悉聽嚴莊一人主持；令張通儒、安守忠二人屯兵長安，史恩明領范陽節度使，屯兵恆陽，牛廷玠屯兵安陽，張志忠屯兵井陘，一時軍勢大盛。

消息傳到靈武，肅宗皇帝便下旨，令廣平王統率大軍東征；李嗣業統前軍，郭子儀將中軍，王思禮將後軍，又有回紇葉護部落各騎兵助戰。張通儒兵十萬駐紮長安，大部是胡人；胡兵素畏回紇聲勢，一見回紇，騎兵便一哄驚散。李嗣業將兵合攻，通儒大敗，棄妻子逃至陝中；廣平王奪回長安，又轉向洛陽攻來。

此時蔡希德從上黨來，田承嗣往穎川來，武令珣從南陽來，有兵六萬人會攻洛陽；安慶緒勢不能支，棄洛陽宮殿而逃。捉得慶緒弟慶和，送京師斬首；慶緒只得兵五百人，去投史思明。

史思明聞慶緒來奔，先令軍士披甲埋伏在兩廊；待慶緒至，再拜伏地謝曰：「臣不克負荷，棄兩都，陷重圍，臣之罪，惟大王圖之！」

史思明怒曰：「兵利不利亦何事，而為人子殺父求位，非大逆耶？吾今乃為太上皇討賊！」說至此，向左右回顧，便有武士牽出，斬下慶緒首級來。

肅宗知慶緒已死，使下詔令郭子義、李輔國，統九節度使兵二十萬，夾攻思明；可笑史思明才篡得安慶緒的皇位不多幾天，便也被他兒子史朝義，指使他手下的曹將軍，拿繩子活活的縊死。那朝義也被他臣下田承嗣逼得出走，縊死在醫巫閭祠下；安、史兩賊俱滅。

當時受史思明官職的恆州刺史張忠志、趙州刺史盧俶、定州刺史程元勝、徐州刺史劉如伶、相州節度使薛嵩；又有大將李懷仙、田承嗣，一齊獻出城池，投降唐朝。從此天下太平，肅宗皇帝率領文武大臣，回至長安，修復宗廟，招安人民；一面賚表到成都，請太上皇回鑾。玄宗得了京中表章，便也打點啟駕回京。

一日，匹馬在成都郊外遊行，後面只高力士一人隨侍著；忽見迎面一座大橋，玄宗舉起手中鞭，指

問：「此橋何名？」

高力士奏稱：「名萬里橋。」

玄宗在馬上嘆道：「一行師真神仙中人也！」

高力士忙問：「何事？」

玄宗道：「朕六年前幸東都，與一行師共登天宮寺閣，心中不覺感慨起來；便問一行師：『吾甲子得終無患乎？』一行答稱：『陛下行幸萬里，聖祚無疆。』至今想來，朕到此萬里橋邊，當是前定。」

高力士也奏道：「人間萬事莫非前定，萬歲爺諸事寬懷便是。」

正說著，一陣西風吹來，甚是寒冷；玄宗心中想著楊貴妃，不覺又流下淚來，說道：「妃子匆匆埋葬，只有一紫褥裹身；如此寒天，叫她冰肌玉膚，如何耐得！」便急急回宮去，下旨欲為楊貴妃改葬；陳元禮見了聖旨，甚是畏懼。

當有禮部侍郎李揆，奏道：「龍武將軍以楊國忠反，故誅之，並及其妹；今若改葬貴妃，恐龍武將士疑懼。」玄宗看了奏章，只得作罷。

此時，太上皇鑾駕已從成都出發，玄宗究竟放心不下；便暗暗的打發高力士，趕到馬嵬驛，用錦繡被服改葬貴妃。誰知掘開墳土來一看，只見一幅紫被裹著一把白骨，卻全無貴妃的屍骸；只有一個錦香囊，尚掛在胸骨前。高力士把錦香囊取得，胡亂拿錦被包著殘骨葬下，回京來，把這錦香囊呈與太上皇；太上皇便藏在懷袖中，終日不離。

但玄宗此次回宮，景物全非，便是那梨園子弟和龜年弟兄，還有昔日服侍貴妃的永新、念奴兩個宮女，也都不在眼前了，心中萬分淒涼；卻不知道李龜年已流落在江南地方，賣歌乞食。

這一日，是青溪鷲峰寺大會，紅男綠女，遊人擠滿了道路；那李龜年也抱著琵琶，向人叢中行來。他一邊行著，一邊嘆說道：「想我李龜年，昔日為內苑伶工，供奉梨園；蒙萬歲爺十分恩寵，自從朝元閣教演霓裳曲成，奏上龍顏大悅，與貴妃娘娘各賜纏頭，不下數萬。誰想祿山造反，破了長安，聖駕西巡，萬民逃竄；咱們梨園部下也都七零八落，各自奔逃。老漢如今流落在江南地方，沿門賣歌，真淒涼死人也！」

他說著，便去坐在廟門外的牆角上，脫楞楞彈得琵琶響亮；便隨意唱道：

「不提防餘年值亂離，逼拶得岐路遭窮敗；受奔波風塵顏色黑，歎衰殘霜雪鬢鬚白。今日個流落天涯，只留得琵琶在；揣羞臉上長街又過短街，那裏是高漸離擊筑悲歌，倒做了伍子胥吹簫也那乞丐！想當日奏清歌趨承金殿，度新聲供應瑤階；說不盡九重天上恩如海，幸溫泉驪山雪霽，泛仙舟興慶蓮開。

玩嬋娟華清宮殿，賞芬芳花蕚樓臺；正擔承雨露深澤，驀遭逢天地奇災。劍門關塵蒙了鳳輦鸞輿，馬嵬坡血污了天姿國色，江南路哭殺了瘦骨窮骸。可哀落魄，只得把霓裳御譜沿門賣，有誰人喝聲采，空對看六代園陵草樹理，滿目興衰！」

李龜年這一場彈唱，頓時哄動了逛寺院的閒人，圍住了李龜年，成了半個大圈子；聽他琵琶聲兒彈得幽幽怨怨的，眾人正不住落下淚來。忽見一個少年上前，對李龜年打一個躬，說道：「小生李暮，自從在驪山宮牆外偷按霓裳數疊，未能得其全譜；今聽老丈妙音，想是當時梨園舊人？小生想，天寶年間遺事甚多，何不請先把貴妃娘娘當時，怎生進宮來的情形唱來聽聽？小生備得白銀五兩，在此奉與老丈，聊為老丈潤潤喉兒。」

李龜年也不答話，便抱起琵琶來，彈著唱道：「唱不盡興亡夢幻，彈不盡悲傷感嘆。大古里淒涼滿眼對江山，我只待撥繁絃傳幽怨，翻別調寫愁煩，慢慢的把天寶當年遺事彈。」

他唱完這第一闋，略停了一停；接著唱第二闋，道：「想當初慶皇唐太平天子，訪麗色把蛾眉選刷；有佳人生長在弘農楊氏家，深閨內端的玉無瑕。那君王一見了歡無那，把鈿盒金釵親納，評拔做昭陽第一花。」

當時有幾個聽唱的女子，便忍不住問道：「那貴妃娘娘怎生模樣？可有咱家大姐這樣標致麼？」

李龜年又撥動琵琶，唱著第三闋道：「那娘娘生得來仙姿佚貌，說不盡幽閒窈窕；真個是花輸雙頰柳輸腰，比昭君增姘麗，較西子倍風標，似觀音飛來海嶠，恍嫦娥偷離碧霄。更春情韻繞，春酣態嬌，春眠夢俏；縱有好丹青，那百樣娉婷難畫描！」

場中有一個老頭兒，聽完了這一段，便掀髯笑道：「聽這老翁說得楊娘娘標致恁般活現，倒像是親眼見的，敢則謊也！」

李暮攔著說道：「只要唱得好聽，管他謊不謊。老丈你自唱下去，那時，皇帝怎麼樣看待她家呢？」

李龜年接唱著第四闋，道：「那君王看承得似明珠沒兩，鎮日裏高擎在掌；賽過那漢宮飛燕倚新妝，可正是玉樓中巢翡翠，金殿上鎖著鴛鴦。宵偎晝傍，直弄得個伶俐的官家，顛不剌懵不剌撇不下心兒上。弛了朝綱，占了情場，百枝筆寫不了風流賬。行厮並，坐厮當，雙赤緊的倚了御床，博得個月夜花朝同受享。」

有一個小老兒正蹲在地下聽唱，他聽到有趣時，噗的一聲仰翻在地，哈哈大笑道：「好快活，聽得咱似雪獅子向火哩！」

便有一個小夥子扶著他起來，問道：「你這話怎麼說？」

那小老兒說道：「雪獅子向火，便是化了！」聽得眾人也忍不住哈哈大笑起來。

李暮又問道：「當日宮中有『霓裳羽衣』一曲，聞說出自御製，又說是貴妃娘娘所作，老丈可知其詳？請再唱與小生聽聽。」

那李龜年便點點頭，接著唱第五闋，道：「當日啊！那娘娘在荷庭把宮商細按譜新聲，將霓裳調翻；晝長時親自教雙鬟，舒素手拍香檀，一字字都吐自朱唇皓齒間。恰便似一串驪珠聲和韻閒，恰便以鶯與燕，弄關關恰便似鳴泉花底流溪澗，恰便似明月下冷冷清梵，恰便似緱嶺上鶴唳高寒，恰便似步虛仙珮夜珊珊。傳集了梨園部教坊班，向翠盤中高簇擁著個娘娘，得到那君王帶笑看。」

李暮聽了嘆道：「果然是好仙曲！只可惜當日天子寵愛了貴妃，朝歡暮樂，致使漁陽兵起，說起來令人痛心呢！」

李龜年卻忍不住替貴妃辯護著，道：「相公休只埋怨貴妃娘娘，只因當日誤任邊將，委政權奸，以致廟謨顛倒，四海動搖；若使姚宋猶存，那見得有此。若說起漁陽兵起一事，真是天翻地覆，慘目傷心；列位不嫌絮煩，待老漢再慢慢彈唱出來者。」

說著，又接唱第六闋道：「恰正好嘔嘔啞啞霓裳歌舞，不提防撲撲突突漁陽戰鼓；劃地裏出出律律紛紛攘攘奏邊書，急得個上上下下都無措。早則是喧喧嗾嗾驚驚遽遽倉倉卒卒挨挨拶拶出延秋西路。變輿後攜著個嬌嬌滴滴貴妃同去，又只見密密匝匝的兵，惡惡狠狠的語，鬧鬧吵吵轟轟騞騞四下喳呼。生逼散恩恩愛愛疼疼熱熱帝王夫婦，霎時間畫就了這一幅慘慘悽悽絕代佳人絕命圖！」

李暮聽了，不覺流下淚來；嘆道：「天生麗質，遭此慘毒，真可憐也！」那旁一個小老兒指著李暮，拍手笑道：「這是說唱，老兄怎麼真掉下淚來？」

李暮也不去睬他，只趕著李龜年問道：「那貴妃娘娘死後，葬在何處？」

李龜年又接唱著第七闋，道：「破不剌馬嵬驛舍，冷清清佛堂倒斜；一代紅顏為君絕，千秋遺恨滴羅巾血。半棵樹是薄命碑碣，一抔土是斷腸墓穴；再無人過荒涼，野莽天涯誰弔梨花謝。可憐那抱幽怨的孤魂，只伴著嗚嗚咽咽的望帝悲聲啼夜月！」

李龜年停住琵琶，又插著一段道白：「哎呀，好端端一座錦繡長安，自被祿山破陷，光景十分不堪了。聽我再彈波。」

接著，又唱第八闋道：「自鑾輿西巡蜀道，長安內兵戈肆擾；千官無得紫宸朝，把繁華頓消頓消。六宮中朱戶掛蠨蛸，御榻旁白晝狐狸嘯。叫鴟鴞也麼哥！長蓬蒿也麼哥！野鹿兒亂跑，苑柳宮花一半兒凋，有誰人去掃去掃。玳瑁空梁燕泥兒抛，只留得缺月黃昏照，嘆蕭條也麼哥染腥臊。玉砌空堆馬糞高。」

李龜年唱到這裏，那琵琶脫楞楞一聲，彈個煞尾便收場；那班男女便也各自轉身散去，獨有這李暮呆呆的站著不去。

第七十一回　天寶遺事

李龜年收了場子，挾了琵琶，正轉身要走；忽見那李暮搶上前來，一把拉住道：「老丈，小生聽你這琵琶，非同凡手，得自何人傳授的？」

李龜年見問，不覺神色慘然，道：「你問我這琵琶麼，也曾供奉過開元皇帝。」

李暮詫異道：「這等說來，老丈定是梨園部內人了？」

李龜年答道：「說也慚愧，老漢曾在梨園中領班，沉香亭畔承值，華清宮裏追隨。」

李暮更覺詫異，道：「如此說來，老丈莫不是賀老？」

李龜年搖著頭道：「我不是賀家的懷智。」

問：「敢是黃幡綽？」

答道：「黃幡綽和我原是老輩。」

問：「這樣說來，想必是雷海青了？」

答道：「我是弄琵琶的，卻不是姓雷；他啊，已罵賊身死了。」

問：「這等想必是馬仙期了？」

答道：「我也不是擅長方響的馬仙期，那些都是舊相識，恰休提起。」

李暮卻依舊追問，道：「不知老丈因何來到這江南地方？」

李龜年答道：「我只為家亡國破，從死中逃生，來這江南地方乞食度日。」

李暮道：「說了半天，不知老丈究是何人？」

答道：「老漢姓李，名龜年的便是。」

李暮道：「呀！原來是李教師，多多失敬了！」

李龜年問了李基名姓，才恍然道：「原來是吹鐵笛的李官人，幸會幸會！」

李暮問：「那霓裳全譜，老丈可還記得麼？」

答道：「也還記得，官人為何問它？」

答道：「不瞞老丈說，小生性好音樂，向客西京，老丈在朝元閣演習霓裳之時，小生曾傍著宮牆，細細竊聽，已將鐵笛偷寫數段；只是未得全譜，各處訪求，無有知者。今日幸遇老丈，不識肯賜教否？」

李龜年流落在江南，正苦不遇知音，又找不得寓處；李暮便邀著龜年到家中，每天傳授「霓裳羽衣曲」去。這李暮年少風流，浪跡四海，只因酷好音樂，便散盡黃金，尋覓知言；如今得了李龜年傳授妙曲，真樂得他廢寢忘餐。

李暮原不曾娶得妻小的，在家中便與李龜年抵榻而眠；每至夢回睡醒，便與李龜年細論樂理。李龜年自到得李公子家中，每天好酒好飯看待，身上也穿得甚是光鮮；因此他心中，十分感激李公子的恩德，卻苦無法報答。

這一日，正是清明佳節，李暮被幾個同學好友邀去飲宴，只留下李龜年一人在家中，獨坐無聊，便出東門找幽靜地方閒步去；在一帶柳蔭下走著，忽然一陣風，夾著雨點撲面打來。李龜年渾身被雨水打濕了，不由得慌張起來，急急找有房屋的所在躲去；抬頭只見前面一座道院，那橫額上寫著「女貞觀」三字，兩扇朱紅門兒卻虛掩著。

李龜年也顧不得，便一納頭，側著身兒挨進門去看，好一座莊嚴的大殿；殿中供著如來佛的丈六金身，鐘鼓魚磬，排列得十分整齊。那佛座下面又設著一個牌位，李龜年不由得走近去看時，見牌位上寫著一行字，道：「唐皇貴妃楊娘娘靈位。」李龜年再低低的念了一遍，不由得兩行眼淚，撲簌簌的向腮兒上直流下來；一面倒身下拜，口中說道：「哎喲！不想楊娘娘在這裏倒有人供養。」拜罷起來，只見裏面走出一個年輕女道士來，口中問：「那個在這裏啼哭？」

待走近看時，不覺一驚，道：「你好似李師父模樣，何由到此？」

李龜年口中答應，道：「我李龜年的便是。」細細看那女道士時，也大驚道：「姑姑莫非是宮中的念奴姐姐麼？」

那女道士見了李龜年，卻只有悲咽的份兒，哭得說不出話來。

龜年連問：「姐姐幾時到此？」

念奴勉強抑住悲聲，說道：「我去年逃難南來，出家在此。師父因何也到此地？」

龜年道：「我也因逃難流落江南，前在鷲峰寺中遇著李暮官人，承他款留在家；不想今天又遇到姐姐。」

念奴問：「那個是李暮官人？」

龜年道：「這人說起來也奇，當日我與妳們在朝元閣上演習霓裳，不想這李官人就在宮牆外面竊聽，用鐵笛來偷記新聲數段，如今要我傳授全譜，故此相留。」

念奴道：「唉！霓裳一曲倒得流轉，不想製譜之人已歸地下；連我們演曲的也都流落他鄉，好傷感人也！」念奴說著，止不住把羅袖拭著眼淚。

李龜年忙安慰著，又問：「那永新姐姐卻為何不見？」

念奴見問，便又不覺嘆著氣，道：「我們二人原和姊妹相似，赤緊的不忍分離；誰知她身體單簿，受不住路上風寒，如今病倒在觀中。」

說著，那觀主也出來了；龜年看時，一位三十歲左右的婦人，氣度甚是雅淡，因聽他二人說得十分淒涼，便出來好言相勸。

接著那道婆出來說：「永新姑姑喚呢。」念奴急急進裏屋去看視。

此時天色已是晴霽，李龜年便也起身告辭；回到家中，把在女貞觀中遇到念奴的話，告訴李暮知道。李暮聽說永新、念奴也是舊時朝元閣演曲的人，便喜得什麼似的；隔了幾天，便央著李龜年，帶他到女貞觀去拜見念奴，誰知念奴正淚光滿面的，在那裏哭她的同伴永新。原來永新恰於昨夜死了，此時正忙著收殮；李暮在一旁勸慰了幾句，便丟下十兩銀子，給永新超薦，念奴千恩萬謝。

李暮正要辭去，一眼見那觀主出來，原來正是去年在馬嵬坡同看襪的女道姑；今日無意相逢，那觀主便邀著李暮不放，擺上素齋來，李暮與李龜年二人胡亂吃了些。從此，李暮心中卻撇不下這念奴，常常獨自一人瞞著龜年，到這女貞觀中來走動。

一來，他是愛上了念奴的顏色，二來也憐惜她的身世，又因她能演唱霓裳曲子，不覺動了知音之感；而念奴到此時身世飄零，卻有人來深憐熱愛，不覺也把整個兒心腸，都撲在這多情公子身上去。後

來還是李龜成就了他們的好事，替他們做了一個月老；念奴便還俗出來嫁與李暮，一雙兩好的過著日子。

這時，太上皇已回京師，懷念天寶舊人，李暮夫妻二人都被召進宮去，拜李暮為中書舍人；只可憐李龜年在幾天前已病死在李暮家中，不及再見太上皇的顏色了。

太上皇回宮，肅宗皇帝便奉養在興慶宮中，朝夕與張皇后來宮中定省；所有昔日天寶舊人，都撥入興慶宮中伺候太上皇。這興慶宮，原是太上皇做太子時候住的，如今垂老住著，心中倒也歡喜；只是楊貴妃已死，宮中三千粉黛俱已凋零，別無太上皇寵愛的人。

這時，忽然想起那梅妃江采蘋，忙命高力士到翠華東閣去宣召，滿擬訴說相思，慰問亂離；誰知高力士去到東閣找尋梅妃時，早已人去樓空，問舊日宮女，卻沒有一個在了。便在後宮中遍尋，也不見有梅妃的蹤跡；沒奈何，只得空手回來覆旨。太上皇聽了，不禁萬分傷心；想起梅妃的美麗婉戀，與她昔日兩地相思的滋味，便愈覺得梅妃的可愛了。

他疑是兵火之後，流落在民間；肅宗皇帝便下詔在民間察訪，如有尋得梅妃，送還京師的，當給官三秩，賞錢百萬。這樣的重賞，誰人不願，民間頓時熱鬧起來；家家戶戶，搜尋的搜尋，傳說的傳說。轟動了多時，卻不見有梅妃的形跡；太上皇又命道士飛神御氣，上升九霄，下察九淵，也不可見。

太上皇因想念梅妃，時時悲泣；肅宗皇帝便暗令丹青妙手，畫一幅梅妃小像，令高力士獻與太上皇。

太上皇看了嘆道：「畫雖極是，可惜不活。」便題詩一首，在畫上道：「憶昔嬌妃在紫宸，鉛華不御得天真；霜綃雖似當時態，爭奈嬌波不顧人！」寫罷，不覺淚滴袍袖，命匠人把像刻在石上，藏在東閣中。

這時天氣漸漸暑熱，太上皇晝臥在竹林下納涼，朦朧睡去；彷彿見梅妃隔竹佇立，掩袖而泣。太上皇招以手，問妃子：「究居何處？」

梅妃哽咽著說道：「往昔陛下蒙塵，妾死亂兵之手，憐妾者，葬妾於地東梅樹旁。」太上皇大哭，一慟而醒，立傳高力士命率眾內侍，往太液池發掘；掘遍池東梅樹下，卻毫無發現。

太上皇愈是悲傷，忽想到溫泉湯池旁，亦有梅樹十多株，便親自坐小輦到溫泉；見了華清池，不覺又想起往日情形，十分感慨。命內侍在梅樹下發掘，才一動手，便見一酒糟中以錦裀裹屍；拂土視之，面色如生。太上皇撫屍大慟，親去揭視；見玉體脅下有刀痕，忙命高力士備玉棺收殮，太上皇自製誄文，用妃子禮改葬在東陵。

那興慶宮外，便是勤政樓；太上皇於黃昏月上時，便登樓遠望。見煙月蒼茫，淒涼滿眼，便信口歌道：「庭前琪樹已堪攀，塞外征人殊未還！」歌罷，遠遠的聽得宮牆外有人和著，唱著宮中行樂詞。太上皇心中大為感動，問高力士道：「此得非梨園舊人乎？明日為我訪來。」次日，高力士依聲尋去，果是梨園子弟。

高力士又在民間尋得昔日楊貴妃的侍女，名紅桃的，太上皇命紅桃唱「涼州詞」；這詞兒是昔日楊貴妃親製的，太上皇又親自吹著玉笛，依聲和之。紅桃唱罷，不覺相視而泣；紅桃說：「昔日娘娘在華清宮中，常唱此曲。」太上皇便攜著紅桃，重幸華清宮；只見宮中嬪御都非舊人。

太上皇至望京樓下，傳張野狐在樓上奏「雨霖鈴」曲；此曲原是太上皇西幸至斜谷口時，遇雨旬日，在棧道上，隔山聞雨打鈴聲相應，太上皇因想念妃子，便採其聲，製成此曲。今張野狐在樓上奏此曲，未及半，太上皇已涕不可仰，左右也十分感傷；高力士命罷奏，勸上皇回宮，上皇見宮院荒涼，也無可留戀，便回興慶宮來。

在宮門口，又遇到昔日新豐女伶，名謝阿蠻的。這謝阿蠻瘦削腰肢，善舞凌波曲，容貌也長得十分美麗；舊時養在宮中，楊貴妃認做養女，十分得寵。此時重與太上皇相見，但形容已憔悴消瘦得可憐；太上皇帶她回宮去，召舊日樂工奏凌波曲，令阿蠻再舞。

可憐她腰肢已生硬了，又因病後無力，才轉得幾個身，便又暈倒在地；太上皇親自去扶她起來，想起貴妃在日那種酣歌醉舞的情景，有如隔世，不禁相看落下淚來。

阿蠻又從她纖瘦的臂兒上，脫下一雙金粟裝臂環，呈與太上皇；說：「此環是娘娘在日，賜與婢子的。」

太上皇見了金環，又禁不住哽咽著說道：「此環是我祖太帝破高麗時，獲得二寶：一名紫金帶，一是金粟裝臂環。當時岐王獻『龍池篇』一文，朕即以金帶賜之；後貴妃進宮，又以此臂環賜貴妃。數年後，高麗國王知此二寶已歸朕處，便遣使臣上書，求賜還二寶；因高麗國失此二寶，國中風雨不調，人民災病。朕即還以紫金帶一樣，此臂環則因妃子所愛，不還；汝今既得此，當寶愛之。朕今再見此物，回想當年妃子豐隆玉臂，幾經把握，不覺令人悲從中來！」

高力士在一旁，見太上皇悲不能已，便以目視阿鑾，令退，扶太上皇回宮安息去；太上皇憐阿鑾病弱，便傳諭給醫藥錢五百兩，放回家中調養。

過了幾天，高力士又覓得老伶工賀懷智進見；太上皇問：「可有妃子舊事，足使回憶?」

賀懷智奏稱：「臣憶得上皇夏日，與親王在勤政樓下棋，傳臣至座前獨彈琵琶；此時楊娘娘手抱康國狗立案旁觀局，上皇數棋子將輸，娘娘即放狗兒落棋盤上亂之，使不分勝敗，上皇拍手笑樂。風吹娘娘圍巾，落於臣頭頸上，纏繞久之始落地；臣歸家，覺滿屋香氣發於頭巾，臣即藏巾於錦囊，此香味至今不散。」

太上皇問：「錦囊何在?」

賀懷智即從腰間卸下錦囊，呈與太上皇；太上皇發囊，只覺奇香撲鼻，便嘆道：「此妃子生前愛用

之瑞龍腦香。妃子每入華清池浴時，必以此香灑於玉蓮朵上而坐之，一再洗濯，香氣不散；況此絲織潤膩之物，宜其經久不散也。」

太上皇在宮中所遇皆傷心事，所說皆傷心話；從此神情鬱鬱，常繞室閒步，口中微吟道：「刻木牽絲作老翁，雞皮鶴髮與真同；須臾舞罷寂無事，還似人生一世中！」

高力士見太上皇哀傷入骨，怕有大患；那勤政樓有一飛橋，橋下橫跨市街，只因宮禁森嚴，帝后親貴從不至飛橋上觀覽的。此日天氣晴和，高力士欲使太上皇解愁散悶，便扶至橋上，推窗閒眺；那街市上的人民從樓下走過，抬頭忽見飛橋上站著一位太上皇，大家不覺喜形於色，依戀橋下，人數愈聚愈多，竟把一條大街壅塞住了。

那太上皇見人民如此愛戴，便也含笑向眾人點頭示意；人民不禁跳躍著，歡呼道：「今日再得見我太平天子！」齊呼萬歲，歡聲動地；太上皇得人民如此擁戴，也不覺把滿腹憂愁忘去了。

這時，肅宗皇帝臥病在南內，朝廷大事都由丞相李輔國專權；肅宗寵愛張皇后，李輔國諸事便稟承張皇后，內外通成一氣。這張皇后因太上皇在位之時，溺愛王皇后，至今懷恨在心；便時時在肅宗皇帝跟前，說太上皇如何偏心，又說如仙媛、高力士、陳元禮一班勾通太上皇，密謀變亂。

如今肅宗既已臥病，李輔國又大權在握，見太上皇深得民心，怕於自己有不利；便趁肅宗病勢昏迷的時候，假造皇上旨意，奉太上皇遷居西內，使與人民隔絕，只選老弱內監三十餘人，隨太上皇遷居。

移宮之日，李輔國全身披掛，率御林軍士一千人，個個提刀躍馬，在太上皇前後圍繞著；太上皇馬蹄略緩了一些，那軍士們便大聲呼叱起來，慌得太上皇把手上韁繩失落，幾乎跌下馬來，虧得左右常侍上去扶住。

高力士見此情形，不覺義憤填膺；急拍馬搶上前去，扶住太上皇的轡頭，大聲喝道：「上皇為五十年太平天子，李輔國是舊時家臣，何得無禮！」幾句話說得李輔國滿面羞慚，不覺失落手中轡頭，忙滾身下了馬鞍，躬身站在一旁。

高力士又代太上皇傳諭，問眾將士：「各得好在否？」一時，千餘兵士個個把刀納入鞘中，跳下馬來，拜舞在太上皇馬前；口稱：「太上皇萬歲！」

高力士又喝令李輔國拉馬，李輔國便諾諾連聲，搶步上前，替太上皇拉住馬轡，直送到西內安息。

太上皇俟李輔國退後，便握著高力士的手，流淚說道：「今日非將軍在側，朕早死於李賊刀下矣！」

這李輔國，本名靜忠，原是宮中小太監；玄宗時候，當了一名閑廄，專門調養馬匹，面貌甚是醜陋，稍解得書算，事高力士二十餘年，薦與皇太子，得隨侍東宮。陳元禮殺楊國忠，李輔國原也同謀

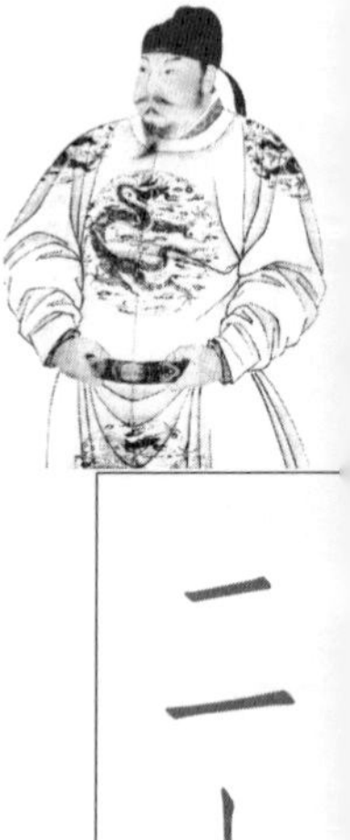

的；待太子在靈武即位，愈得親信，拜為行軍司馬，得肅宗皇帝信任，凡有四方章奏、軍符禁寶，統交與輔國管理。

李輔國在肅宗面前，能偽作小心，迎合意旨；胸中滿懷奸險，使人莫測。生平不食葷，時時赴佛寺禮拜；貌為慈善，使人不疑。肅宗還京，愈見寵任，拜殿中監閑廄，五坊宮苑營田栽接總監使，兼隴右群牧，京畿鑄錢長春宮等使；少府殿中二監，封成國公，實封五百戶。

凡朝中宰相百官欲見天子的，須先謁李輔國，才得無阻礙；肅宗每下詔書，須得李輔國署名，方能通行。在宮中出入，有三百武士披甲保衛，滿朝親貴不敢呼名，只呼為五郎；李揆為丞相，拜輔國為義父，稱做五父。

此時太上皇初回大內，住興慶宮中，肅宗每日從夾道中，來候太上皇起居；太上皇有時念及肅宗，亦至大明宮，父子笑談甚樂。有時帝與太上皇在中途相逢，肅宗便命陳元禮、高力士、王承恩、魏悅、玉真公主一班先朝舊臣，常侍太上皇左右；又令梨園弟子日奏聲樂，宮廷之內，常得享天倫之樂。

李輔國雖說驕貴，但因自幼在高力士手下，高力士十分瞧他不起；在宮中相遇，高力士也不與之為禮。因之李輔國含恨在心，每欲立一奇功，自立威望；因人民愛戴太上皇，他便趁機誣告，說陳元禮、高力士、如仙媛、王承恩一班舊人，謀奉太上皇復位，矯旨遷太上皇入西內。

當日李輔國受了高力士的羞辱，欲殺高力士的心更甚；第二日，又矯旨流放王承恩至播州，流魏悅至溱州，流如仙媛至歸州，又欲流高力士至嶺南。高力士奉詔，便向太上皇痛哭叩別；太上皇大憤，即上手諭與肅宗，請留高力士在左右聽給使。

張皇后又怕太上皇見肅宗時，有私心語言，便令萬安公主、咸宜公主，住上皇宮中視服膳；暗地裏，卻監察著太上皇與高力士二人的言語舉動，因之，太上皇心中鬱鬱不樂。肅宗雖病癒，卻聽信了張皇后和李輔國二人的言語，久不往朝太上皇，父子之間恩義隔絕；文武大臣俱上表，請皇上朝見太上皇，那表章皆全被李輔國留置不發。

時值五月五日，肅宗懷抱小公主在便殿，接見李唐，指小公主，對李唐道：「朕愛此女，故不忍釋手，卿勿怪也。」

李唐奏道：「太上皇思見陛下，當亦如陛下之愛公主也！」

肅宗聽了此話，頓時天良發現，那淚珠奪眶而出，急從夾道去朝見太上皇，父子執手痛哭；從此肅宗不時至西內定省，太上皇稍稍得安居。但所有天寶舊人，俱被李輔國驅逐得乾乾淨淨；獨留得高力士一人，年老龍鍾，早晚陪著太上皇。

時交秋令，太上皇每於黃昏人靜，聽窗外雨打梧桐，倍覺傷心；一盞冷幽幽的燈火，照著他君臣二

人，萬分淒涼。太上皇問道：「當年朕在別閣聽雨，所製『雨霖鈴』曲，力士可還記得麼？」

高力士忙答道：「臣字字記在心中。」

太上皇便自吹玉笛，高力士依聲唱道：「萬山蜀道，古棧岧嶢；急雨催林杪，鐸鈴亂敲，似怨如愁，碎聒不了。響應空山魂暗銷，一聲兒忽慢嫋，一聲兒忽緊搖；無限傷心事，被他鬥挑，寫入清商轉恨遙！」

太上皇聽高力士唱罷，不禁又長吁短嘆起來；高力士深怕太上皇又勾起愁腸，傷心不已，便連連催道：「夜已深了，請萬歲爺安寢吧。」

太上皇側耳聽時，宮牆外更鼓三敲，便站起身來，自有兩個老宮女扶著，到御床上去安睡；太上皇睡在枕上，還自言自語的說道：「哎！今夜啊，知甚夢兒得到我眼前來也！」

高力士便吩咐宮女：「萬歲爺睡了，姐姐們且去歇息兒來。」待宮女退去，高力士便打開被兒，就御床下睡了。

太上皇在枕上才說得一句話兒，便已沉沉睡去；恍惚間，見兩個內侍在御床前跪倒，高聲叫：「萬歲爺請醒來！」

太上皇問：「你二人是那裏來的？」

那內侍奏稱：「奴婢奉楊娘娘之命，來請萬歲爺。」

太上皇喜道：「呀！原來楊娘娘不曾死！如今卻在何處？」
內侍奏道：「娘娘在馬嵬驛中，恭候聖駕。」
太上皇道：「朕為妃子百般相思，誰知依舊在馬嵬驛中；你二人快領朕前去，連夜迎妃子回宮來便了！」
太上皇正隨著二內侍行去，忽見一位將軍騎馬執槍，向前來攔住，大聲喝道：「陛下久已安居南內，因何事深夜微行？又到什麼地方去？請陛下快快回宮！」
太上皇抬頭看時，認得那馬上將軍，便是陳元禮；不覺大怒，喝道：「哇！陳元禮！你當日在馬嵬驛中暗激軍士，逼死貴妃，罪不容誅！今日又特來犯駕麼？」
那陳元禮打恭奏道：「陛下若不回宮，只怕六軍又將生變。」
太上皇又大聲喝道：「哇！陳元禮！你明欺朕閒居退朝，無權殺你；內侍們，快把這亂臣賊子斬下首級來！」
一陣吆喝，那陳元禮卻躲避不見了；只見那荒亭冷驛照在斜陽裏，卻不見有人出入。上皇忙問內侍：「已到馬嵬驛來，妃子卻在何處？」
正問時，那驛亭也不見了，只見眼前一片大水，怒潮洶湧，向岸上撲來；在大水中間，又湧出一頭

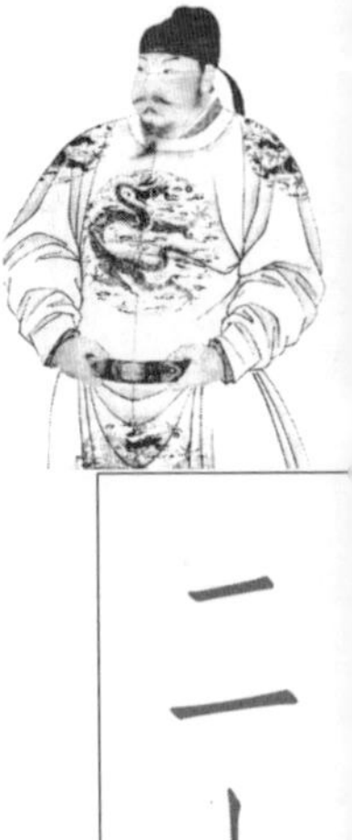

怪物，豬首龍身，張牙舞爪撲來。上皇急倒退數步，只喊得一聲：「唬殺我也！」

高力士在睡夢中，被太上皇喚醒，忙走近御床去看；太上皇恰也從枕上醒來，問道：「高力士，外邊什麼響？」

高力士奏稱：「是梧桐上的雨聲。」

太上皇在枕上回想夢境，便道：「高力士，朕方才夢見兩個內侍，說楊娘娘在馬嵬驛中，來請朕去；多因是妃子的精魂未散。朕想昔時漢武帝思念李夫人，有李少君為之召魂相見，今日豈無其人？你待天明，可即傳旨，令天下地方官為朕遍覓方士來，與楊娘娘招魂。」

高力士奉了太上皇旨意，便去奏明肅宗皇帝；肅宗便下詔令各處地方官，訪求道行高深的羽士，為楊娘娘招魂。這聖旨傳遍天下，誰不希圖富貴，那班方士便齊集都門，人人自稱有李少君之術；太上皇大喜，一一召見，命招楊娘娘的精魂。誰知那班方士本領都不高強，只能在地府中搜索，卻不見有楊娘娘的魂魄；最後有一位道士，自蜀中奉詔來至京師，自稱能升天入地，訪求魂魄，太上皇在便殿中召見。

這道士自稱名楊通幽，便向太上皇求一淨室，楊道士一人坐室中，焚香閉目，魂靈出竅；先在地下搜索不得，第二天便神遊至天界尋覓，亦不可得。第三天，卻旁求四方上下東極，渡大海，跨蓬島；忽見東南最高峰上，有紅樓隱約，楊道士便凝神聚氣，飄然下降，站身在紅樓前。

第七十二回　海上仙山

楊道士的精魂，站定在蓬島紅樓前；迎面一座大穹門，便放大膽，挨身走進門去。漸漸走近西廂，只見一洞戶東向，雙扉緊閉；洞上橫額寫著「玉妃太真院」五字，楊道士拔下髻上簪子來，輕輕地叩著洞門，那門呀的開了。

楊道士一看，見是一個童女，梳著雙鬟，面貌長得十分秀美；見了楊道士十分怕羞，不待楊道士開口，便低鬟含笑而入。接著，又出來了一個碧衣女侍，開口問楊道士：「仙客從何處來？扣門何事？」

楊道士自稱為大唐太上皇使臣，來尋覓楊娘娘精魂；那碧衣侍女聽了躊躇半晌，答道：「此處並無楊娘娘，只有玉妃，現方晝寢；俟妃子醒來稟明，再行奉請。」

楊道士諾諾連聲，只得在洞門外靜靜的候著；直到夕陽西下，才見方才那碧衣侍女出來，只說得一聲：「玉妃召大唐使臣進見。」

楊道士不敢怠慢，只躬身短步，隨在侍女身後走去；經過幾處瓊樓玉宇，來在一座寢宮庭下，侍女

喚聲：「站住！」

楊道士屏息低頭，只聽得殿上瀝瀝鶯聲，傳問：「上皇安否？」

楊道士在上皇宮中，原見過楊貴妃畫像的；至此，他微微抬頭，見繡幕啟處上面坐著一位，竟是楊娘娘。看她雲裳霞帔，羽扇寶蓋，儀態萬方；左右兩行侍女侍立著，傳下玉妃的話來，楊道士忙叩首奏說：「上皇相思甚苦，特遣方外微臣，來求娘娘精魂相見。」

玉妃聽了，微微嘆息道：「上皇宜自保養。」便令一絳衣侍女，去取出金釵一股，鈿盒一個；玉妃親手將釵盒折作二份，一份交與楊道士，令拿去覆命：「為我謝太上皇，謹獻此物，證舊好也。」

楊道士得釵鈿，將要起身告辭；忽念此釵鈿恐不足取信於上皇，便求玉妃，須有當時一事為他人所不得知者，藉以覆命。玉妃聽奏，低頭思索了一會，便徐徐言曰：

「憶昔天寶十年，侍萬歲避暑驪山宮，新秋七月，在織女牽牛雙星相之夜，上皇憑肩指說牛女故事，心有所感，便雙雙拜倒，密密相誓，願生生世世結為夫婦；誓畢，吾與上皇執手相看，嗚咽不勝。此事獨上皇知之耳，吾今為此一念，又不得久居於此；當墜塵劫，再與上皇結後緣，或為天，或為人，可得再見，好合如舊日也。今汝以此言覆上皇，當能使上皇安慰；反為我寄語太上皇，亦不久於人世，幸當自愛，勿自苦也。」

楊道士聽畢，再拜叩首而出；急睜眼看時，身在淨室，摸懷袖中，得斷釵半盒，便去獻與上皇，又把玉妃傳言，說個仔細。

上皇悲道：「朕此生竟無與妃子一面之緣乎！」

楊道士即奏：「臣尚有小技，可使陛下慰情。」便向高力士索黃絹一軸，自出袖中筆墨，誦咒呵氣；彷彿畫一女人像形，如羽士畫符，只略具人形而已。次日請太上皇齋戒沐浴，入淨室，對黃絹坐定，凝神一志，默想平日妃子形態，三日夜不休；楊道士滅燭，請太上皇再向黃絹詳視，乃真貴妃面貌也。太上皇連呼妃子，不覺大喜。

楊道士奏稱：「尚未也，便請備五色帳，設壇室中，虔誠供養。」又另覓十五六歲，聰慧端正的女子，共二十四人，在室中曼聲唱「子建步虛詞」；楊道士亦在室中踽步誦咒，連焚符籙，又吸煙直呵像上，又命二十四名女子，一一如法，向像上呵煙。至黃昏人定時，楊道士與二十四女子一齊退出；請太上皇秉燭，獨進帳中去。

太上皇手中所執之燭，是楊道士用五色石，名衡遙者，研成細末，與諸藥相和，製成一燭；外畫五色花，稱做還形燭。上皇執還形燭，進帳見楊貴妃，宛然睡在帳中；上皇低聲呼之，貴妃以手拭淚道：「陛下以天下之主，尚不能庇一弱女子，有何面目再相見乎！沉香亭下七夕之誓，陛下豈忘之乎？」

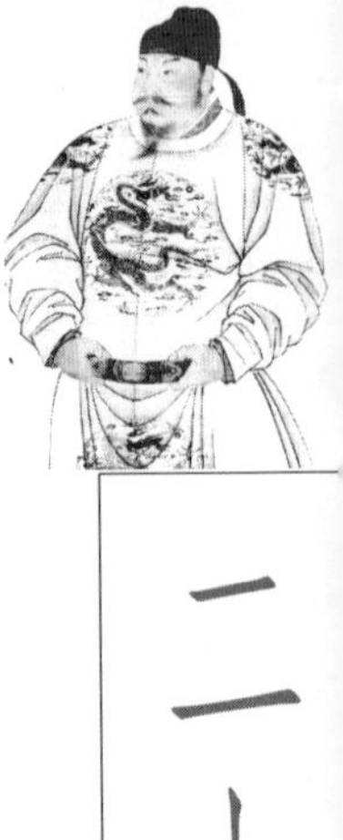

上皇聽貴妃聲聲悲咽，亦不覺淒然淚下，便再三撫慰；說：「馬嵬之變，是出於不料。」兩人唧唧噥噥，曲盡綢繆，貴妃又脫臂上玉環，為上皇納於臂上；正憐愛時，忽聽晨雞遠唱，楊道士推門入內，高聲奏稱：「天曉宜別矣！」枕上貴妃忽已不見，上皇亦如夢初醒，急起身出帳，見臂上玉環宛然；從此太上皇心大徹悟，移居大內甘露殿，習避穀練氣之法。

張皇后進櫻桃蔗漿，太上皇不食；終日只玩一紫玉笛，閒吹數聲，便有雙鶴飛下庭心，徘徊不去。一日，太上皇對侍兒宮愛說道：「吾奉上帝之命，為元始孔昇真人，此去可會妃子矣！」便命扶入帳中，頭才著枕，便已崩矣；一時，肅宗皇帝與張皇后齊來哭臨，其中只謝阿蠻哭之最哀。

玄宗一生多情，寵愛楊妃，艷傳千古；後有詩人白香山，製「長恨歌」一首，歷敘玄宗與貴妃一生事蹟，傳誦人口。那歌辭道：

漢皇重色思傾國，御宇多年求不得；楊家有女初長成，養在深閨人未識。
天生麗質難自棄，一朝選在君王側；回頭一笑百媚生，六宮粉黛無顏色。
春寒賜浴華清池，溫泉水滑洗凝脂；侍兒扶起身無力，始是新承恩澤時。

雲鬢花顏金步搖，芙蓉帳暖度春宵；春宵苦短日高起，從此君王不早朝。
承歡侍宴無閒暇，春從春遊夜專夜；後宮佳麗三千人，三千寵愛在一身。
金屋裝成嬌侍夜，玉樓宴罷醉和春。姊妹弟兄皆列士，可憐光彩生門戶！
遂令天下父母心，不重生男重生女。驪宮高處入青雲，仙樂風飄處處聞；
緩歌謾舞凝絲竹，盡日君王看不足。漁陽鼙鼓動地來，驚破霓裳羽衣曲。
九重城闕煙塵生，千乘萬騎西南行；翠華搖搖行復止，西出都門百餘里。
六軍不發無奈何，宛轉蛾眉馬前死。花鈿委他無人收，翠翹金雀玉搔頭；
君王掩面救不得，回看血淚相合流。黃埃散漫為蕭索，雲棧縈紆登劍閣；
峨嵋山下少人行，旌旗無光日色薄。蜀江水碧蜀山青，聖主朝朝暮暮情；
行宮見月傷心色，夜雨聞鈴腸斷聲！天旋日轉迴龍馭，到此躊躇不能去；
馬嵬坡下泥土中，不見玉顏空死處。君臣相顧盡霑衣，東望都門信馬歸；
歸來池苑皆依舊，太液芙蓉未央柳。芙蓉如面柳如眉，對此如何不淚垂！
春風桃李花開日，秋雨梧桐葉落時；西宮南內多秋草，落葉滿階紅不掃。

梨園弟子白髮新，椒房阿監青娥老。夕殿螢飛思悄然，秋燈挑盡未成眠。
沉沉鐘鼓初長夜，耿耿星河欲曙天。鴛鴦瓦冷霜華重，翡翠衾寒誰與共？
悠悠生死別經年，魂魄不曾來入夢！臨邛道士鴻都客，能以精誠致魂魄；
為感君王輾轉思，遂教方士殷勤覓。排空馭氣奔如電，升天入地求之遍，
上窮碧落下黃泉，兩處茫茫皆不見。忽聞海上有仙山，山在虛無縹緲間；
樓閣玲瓏五雲起，其中綽約多仙子。中有一人字太真，雪膚花貌參差是。
金闕西廂叩玉扃，轉教小玉報雙成；聞道漢家天子使，九華帳裏夢魂驚。
攬衣推枕起徘徊，珠箔銀屏迤邐開；雲鬢半偏新睡覺，花冠不整下堂來。
風吹仙袂飄飄舉，猶似霓裳羽衣舞；玉容寂寞淚闌干，梨花一枝春帶雨。
含情凝睇謝君王，一別音容兩渺茫；昭陽殿裏恩愛絕，蓬萊宮中日月長。
回頭下望人寰處，不見長安見塵霧；惟將舊物表深情，鈿盒金釵寄將去。
釵留一股盒一扇，釵擘黃金盒分鈿，但教心似金鈿堅，天上人間會相見。
臨別殷勤重寄詞。詞中有誓兩心知，七月七日長生殿，夜半無人私語時。

在天願作比翼鳥，在地願為連理枝；天長地久有時盡，此恨綿綿無絕期！

玄宗臨死的時候，舉目四望，卻不見那高力士，便長嘆一聲而逝。

這高力士，因李輔國啣恨入骨，賴有太上皇庇護，得居西內陪侍太上皇；待玄宗病危，李輔國又矯肅宗皇帝旨意，將高力士流配至嶺南。高力士奉皇帝詔，便哭拜道：「臣當死已久，天子哀憐至今日，願一見太上皇顏色，雖死不恨！」李輔國不許，即令武士扶掖出宮去，縲絏上道。

直至寶應元年，赦罪還朝，見太上皇遺詔，向北拜哭道：「大行升遐，不得攀梓宮，死有餘恨！」吐血斗餘，一慟而絕，時年七十九歲；死之日，來廷坊佛祠興寧坊道士祠，為之擊鐘祈禱早升西天。

此二祠，原是高力士生前所造；當時高力士威勢極盛，拜驃騎將軍，封渤海郡公時，建成兩祠。祠中有珍樓寶屋，所藏珍寶，雖國庫亦不能及；又在祠門外建一大鐘樓，樓成，高力士大宴公卿。諸貴親欲得高公公歡心，每一扣鐘，便納禮錢十萬；多有一人二十扣者，亦有十扣者，高力士一時又得錢千數百萬。玄宗明知力士之貪，但因其忠心於帝，亦容忍之。

當時太子瑛被廢，武惠妃正得寵，李林甫專權，有擁立壽王之意；玄宗因肅宗年長，思立之而意未決，心中鬱鬱不安，眠食俱廢。高力士進諫道：「大家不食，亦膳羞不具耶？」

玄宗嘆道：「爾我家老，揣我何為而然？」

高力士道：「豈因太子難定耶？推長而立，其誰敢爭執？」

玄宗聞高力士之言，便決定立肅宗為太子。後天寶中，邊將爭功，玄宗常自解道：「朕春秋高，朝廷細事付宰相，蕃夷不靖付將軍，寧不暇耶？」

高力士奏對道：「臣間至閣門，見奏事者言雲南數喪師，又北兵強悍，陛下何以制之？臣恐禍成不可禁。」高力士之意，言安祿山將謀反也。

自高力士死後，李輔國更是橫行無忌，在李輔國前尚有一宦臣，名程元振的；時張皇后謀立越王，元振見太子發其奸，與李輔國助平大難，立太子為代宗。拜元振為右監門衛將軍，知內侍省事，再遷為驃騎大將軍，封邠國公，統領禁兵，權震天下，勢在輔國上；而性兇橫又過之，軍中呼為十郎。

其時吐蕃兵勢甚急，攻城陷地，京師危迫；因元振勢壓諸將，雖元振假天子命集天下兵，無一人肯奔命者。吐蕃兵直撲便橋，肅宗倉皇避居陝地，京師又陷於賊；搶劫府庫，焚殺人民，城郭為墟。於是太常博士翰林待詔柳伉上書，痛斥元振；表章上道：

「犬戎以數萬人犯關度隴，歷秦渭，掠邠涇，不血刃而入京師；謀臣不奮一言，武士不力一戰，提卒叫呼，劫宮闈，焚陵寢，此將帥叛陛下也！自朝義之滅，陛下以為智力所能，故疏元功，委近習，日引月長，以成大禍。群臣在廷，無一犯顏回慮者，此公卿叛陛下也！陛下始出都，百姓填然，奪府車相殺戮，此三輔叛陛下也！自十月朔，召諸道兵盡四十，無隻輪入關者，此四方叛陛下也！

內外離叛，雖一魚朝恩以陝郡戮力，陛下獨能以此守社稷乎？陛下以今日勢安耶危耶？若以為危豈得高枕不為天下計？臣聞良醫療疾當病飲藥，藥不當疾猶無益也。陛下視今日病何由至此乎？天下之心，乃恨陛下遠賢良，任宦豎，離間將相而幾於亡；必欲存宗廟社稷，獨斬元振首，馳告天下，悉出內使，隸諸州，獨留朝恩備左右。

陛下持神策兵，付大臣，然後削尊號，下詔引咎，率德勵行，屏嬪妃，任將相。若曰天下其許朕自新改過乎？宜即募士西與朝廷會；若以朕惡未悛耶？則帝王大器，敢妨聖賢，其聽天下所往。如此而兵不至，人不感，天下不服，請赤臣族以謝！」

肅宗讀疏，便下詔，盡奪元振官爵，放歸田里；四方兵皆至，殺退吐蕃兵，奉肅宗回京師，重整宮殿，再立社稷。此時，元振從三原喬裝作婦女模樣，混入京師，投司農卿陳景詮家謀反；被御史省探得蹤跡，捕元振與景詮二人，交刑部審服，長流元振至溱州，降景詮為新興尉，元振行至江陵地方病死。

又有魚朝恩，亦為宮中最有權力的宦官，史思明攻打洛陽時，魚朝恩統領神策兵，屯陝中；洛陽陷

落，思明長驅至硤石，使子朝義為遊軍。肅宗集勇武軍士十萬，沿渭河而東，朝恩按兵陝東，使神策將衛伯玉與賊將康文景等戰敗之。京師平復，加開府儀同三司，封馮翊郡公，專領神策軍，賞賜不絕；朝恩恃功而驕，在朝無所忌憚。

時郭子儀功蓋天下，朝恩心懷妒忌，因相州之敗，便力為詆譖；肅宗雖不聽其語，但因此罷子儀兵柄。吐蕃攻破京師，朝恩有勤皇之功，便欲挾天子遷都洛陽，藉避戎狄；文武百官正排列滿朝的時候，魚朝恩率領武士十餘人，各執兵器，當殿高聲道：「虜數犯京師，夫子欲避兵洛陽，諸文武云何？」

宰相未對，有夫子近臣抗聲對道：「中官反耶？今屯兵足以捍賊，何遽脅天子棄宗廟為？」

朝恩低頭無語，而郭子儀亦出班奏稱不可；自此，肅宗漸有不信朝恩之意，而宦官李輔國的威勢，更甚於朝恩。李輔國矯旨，遷上皇於西內，並流陳元禮、高力士諸人，而權勢愈大；又能結好張皇后，肅宗畏懼張皇后，便也畏懼輔國。

肅宗有子十四人，章敬皇后生代宗皇帝，孫宮人生皇子係，張貴妃生皇子倓，王妃生皇子佖，陳婕妤生皇子僅，韋妃生皇子僩，張美人生皇子侹，后宮人生皇子榮，裴昭儀生皇子黃，段婕妤生皇子倕，崔妃生皇子偲，張皇后生皇子召、皇子侗，后宮人生皇子僖；在玄宗末年，所有肅宗之子俱封王爵。當時係封南陽郡王；至德二年，進封趙王，與彭王、兗王、涇王、鄆王、襄王、杞王、召王、興王、定王九王同封。

乾元二年，九節度兵在河北大敗，朝廷震動，便用李光弼代郭子儀統兵；光弼求賢王為軍中主帥，肅宗下詔，以趙王係充天下兵馬元帥，而以光弼副之。事定回京，皇帝有疾，皇太子監國；張皇后與宦官李輔國有仇怨，密召太子入內，對太子道：「輔執掌禁兵，用事已久，四方詔旨，皆出其口；矯天子旨，逼遷聖皇，天下側目。平日心常怏怏，忌我與汝；又程元振陰結黃門，圖謀不軌，若棄而不誅，禍在眉睫矣！」

太子聞之，泣曰：「此二人者，皆陛下勳舊，今上體不裕，重以此事，得無震驚乎？請出外徐議之。」

張后嘆曰：「此子難與共事！」便召皇子係入內，問：「汝能行殺元振之事乎？」係允諾。

係退，即選勇士二百人，披甲執刃，伏於長生殿，竟矯帝命，召太子入宮；元振已探得張皇后計謀，走告輔國，便勒兵在凌霄門迎接太子，以難告。太子道：「皇上病危，吾豈可畏死不入乎？」

元振諫道：「入則及禍。」乃以兵護送太子入飛龍廄，勒兵，夜入三殿，捕皇子係及恆俊等百餘人下獄，又因張皇后於別殿；輔國暗遣刺客，夜入宮禁，殺張皇后及皇子係。

後肅宗病癒，而張良娣之寵愈甚；外與輔國結納，欺壓皇帝。肅宗為太子時，與章敬皇后吳氏，恩情甚深，生代宗皇帝；後玄宗亦重視之。肅宗未及登位，而吳氏已短命死，年僅十八歲；惟張良娣隨侍肅宗最久，張氏之祖母，原為竇昭成皇后之妹。

玄宗幼年喪母，在姨家撫養，視張氏祖母有如己母；竇氏亦鞠愛倍至，玄宗即位，封竇氏為鄧國夫人，甚得玄宗親信。生五子：長子去惑，次子去疑，三子去奢，四子去逸，五子去盈，皆為大官；去盈尚常芬公主，為駙馬；去逸生張良娣，肅宗為忠王時，娶韋元珪女為孺人，後立為太子，即以孺人為妃，張氏為良娣。韋妃之兄名堅，被李林甫陷害死；太子大懼，請與韋妃絕義，韋妃毀去衣裳，貶入冷宮。

安祿山反，韋妃落於賊手，此時惟張良娣得專侍太子；張氏性聰慧，而口能辯，又機警，能迎合意旨。玄宗避兵西去，良娣隨肅宗渡渭河；百姓攔跪道旁，請留太子守長安；太子不聽，張良娣再三勸諫太子，以天下為重，肅宗沒奈何，便折向北行，止於靈武。

良娣日侍左右，每夜寢，良娣必居前室；肅宗與語道：「前室非婦人所宜，且暮夜可虞，汝宜在後。」

張良娣對道：「天下方多事，倘有不測，妾願以一身當賊，殿下可從容從帳後避難；寧可禍妾，不可及殿下。」

因此肅宗寵愛良娣愈深；住靈武不久便產一子，才閱三月，即起為戰士縫衣；肅宗戒以產後須節勞，良娣奏答道：「今日不應自養，殿下當為國家計，毋專為妾憂。」如張良娣這般靈心慧舌，那得不動人憐愛；更以良娣姿色美麗絕世，肅宗此時與良娣患難相依，倍覺恩愛。後玄宗傳位與肅宗，聞良娣之賢，便賜以七寶雕鞍；良娣以上皇所賜，不覺大喜。

滿朝中，只有一李泌，是真正忠臣；一日，入見肅宗，見良娣七寶雕鞍，即進奏道：「今四海分崩，當以儉約示人；良娣不應乘此，請撤除鞍上珠玉，付庫吏收藏，留賞有功之人。」

肅宗此時正倚重李泌，有所陳奏，無不聽從；然張良娣因奪了她寶鞍，心中十分不快，時露怏怏之色，肅宗無可解慰，便與良娣賭博為歡。從此，張良娣在宮中賭博成了習慣，後移駕彭原，日夕縱博，聲達戶外；所有四方奏報，多致停頓。

李泌在元帥府中，與行宮只隔一牆；每夕聞良娣嬌聲呼叱，便又入宮切諫。肅宗一面怕受李泌勸諍，一面又怕失了張良娣的歡心，便曬木菌令乾，製成骰子，擲時毫無聲息；雖每日賭博，而外間卻毫無知覺，李泌也便不去煩擾了。

後肅宗欲得良娣的歡心，思立良娣為后，便與李泌商議道：「良娣祖母，與朕祖母為姊妹行，上皇

亦頗愛良娣；朕欲使良娣正位中宮，卿意如何？」

李泌奏對道：「陛下在靈武時，因群臣勸進，以天下為念，踐登大位，並非為一身一家計也；若冊后事，宜當親承上皇大命，方為合禮。」

肅宗聽了李泌一番言語，暫止了立后之念；張良娣竭力侍奉皇帝，一番苦心，滿望肅宗寵愛，早定后位，偏偏不做美的李泌，被他三言兩語，一天好事化為雲煙。良娣心中，恨不能拔去眼中之釘，平日在肅宗跟前，常有怨恨李泌之言；所幸肅宗信李泌甚深，君臣之間毫無嫌隙。

這李泌在玄宗時候，早已得皇帝信用。當時李泌才得八歲，只因玄宗深喜佛老之學；開元十六年，召天下能言佛老孔子之道者，入禁中互相答難。此時有一童子，名員俶者，年只九歲，便朝見天子，能言善辯；座中博學年長的文臣，俱被他屈服。

玄宗大異之，讚嘆道：「世豈有如此聰明之童子耶？」

員俶奏稱：「臣有舅氏子，名李泌者，年少臣一歲，而敏慧則勝臣十倍。」

玄宗不信，即下詔徵召李泌；時玄宗正與燕國公張說弈棋，即令張說試其能否。張說便令李泌說方圓動靜；李泌道：「請聞其說。」

張說便指案上棋局，道：「方若棋局，圓若棋子，動若棋生，靜若棋死。」

李泌立刻答道：「方若行義，圓若用智，動若騁材，靜若得意。」

張說離席賀道：「得此奇童，陛下之福也！」

玄宗亦大喜道：「此子精神大於身體。」便賜以彩帛黃金，放之回家，詔其家人善視養之。

當時宰相張九齡與嚴挺之、蕭誠均友善，挺之恨蕭誠奸佞，勸九齡謝絕蕭誠，九齡不能決；李泌問之，九齡道：「嚴太苦勁，蕭軟美可喜。」

泌大聲道：「公起布衣，以直道至宰相，而喜軟美者耶？」九齡大驚，急改容稱謝；呼李泌為小友。

泌漸年長，喜讀易；常遊嵩山、華山及終南山間，訪求神仙不死之術。天寶年間，又被召入朝，請復明堂九鼎；玄宗與講老子有法，拜為待詔翰林，供奉東宮。皇太子與之甚厚，常與肅宗賦詩，譏誚楊國忠、安祿山；國忠矯皇帝命，革斥李泌官職。

後肅宗即位靈武，又令人物色求訪，李泌自來謁見時，陳說天下成敗之理；肅宗欲授以官，李泌力辭，願從皇帝為客，入議國事，出陪輿輦。軍中指肅宗，謂衣黃色衣者為聖人，衣白色衣者為山人；肅宗聞之，便賜李泌衣紫色衣，拜為元帥，廣平王行軍司馬，從此言聽計從，天下大治。

當時皇子倓，英俊有才，肅宗欲使之統兵為元帥；李泌諫道：「建寧王倓，素稱英毅，不愧將才；

但廣平王是兄，而建寧王是弟，他日建寧立功，而使廣平為吳太伯矣！」

肅宗道：「廣平原是長子，名義自在，豈必以元帥為重。」

泌又道：「廣平未正位東宮，今天下艱難，眾心所屬，皆在元帥；若建寧大功得成，陛下雖無意立為太子，而建寧左右之臣，豈肯袖手不一爭乎？太宗上皇已有明徵，請陛下三思。」肅宗大悟。

時建寧王在牖下，李泌退出時，建寧王即迎謝之，謂：「保全我兄弟之情，先王之功也！」

李泌卻步道：「泌只知為國，不知植黨，王不必疑泌，亦不必謝泌；但始終能孝友，便是國家之福矣！」

次日，肅宗果下詔，拜廣平王俶，為天下兵馬大元帥，統率諸將東征。

第七十三回　李輔國

李泌在朝，盡心輔助肅宗，平定天下，收復兩京，迎回太上皇；待太上皇去世，肅宗內寵張良娣，外溺李輔國，李泌知不可留。一日，肅宗留泌在宮中宴飲，同榻寢宿；泌趁間求退，略謂：「臣已略報聖恩，今請許作閒人。」

肅宗道：「朕與先生同患難，當與先生共安樂，奈何思去耶？」

李泌答道：「臣有五不可留，臣遇陛下太早，陛下任臣太重，寵臣太深，臣功太高，跡亦大奇：有此五忌，是以不復可留也。」

肅宗見李泌說話甚是堅決，心中卻甚是捨不得；但也無法挽留，只是默然不語，忍不住流下淚來。李泌見肅宗如此情重，心中十分感動，忙趴下地去，叩著頭道：「陛下天高地厚之恩，臣終身不言去矣！」肅宗上去，把李泌扶起，君臣二人握住手大笑；從此，李泌又早晚在宮中。

肅宗在東宮的時候，常被李林甫欺壓，便是吳妃，也因害怕李林甫的威權，憂懼而死；如今肅宗登

位，李林甫雖死已多年，但皇帝一口怨恨之氣，終不曾出得，便欲去掘開李林甫的墳墓，燒他的屍骨。

李泌勸道：「陛下身為天子，而不忘宿怨，未免示人以不廣。」

肅宗滿面怒色道：「李林甫之往事，卿豈忘之耶？」

李泌答道：「臣意不在此，太上皇有天下五十年，壽數已高，一旦失意，南方氣候惡，且春秋高，聞陛下修舊怨，將內慚不樂；萬一有所傷感，因而成疾，是陛下以天下之廣，不能安親也。」

肅宗恍然大悟，去抱住李泌的頸子，淚如雨下；連連說道：「朕不如卿也！」

此時史思明擾亂東南，其勢甚大；肅宗甚是憂慮，問李泌：「何日能盡滅賊寇？」

李泌對道：「賊掠得金帛子女，盡送至范陽；是有苟得之心，豈能取中國耶？唐人為所用者，皆脅制偷合；至天下大計，非所知也。臣意不出二年，盡滅寇矣！陛下無欲速。夫王者之師，當務萬全，圖久安，使無後患；今當下詔，使李光弼守太原，出井陘，郭子儀取馮翊，入河東，則史思明、張忠志不敢離范陽常山，安守忠、田乾真不敢離長安，是以三地禁其四將也。

使子儀毋取華令，賊得通關中，則北守范陽，西救長安，奔命數千里；其精卒勁騎，不逾年而斃。我當以逸待勞，來避其鋒，去翦其疲；以所徵之兵，會扶風與太原朔方軍互擊之，徐命建寧王為范陽節度大使，北並塞與光弼相犄角以取范陽。賊失巢窟，當死河南諸將手。」

肅宗便依著李泌的計策行去，果然步步得手；後來收復兩京，肅宗意欲退回東宮，還政太上皇，以盡子道。李泌又勸道：「陛下必欲還政，則太上皇不來矣！人臣尚七十而欲傳，況欲勞太上皇以天下事乎？」

肅宗問道：「然則，如何可以兩全？」

李泌奏道：「臣自有辦法。」便退出宮去，與群臣擬就皇帝奏上皇一稿；言天子思戀太上皇，欲盡人子定省之義，請太上皇速返駕以就孝養。

太上皇初得奏，便答諭道：「與我劍南一道，自奉以終，不復東矣！」

肅宗見諭，甚是憂慮；李泌又為再三上奏，太上皇始大喜，對高力士道：「吾今方得為天子父。」便回鑾至大內，李泌亦時時勸肅宗須孝養太上皇。

但是朝中有了這位李泌，使肅宗言聽計從，使李輔國這般奸臣，心中老大的不快活；他們打聽得肅宗皇帝是寵愛張良娣的，便拿了許多金銀財帛去孝敬著良娣，又在背地裏極力說李泌的壞話。良娣要立自己的兒子做太子，便時時在肅宗皇帝耳根絮聒；肅宗此時因寵愛張良娣，一變而為懼怕張良娣了。

他不敢說自己不許，只推說是李泌一班大臣，甚是忠心於現在的太子；現在的太子在外面，頗立了戰功，若無故廢立太子，怕大臣們要不答應的。張良娣聽了這個話，把一肚子怨氣齊發在李泌身上；便

私地裏勾結了在朝的一班奸臣，日夜以攻擊李泌為事。並派刺客，在半夜裏闖進李泌的臥室中去行刺；恰巧被李泌府中的差弁捉住了，審問出來，知是李輔國派遣來的刺客。

當時，朝廷中有一班忠義大臣，都替李泌抱不平，要去奏明皇上；只是李泌不肯，說：「此事還關礙著張良娣，我們也得投鼠忌器，把這件事兒無形消滅了吧。」

李泌便一面上奏章告老還鄉，一任肅宗皇帝再三挽留，李泌只是求願歸隱衡山；肅宗皇帝沒奈何，只有下詔給李泌三品祿，賜隱士服，又發內帑三萬，替李泌在衡山上建造園廬。李泌住在衡山，在屋子四周遍種著松樹樛樹，把他屋子題名為「義和草堂」；在衡山腳下，覓得一株如龍形的松樹，便使人送進京去，獻與肅宗。李輔國見李泌能識趣告退，便漸漸的大權獨攬起來。

這時，肅宗又立張良娣為張皇后；張皇后仗著皇帝寵愛，又因與皇帝患難相從，趁著皇帝身弱多病，懶問朝政，她便在深宮中，替皇帝代管國家大事。起初還是和皇上商量著行去，後來慢慢的獨斷獨行；肅宗一身多病，也懶得管事，一任皇后胡作妄為去。這張皇后大權在握，便勾通了丞相李輔國，竟招權納賄的大弄起來。

李輔國本是一個太監出身，因此，只有他一個人能自由在宮中出入；見了肅宗皇帝，又故意做出那副小心謹慎的模樣來。他見皇帝信佛，便也信佛，在宮中西苑地方，設著一個小佛堂，朝夕膜拜著；又終身不吃葷，見有殺害牲口的，他便做出那種不忍看的樣子來。肅宗皇帝拍著李輔國的肩頭，說道：「此是天下第一善人！」因此，李輔國在背地裏所做陰險狠毒的事情，都被他瞞過。

肅宗皇帝因多病身弱，常在內宮坐臥；一班大臣欲見天子的，須先孝敬李輔國些許財帛，才得傳見。當時有京兆尹元擢，應召入宮；便備得闐州溫玉雕成的美人一座，拿去孝敬李輔國。這溫玉原是稀世之寶，任是大寒天氣，那玉總是溫暖的；若得人早晚摩弄，或是抱著握在被中，真是和人的肌膚一般溫暖。今拿它雕成美人兒摸樣，天姿國色，可稱雙絕。

李輔國得了，十分歡喜，便替他在皇帝跟前說著好話；從此，元擢和李輔國二人做了知己，元擢在家中備著盛大的酒筵，獨請李輔國赴席。元擢養著一班妓女，便傳喚在當筵歌舞侑酒；把個李輔國樂得手舞足蹈，忘了形骸。

他雖是經過閹割了的一個太監，但也不能忘情於人慾；久聞得元擢的女兒，是一個絕世容貌的美人，他便仗著自己的勢力，對元擢說道：「我們通家至好，豈不可以出妻見子？」

元擢也巴不得李輔國說這一句話，便親自進內院去叮囑，把女兒打扮出來，拜見李總監；他女兒名春英，不但長得瓊姿玉貌，且也讀得滿腹詩書，頗懂得一些大義。那些富貴人家，愛慕春英小姐姿色的，都來求婚說配；春英小姐因他們都是紈褲子弟，只貪美色，不解情愛的，便一口回絕，說：「此身

願老守閨中，長侍父母。」因此那班王孫公子都斷了念頭。

如今聽父親說，要她去拜見李總監，這是她家中從來沒有的事，心中十分詫異；轉念想：那李總監是一個閹割過的人，諒來也不至於有別的意思，當下便略略梳裝，隨著她母親出到外堂來。

那李輔國正把酒灌得醺醺大醉，一見春英小姐青春美貌，早把他樂得心花怒放；乜斜著兩道眼光，只在春英小姐鬢邊裙下打著旋兒，口中含含糊糊的說道：「元太守！你那溫玉美人兒，爭如這朵解語花兒，使老夫動心也！」一句話說得春英小姐滿臉嬌羞，忙拿翠袖兒掩著面；乳娘扶著，退進後堂去。

接著第二天，便有相國李揆，到元擢府中來替李總監說媒，願娶元擢的女兒為妻；在元夫人膝下，只生有這個千嬌百媚的女兒，有多少富貴人家前來求婚的，她都不曾答應。如今聽說李輔國是一個太監，又是比她女兒年紀大著一倍有餘，叫她如何捨得！無奈那元擢一時功名念切，好似豬油蒙了心，便也不問夫人肯不肯，春英小姐願不願；便忍心把這美人兒的終身斷送了，滿口答應招李輔國做女婿。

可憐這位春英小姐，也不知痛哭了幾次，那元夫人也不知和她丈夫大鬧過幾次，但終是沒用；這粉妝玉琢的女孩兒，終於嫁了這年過半百的老太監。李輔國得春英小姐做妻子，他心中的快樂，自是不用說得；便先拿出私財二十萬，在興慶宮門外，蓋造起一座壯麗的新府第來。

到了好日，李輔國要討春英小姐的好兒，先幾日上了一道奏本，親自捧進宮去；面求肅宗皇帝和張皇后啟駕到新府第，去吃一杯喜酒，光彩光彩。肅宗皇帝看在他一朝元老面上；那張皇后平日原和李輔國打通一氣的，豈有不答應之理。

倒是老太監娶妻房，在京師地方，便當做一件笑話談論；那茶坊酒肆，趙大王二，都講這件新聞。有的替春英小姐抱屈，說：「好一朵鮮花，插在牛糞裏！」有的說：「李輔國是一個太監，缺了那話兒，在洞房花燭夜，見了這如花似玉的美人兒，不知如何對付呢！」這都是閒話，且不去提他。

再說，到了那春英小姐出閣的這一天，頓時轟動了全京城的百姓；老的少的、醜的俏的，都趕到興慶宮外看熱鬧。單說那文武百官，一隊一隊的擺著輿杖，到李府中來道賀的；從辰牌到午牌時分，那旗鑼傘扇，密密層層的，幾乎把李府門前一條大街擠破了。

正熱鬧的時候，只聽得唵唵喝道的聲音，接著幾下靜鞭，呼呼的響著；皇帝和皇后的鑾駕出來了，那道旁的百姓，便如山崩海嘯一般，一齊跪倒在地，不住的磕著頭，誰也不敢抬頭。

只聽得滿街上，靜悄悄的靴腳聲夾著馬蹄聲，按部就班的走著；半晌，那鑾輿走遠了，百姓才敢站起身來。那御爐中的香煙，還一陣一陣的撲進鼻管來，令人心醉；伸長了脖子望時，見前面黃旗舒展，彩蓋輝煌，還隱約可見。

那李輔國正在府中招待同僚，十分忙碌；忽見門官接二連三的飛馬報來，說：「萬歲和娘娘駕

到！」李輔國忙帶領眾文武官員，個個全身披掛，搶出府門外去，在兩旁挨次兒跪下接駕；帝后兩座鑾輿，直至中庭歇下，一班大臣上去，把肅宗皇帝從鑾輿中接出來。那張皇后的鳳駕，自有一班夫人命婦上去攙扶；那百官都迴避過了，一班夫人圍繞著皇后，走進了內院，休息更衣，獻上茶果。

張皇后和眾夫人說笑了一會，那沐春園花廳上已安排下筵席，內官進來，幾次請娘娘啟駕入席；眾夫人分兩行領著路，走到大花廳上，那李輔國早已打扮做新郎模樣，在階石旁跪倒，接娘娘鳳駕。那張皇后和李輔國在宮中原朝夕見慣的，便笑對李輔國說道：「五郎！等一會新娘來時，我替你求著萬歲主婚如何？」

李輔國忙叩著頭稱：「多謝娘娘洪恩！」一邊起來，在前面領道；至正中一席，皇帝和皇后並肩兒坐下，李輔國站在一旁勸酒。

階下細樂齊奏，肅宗笑對李輔國說道：「五郎自便，留些精神對付新娘要緊！」一句話，說得四座大笑起來。張皇后趁肅宗高興，便把求皇帝主婚的話說了；肅宗十分高興，滿口答應。李輔國又跪下地去，謝過恩起來；退出廊下，陪眾同僚飲酒去了。

這一天，肅宗皇帝十分有精神，罷宴出來，便和張皇后手拉手兒，在花園中閒走散步；見一窪綠水，四周繞著白石欄杆，池面很大。左面靠著一座湖石假山，堆垛得十分玲瓏，沿山石種著琪樹瑤草；

那右面卻是一片草地，綠得可愛。

肅宗自即位以來，身體常常害病，臥床的時日多，遊行的時日少；如今見了這一片草地，不覺精神煥發。一回頭，見廣平王跟隨在身後；肅宗一手去搭住廣平王的肩頭，父子二人在草地上，說說笑笑的走著。忽見遠遠的一對花鹿，站在樹林下面，伸長了頸子看人；張皇后在一旁說道：「俶哥兒快射這鹿兒！」

說著，早有內侍捧過弓箭來；廣平王接著，也不試力，也不描眼，便隨手一拉弓，颼的一聲，把一支箭射出去，接著那邊一聲長嚎，一頭鹿兒早著了一箭，倒在地上，四腳亂頓。

肅宗皇帝看了，不覺哈哈大笑，一手撫著廣平王的肩頭，說道：「太上皇在日，常稱吾兒是英物，今果然不弱！」

廣平王忙謝過了恩，奏道：「使臣他日得掌朝廷大權，殺奸臣如殺此鹿也！」

肅宗聽了，忙搖著手說道：「吾兒莫妄言，恐招人忌。」

正說著，見四個內侍扛著那一頭死鹿來，李輔國也笑吟吟的趕來，口中連稱賀千歲喜；廣平王見了這李輔國，便做出愛理不理的樣子來。張皇后在一旁看了，怕李輔國下不得臺，羞老弄成怒；便接著說道：「俶叔哥兒，快謝過五郎送你的鹿！你倆還是乾兄弟呢，也得親近親近。」

原來這李輔國弟兄五人，輔國最幼，他入宮的時候，善能趨承肅宗和張皇后的意旨；張皇后心中很愛李輔國，不好意思自己認他做乾兒子，便趁著在靈武，兵馬慌亂的時候，李輔國也立了幾件功，張皇后便逼著肅宗，認李輔國為義子。從此張皇后便改口稱李輔國為五郎，早晚在宮中出入，毫不避忌。

滿朝的臣工見李輔國得了寵，恨不得個個去拜在他門下，做一個乾兒子，藉此也得一個奧援；只是李輔國不肯收認，當朝只有丞相李揆，在暗地裏不知孝敬了多少財帛，才把一個李輔國巴結上，稱一聲五父。從此滿朝的官員，見了這李輔國，誰也不敢提名道姓，大家搶著也一樣的喚著五父；那肅宗的十二個王子，都跟著喚五哥兒，獨有這廣平王不肯稱呼，一見李輔國，便喚一聲五郎。

李輔國也明知廣平王和他作對，但他平日在暗地裏，窺探皇帝的意旨，大有立廣平王為太子之意；因廣平王在玄宗太上皇諸孫中，原是一位長孫，平日頗得玄宗太上皇和肅宗皇帝的寵愛。在安祿山、史思明反亂的時候，廣平王又親率人馬，從房琯、郭子儀一班大將，斬關殺賊，屢立奇功；直至肅宗奉太上皇回至京師。在肅宗意欲拜廣平王為兵馬元帥，廣平王再三辭謝，只隨侍父皇在宮中，早晚定省，十分孝敬；肅宗更是愛他，常與張皇后談及，有立廣平王為太子之意。

張皇后這時寵冠六宮，她生有二子，一名佋，一名侗；侗已封為興王，在張皇后意思，欲立佋為太子。這時李輔國與張皇后勾結，也十分嫌忌廣平王；兩人便在背地裏營私結黨，又指使丞相李揆，在皇帝跟前說廣平王在外，如何弄兵招權。誰知那肅宗皇帝寵任廣平王已到了十分，任你如何說法，皇帝總是不信。

那廣平王卻也機警，他見李丞相和他捉對，打聽得暗地裏，有這李輔國從中指使，便專門與李輔國為難。他每見了李輔國，總是嚴辭厲聲的，任你張皇后和肅宗皇帝如何勸說，李大臣是國家股肱之臣，宜稍假以辭色；但這廣平王竟把個李輔國恨入骨髓，他二人不見面便罷，廣平王倘在宮中、朝中見了李輔國的面，便要冷嘲熱罵，說得李輔國無地自容。

如今冤家路狹，李輔國見廣平王射中了一隻花鹿，正要借著在皇帝跟前，說幾句話湊湊趣；不料這廣平王劈頭一句，便說道：「小王他日若得掌朝廷生殺之權，殺奸臣亦如殺此鹿！」一句話，堵住了李輔國開不得口。

正下不得臺時，忽見內侍一疊連聲的上來奏稱：「新娘的花輿已到！」

張皇后便搶著道：「待萬歲爺認過了義女，再行大禮。」一句話，把個李輔國樂得忙磕頭謝恩。這裏，內宮宮女簇擁著萬歲和娘娘出臨大堂；一陣細樂，兩行宮燈，把一位新娘春英小姐引上堂來。見了萬歲和娘娘，兩個丫鬟忙扶她跪倒，又低低的在新娘耳邊說了；只聽得春英小姐嬌聲奏稱：

「臣女叩見父皇萬歲，母后千歲！」

這幾個字，說得如鶯聲出谷，圓珠走盤，早把全堂賓客聽得，心頭不覺起了一陣憐愛；接著，春英小姐便和李輔國行過夫婦交拜之禮，一個似好花含苞，一個似經霜殘柳，兩兩相對，實在委屈了這位春英小姐。一樣的送入洞房，坐妝撤帳，行過合巹之禮；李輔國便退出洞房來，向皇帝、皇后叩謝過主婚之恩。

這時，只有四個丫鬟伴著新娘，坐在繡房中；忽見一位少年王爺掀著簾兒，闖進房來，那春英小姐忙站起身來迎接。這位王爺忙搖著手，說道：「莫行客套！小王和新娘如今已是姊弟之分了，我見姊姊今日受了委屈，特來看望看望。」

說著，便在春英小姐對面坐下來，細細的向春英小姐粉臉上端詳了一會；忽然拍手道：「如此美人兒，才配做我的姊姊呢！」接著，又連連頓足嘆息道：「可惜可惜！」說著，便頭也不回的轉身退出房去了。

這裏肅宗皇帝便下旨，拜李輔國為兵部尚書南省視事，又拜元擢為梁州長史；春英小姐的弟兄，皆位至臺省。只苦了這一個春英小姐，每日陪伴著這個無用的老太監，守著活寡；有時她母親到尚書府中去探望女兒，見沒人在跟前的時候，她母女二人總是抱頭痛哭一場。老夫人便把女兒接回娘家去住，不到三天，那李輔國便打發府中的使女，接二連三的來催逼著新夫人回府去。

可憐那春英小姐，一聽說李輔國來催喚，便嚇得她朱唇失色，緊摟著她母親，口口聲聲說：「不願回丈夫家去。」每次必得元老夫人用好言勸慰一番，才含著眼淚，坐上車兒回府去；隔不到七八天，她又慌慌張張，似逃難一般的回到母親家來，見了母親，只有哭泣的分兒。

元老夫人再三問：「我兒心中有什麼苦楚，說與妳母親知道？」那春英小姐只把粉臉兒羞得通紅的，一句話也說不出來；元老夫人看了，心中也覺詫異。

兩老夫妻見沒人的時候，也常常談論女兒的事；元老夫人說：「一個女孩兒，嫁了一個不中用的丈夫，誤盡了她的終身，原也怨不得心中悲傷；只是我細心體會女兒的神情，每次回家來，慌慌張張的，每說起女婿，總是傷心到極處。她在女婿家中，不知怎樣的受著委屈；我看她心中總有難言之隱，只是她一個女孩兒，不好意思說罷了。」

元擢也說：「像這李尚書，他是一個殘缺的人了，娶一房妻子，也只是裝裝幌子，說不到閨房之樂；但咱女兒回家不上三天，如何李尚書便好似等不得了，急急的把咱女兒喚回去？照他們這樣親熱的情形，理應夫妻恩愛，卻怎麼我那女兒，又傷心到如此？」

他兩老夫婦猜想了半天，也想不出一個道理來。

新大唐二十皇朝（三）唐宮秘辛

作者：許嘯天
發行人：陳曉林
出版所：風雲時代出版股份有限公司
地址：10576台北市民生東路五段178號7樓之3
電話：(02) 2756-0949
傳真：(02) 2765-3799
執行主編：朱墨菲
美術設計：吳宗潔
業務總監：張瑋鳳

新版一刷：2024年8月
ISBN：978-626-7464-24-3

風雲書網：http://www.eastbooks.com.tw
官方部落格：http://eastbooks.pixnet.net/blog
Facebook：http://www.facebook.com/h7560949
E-mail：h7560949@ms15.hinet.net
劃撥帳號：12043291
戶名：風雲時代出版股份有限公司

風雲發行所：33373桃園市龜山區公西村2鄰復興街304巷96號
電話：(03) 318-1378
傳真：(03) 318-1378
法律顧問：永然法律事務所 李永然律師
北辰著作權事務所 蕭雄淋律師

行政院新聞局局版台業字第3595號 營利事業統一編號22759935
©2024 by Storm & Stress Publishing Co.Printed in Taiwan
◎如有缺頁或裝訂錯誤，請退回本社更換

定價：380元

版權所有　翻印必究

國家圖書館出版品預行編目資料

新大唐二十皇朝 / 許嘯天著. -- 初版. -- 臺北市：風雲時代出版股份有限公司, 2024.07　面；　公分

ISBN 978-626-7464-24-3 (第3冊：平裝). --

857.4541　　113006786

風雲時代

風雲時代